Ludwika Gacek

Obiecana Ziemia

Skład i łamanie: Robert Gacek
Projekt okładki: Ludwika Gacek
Ilustracje: Ludwika Gacek, Queen Eyes/Midjourney

Wydanie II poprawione
Styczeń 2025

ROZDZIAŁ I

– Pospiesz się!

Dziewczyna ledwo za nią nadążała. Była młodsza o pięć lat i niższa o głowę, ale Ronja zawsze uważała ją za całkiem szybką. Teraz jednak zostawała daleko w tyle.

– Kerra, szybciej! – zawołała ponownie.

Tamta machnęła jej ręką, aby nie oglądała się na nią i biegła. Ronja zaczęła się niecierpliwić.

– Do granicy zostały tylko trzy kilometry, damy radę! – ponagliła. – Szybciej, niedługo zamkną bramę! Już prawie zmierzcha!

Zwolniła nieco i uchwyciwszy siostrę za rękę, biegła razem z nią, ciągnąc ją za sobą. Zmrok nadchodził szybko, a w lesie panował już półmrok. Miała wrażenie, że z każdą minutą wokół nich gromadzi się coraz więcej cieni, które przyglądają im się złowrogo. Szydziły z nich, mówiły, że nie zdążą, że tu zginą, ale ona odgoniła od siebie te myśli i skupiła się na jak najszybszym biegu, byle tylko wyciągać nogi do przodu i odpychać się, wyciągać nogi i odpychać się, metr za metrem.

Biegły po miękkim mchu, więc nie robiły za wiele hałasu, ale Ronja i tak nerwowo oglądała się za siebie. Nie wolno było opuszczać Królestwa po zachodzie słońca bez odpisu. Legalnego odpisu, rzecz jasna. A one takiego nie miały. Gdyby wachterzy ich tu znaleźli, mogłoby to skończyć się dla nich tragicznie.

Naraz, w tle między drzewami, mignęła jej brama. Zatrzymały się.

– Jest! Kerra, jest, widzisz?! – wydyszała, pokazując na wielkie, oświetlone wysokimi pochodniami, podwójne wrota.

Kerra podniosła swoje jasne oczy i cień ulgi przemknął przez jej młodziutką twarz.

– Wyciągaj swój odpis – nakazała Ronja.

Kerra zaczęła szukać po kieszeniach spodni, zajrzała do kurtki, potem do kieszeni w swetrze, a Ronja czekała, czując jak z każdą sekundą serce zaczyna jej przyspieszać.

– Kerra, masz to, prawda? Zabrałaś swój odpis ze stołu tego bogacza, tak jak ci mówiłam? – powiedziała drżącym głosem.

– Pewnie, że mam, tylko… Tylko gdzieś to wsadziłam… – wymamrotała dziewczyna.

Ronja obejrzała się nerwowo na bramę. Zobaczyła tam wachterów i ostatnich podróżnych przechodzących przez wrota. Chwyciła siostrę pod łokieć i wyprowadziła z cienia między drzewami.

– Idziemy… – szepnęła. – To nasza ostatnia szansa.

Widziała kątem oka, że Kerra nadal szuka odpisu. Czuła, że już nie zniesie tego napięcia.

– Kerra, błagam cię… – jęknęła, zbliżając się w stronę bramy. – Wyciągaj to…

– Już… już…

Wachterzy spostrzegli je i zmierzyli spojrzeniami. Nosili czarne pancerze na piersiach, ramionach i goleniach, na głowach hełmy, przy pasach mieli miecze i pistolety na kule, a w rękach trzymali stalowe lance zakończone hakami. Ronja puściła rękę siostry i odważnie wyszła naprzód.

– Ronja… Nie mam… – usłyszała za sobą płaczliwy głos Kerry.

Poczuła, jak coś przewraca jej się w żołądku. Na moment zamknęła oczy.

„To koniec… Nie uda się…"

Ale zaraz potem druga myśl.

– Weźmiesz mój odpis i pójdziesz sama – powiedziała jej cicho, półgębkiem.

– Nie…! – pisnęła Kerra.

– Słuchaj się mnie, weźmiesz i pójdziesz sama, a po drugiej stronie dołączysz do kupców, wymkniesz się poza Pola Nadziei i dotrzesz prosto do Ostatniej Góry, tak jak to sobie zaplanowałyśmy. Pamiętaj, kieruj się na Ostatnią Górę, stamtąd będziesz już miała drogę wolną do…

– Nie, Ronja, nie pójdę bez ciebie! – zawołała Kerra.

– Kerra…

– Nie pójdę…!

– Kerra, szybciej!...

Spojrzała na nią. Młodsza siostra płakała. Długie jasne włosy przykleiły się do jej mokrych policzków. Dużymi, niebieskimi oczami patrzyła na nią wystraszona.

– Musisz pójść, już za późno, aby się wrócić, drugiej takiej szansy nie będziesz miała – powiedziała szybko Ronja.

Kerra pokręciła głową.

– Nie, nie...!

– Kerra...!

– Ej, wy tam! – zawołał nagle jeden wachter twardym głosem. – Czego tu chciałyście?

Ronja wyprostowała się. Na twarz przybrała spokojny wyraz. Odwróciła się do wachtera.

– Odprowadzam tylko moją siostrę, która idzie z wizytą do ciotki na Polach Nadziei – powiedziała gładko.

– Nie! – zaprotestowała gwałtownie Kerra.

Ronja zgromiła ją spojrzeniem.

– Cicho bądź – syknęła.

– Gdzie twój odpis? – warknął wachter, mierząc do niej z lancy.

Ronja, nadal ze spokojną, opanowaną twarzą, sięgnęła do wewnętrznej kieszeni krótkiej, czarnej, skórzanej kurtki. Drżała na myśl o rozstaniu z siostrą i zostawieniu jej samej poza granicami Królestwa, ale nie było innego wyjścia.

„Może przynajmniej ona jedna przeżyje z naszej rodziny" – pomyślała zrozpaczona. „Może przynajmniej jej się uda..."

Zamknęła oczy. Poczuła jak jej palce chwytają rulon papieru, ale zamiast jednej kartki, wyciągnęła dwie. Fala gorąca zalała jej wnętrze. Zapomniała, że na wszelki wypadek, tuż przed wejściem do lasu, wzięła odpis Kerry do swojej kieszeni, bo miała tam lepsze zapięcie.

Oblizała usta i wyciągnęła oba rulony. Bez słowa podała je wachterowi. Ten wziął je do ręki i popatrzył, a potem spojrzał na nie.

– Mówiłaś, że idzie jedna osoba? – powiedział cierpko.

Usłyszała jak Kerra gwałtownie wciąga powietrze. Poczuła, że chwyta ją za dłoń i mocno ściska palce na jej palcach. Nie powiedziała nic, tylko czuła, jak siostra dygocze.

– Pomyliłam się, panie, przepraszam – Ronja powiedziała kornie, spuszczając głowę.

Nauczyła się, aby wachterom nigdy nie patrzyć w oczy. Spoglądała teraz na sprzączkę od pistoletu przy jego pasie, mając w świadomości to, że on w każdej chwili może go użyć.

– Idziemy obie, zapomniałam, że ja też muszę coś załatwić na Polach Nadziei – dodała.

Wachter milczał. Czuła, jak pot spływa jej po skroni. Ręka Kerry coraz bardziej dygotała. Tak mocno ściskała jej dłoń, aż bolało. Nie wyrzekła ani słowa.

Sekundy mijały. Nie ośmielała się podnieść głowy. Napięcie coraz bardziej narastało.

– Ważne do jutra, do zachodu słońca – oznajmił bezosobowo mężczyzna.

Podniosła wzrok. Wachter podał jej papiery.

– A teraz zabierajcie mi się stąd! – warknął.

– Tak, panie – powiedziała drżącym głosem.

Z pośpiechem schowała rulony z powrotem do wewnętrznej kieszeni kurtki i pociągnęła siostrę do bramy. Razem z nimi weszło jeszcze kilku ostatnich maruderów. Byli to kurierzy siedzący na niskich zwierzętach objuczonych pakunkami i kupcy idący w karawanie dzikich bestii. Wielkie stworzenia o długich kłach i masywnych cielskach trzymały na swoich grzbietach towary upakowane w paczki i worki, a na nich siedzieli poważni mężczyźni, ukryci pod chyboczącymi się baldachimami.

– Chodź – mruknęła Ronja, ciągnąc siostrę w tłum.

– Ronja…

– Ani słowa teraz – nakazała cicho.

– Ale Ronja, my zaraz miniemy granicę Królestwa – szepnęła siostra.

Spojrzały na siebie. Ronja obejrzała się na ciemny las, a potem na ogromne miasto, położone pod szczytem wzgórza, zbudowane z białego kamienia. Stało przycupnięte tuż pod olbrzymią, wiszącą skałą, która z jednej strony chroniła je jak baldachim. Skała wyglądała jak wnętrze macicy perłowej i w słoneczne dni skupiała promienie słońca, podwyższając temperaturę w całym regionie. Gładka, niczym wypolerowane lustro, błyszczała teraz, odbijając blade światło księżyca. Ronja przełknęła ślinę.

– Wiem… – szepnęła. – Wiem, Kerra…

Popatrzyły obie na miasto, a potem znów na siebie i bez słowa ruszyły w niewielkiej grupie do Pól Nadziei.

✳✳✳

– Masz jeszcze coś do jedzenia? – spytała cicho Kerra.

Siedziały pod wiatą, przy której niektórzy z kurierów zostawili swoje wierzchowce. Wokół robiło się coraz ciemniej. Na Polach Nadziei nie było tak jasno jak w Królestwie, pod kopułą. Tu każdy musiał dbać o siebie i o swoje światło. Większość używała z trudem zdobytych lamp na śmierdzące paliwo w butelkach, albo zwykłego ognia z pochodni nasączonych smołą.

– Mam, cicho – mruknęła Ronja, sięgając pod kurtkę.

Wydobyła z kieszeni kilka sucharów. Dała siostrze dwa największe. Dwa małe zostawiła dla siebie. Usiadły na kawałku plandeki leżącej pod wiatą. Obok stała karczma, głośne, śmierdzące miejsce pełne podejrzanych typków. Ronja specjalnie wybrała miejsce, z którego mogła obserwować kupców. Musiała dobrze wybrać, jeśli chciały jakimś cudem dotrzeć do Ostatniej Góry.

Jadły, siedząc w kucki obok siebie. Kerra przysunęła się do niej blisko i spoglądała lękliwie od czasu do czasu na to, co działo się wokół. A działo się naprawdę wiele.

Kupcy rozchodzili się we wszystkie strony niekończącego się pola domków zbudowanych z odpadków tego, co Królestwo nie chciało, albo co z Królestwa wyniesiono. Niskie i wysokie, postawione naprędce domostwa, nie należały do najładniejszych i działały na zasadzie licencji, którą tolerowała władza, ale którą to licencję trzeba było corocznie opłacać. Niby-wolność za grube pieniądze często kosztowała więcej, niż najbiedniejszy domek w Królestwie. Ronja mimo wszystko i tak spoglądała na nie zazdrośnie.

„Oni przynajmniej mogą żyć jak chcą" – przeleciało jej przez głowę. „Prawie".

Ogromne, dzikie zwierzęta spacerowały wąskimi uliczkami prowadzone na linach przez handlarzy. Zerknęła na wielką bramę, której pilnował oddział wachterów. Na noc zamykano ją i wyjście było niemożliwe, tak jak i powrót. Nawet z odpisem.

„Pierwsza noc będzie najgorsza" – pomyślała, analizując, co ich teraz czeka. „Ale jeśli uda mi się znaleźć wzbudzających zaufanie kupców, damy sobie radę…"

Chrupiąc suchara patrzyła na obładowanych towarami mężczyzn, roznoszących swoje sprzęty do poszczególnych domostw. Znajdowały się tu zakłady produkcji, hotele, a także prywatne domy. Tu, w odróżnieniu od Królestwa, w nocy handel nie zamierał. Kurierzy krążyli tu i tam, a kolorowy tłum ludzi przewalał się z jednego krańca ulicy na drugi. Wszędzie trzeba było chodzić pieszo lub jeździć na własnych zwierzętach. Ronja wiedziała o tym, dlatego obie zabrały porządne buty, grube spodnie i ciepłe kurtki. Wiedziała, że przydadzą im się na dalszą drogę.

Patrzyła na wchodzących i wychodzących z karczmy. Byli to głównie mężczyźni w sile wieku. Nie dostrzegła zbyt wielu kobiet, zaledwie kilka przekupek z jedzeniem i kwiatami. Zdała sobie sprawę, że dwie samotne dziewczyny siedzące na bruku po zmierzchu mogą zacząć wzbudzać podejrzenia, ale nie było już czasu, aby szukać noclegu.

Oceniała każdego zbliżającego się do karczmy.

„Ten? Nie, ten nie, za dziwny…" – pomyślała, patrząc na mężczyznę, który miał na twarzy wymalowane zawijasy. „I jeszcze ma malunek na twarzy, a to nigdy nie oznacza niczego dobrego…"

Popatrzyła gdzie indziej.

„Może ten? Nie, ten też nie" – skwitowała w myślach widząc innego, z pistoletem przy pasie. „Chociaż z drugiej strony jeśli ma broń, to umiałby nas obronić… Albo użyć jej przeciwko nam…"

– Masz już kogoś na oku? – spytała cicho Kerra.

– Jeszcze nie – mruknęła Ronja. – A ty?

– Może tamci dwaj? Zobacz, co stoją przy tym wielkim zwierzęciu…

Ronja spojrzała ukradkiem. Jeden z mężczyzn miał bardzo ciemne, krótkie włosy, a na twarzy czarną chustkę, spod której widać było jedynie jego czarne, przenikliwe oczy. Jego kolega miał jasnobrązowe włosy i szeroki, serdeczny uśmiech. Rozmawiał o czymś żywo ze swoim towarzyszem. Ronja pokręciła głową.

– Nie podobają mi się, zwłaszcza ten z chustką na twarzy. Wygląda na cwaniaka, albo jakiegoś rabusia – powiedziała cicho. – Takim bym nie ufała…

– Może tamci dwaj?

– Ale ten drugi wygląda sympatycznie – szepnęła Kerra. –
Uśmiecha się i żartuje z tamtym... To chyba nie jest zły?

Ronja spojrzała na nią z politowaniem.

– To, że ktoś uśmiecha się do swojego kolegi, to jeszcze nie
znaczy, że jest uczciwym człowiekiem.

Kerra spojrzała w inną stronę.

– Dobra, a tamten? Ten w czerwonym, zobacz...

Ronja przeniosła oczy na mężczyznę. Wyglądał na
bogatego, dobrze usytuowanego, a jego brzuch opinała nieco
przyciasna, krwistoczerwona kamizelka.

– Gruby... – podsumowała.

– No to co...? – spytała cicho Kerra.

– To, że będzie głównie myślał o jedzeniu – stwierdziła. –
O jedzeniu dla siebie – uściśliła. – A poza tym wygląda
na bogatego.
– To chyba dobrze…? – spytała siostra.

Ronja pokręciła głową.

– Nie, bogaty zawsze będzie chciał więcej pieniędzy –
powiedziała.

– To kogo w takim razie szukamy? – spytała Kerra, trochę
zniechęconym tonem.

– Kogoś uboższego, mniej dziwnego.

– Nie wiem, czy znajdziemy tu kogoś mniej dziwnego, tu
wszyscy chodzą dziwacznie ubrani – odparła.

– To dlatego, że jesteśmy najbliżej granicy – wyjaśniła. –
Im dalej, tym biedniej i tym lepiej dla nas.

– To po co tu tkwimy? Chodźmy dalej…

To powiedziawszy zrobiła taki ruch, jakby chciała wstać,
ale Ronja szybko złapała ją za ramię i posadziła z powrotem obok
siebie.

– Siadaj – skarciła ją. – Spacerowanie po Polach Nadziei
w środku nocy nie jest zbyt bezpieczne. Tu, przy murze, jest
jeszcze w miarę bezpiecznie. Tu możemy spędzić noc. Spójrz, tu
jest wielu takich jak my, którzy kręcą się bez celu. Paru żebraków,
jak tamci, albo te przekupki…

Pokazywała jej na poszczególne osoby.

– Albo ci podróżni… – dodała, wskazując na grupę osób
obładowanych tobołami, rozglądających się wokół.

– Może dołączymy do nich? – zaproponowała Kerra.

– Nie – ucięła Ronja.

– Dlaczego nie?

– To zbyt ryzykowne.

– Ale w większej grupie może być bezpieczniej.

– Tak, ale to bez sensu, sama widzisz, dokąd oni idą, na
wschód. Nie widzisz tych oznaczeń na ich płaszczach? Idą do
Świątyni, a my idziemy na zachód, do Ostatniej Góry, to zupełnie
inny kierunek.

Kerra podrapała się po głowie.

– Ale… ale…

– Słuchaj, zostaw to mnie, dobra? – powiedziała Ronja.

– Dobra, jak chcesz, chciałam tylko pomóc – burknęła, dając za wygraną.

– Pomożesz mi, jak będziesz cicho i będziesz siedziała na miejscu, rozumiesz? – powiedziała trochę łagodniej.

Pogłaskała siostrę po jasnych włosach. Ona spojrzała na nią krótko. Wciąż jeszcze było w niej dużo z dziecka, choć miała już siedemnaście lat i nabrała już kobiecych kształtów. Mimo tego Ronja i tak zawsze widziała w niej małą, wystraszoną dziewczynkę.

Znów utkwiła wzrok w karczmie, obserwując wchodzących i wychodzących. Wtem ujrzała jakiegoś mężczyznę dźwigającego worek na plecach. Wyciągnęła szyję, żeby lepiej go widzieć. Mężczyzna miał około czterdziestu lat, szaro-brązowe włosy, ubrany był dość zwyczajnie, w brunatny płaszcz do połowy łydek, obuty w ciężkie, robocze buty.

– Ten – szepnęła do siostry.

Kerra podchwyciła jej spojrzenie.

– Ten? – zdziwiła się.

– Widzisz, ma mały pojazd na dwa zwierzęta – dodała, pokazując na obładowany workami drewniany powóz ciągnięty przez dwie grzywiaste bestie o długiej sierści.

– Jest sam?

– Nie wiem, chyba…

Przez chwilę obie przyglądały się jak mężczyzna wnosi worki do karczmy.

– Co on tam może mieć? – spytała szeptem Kerra.

– Zboże… Albo mąkę – mruknęła Ronja.

Umilkły, bo mężczyzna wyszedł z karczmy i skierował się do swojego wozu po ostatni worek. Patrzyły w milczeniu jak wnosi go do budynku. Ronja powoli wstała.

– Kiedy wyjdzie, zagadnę do niego – powiedziała. – A ty siedź tu i nie odzywaj się, dobra?

Kerra przytaknęła. Ronja zbliżyła się do karczmy. Nawet przez zamknięte drzwi, słyszała głośne śmiechy w środku i żywą muzykę. Czekała w napięciu. Wreszcie drzwi odskoczyły i w progu pokazał się ten mężczyzna.

– Przepraszam pana – zaczęła szybko, podchodząc do niego. – Niech mi pan wybaczy tę śmiałość, ale chciałabym o coś pana zapytać.

Mężczyzna zmierzył ją wzrokiem, jakby oceniał, czy warto dla kogoś takiego się zatrzymać. Przystanął i wzięła to za dobry znak.

– Widzę, że jest pan ciężko pracującym kupcem, czy można wiedzieć skąd pan przybył?

– A kto pyta? – spytał szorstko mężczyzna.

Ton jego głosu nie dawał jej złudzeń, on nie był zainteresowany pomocą. Mimo wszystko brnęła dalej.

– Ja i moja siostra… – powiedziała wskazując na siedzącą nieopodal Kerrę. – Jesteśmy ubogimi sierotami, które chcą się dostać do swojej jedynej krewnej, ciotki, która mieszka na granicy Tartaru. Czy mogłybyśmy, oczywiście za pewną opłatą, skorzystać z pańskiej…

– Nie ma mowy – przerwał jej mężczyzna. – Nie biorę podróżnych.

– Ale…

– Idźcie żebrać gdzie indziej – prychnął, po czym wyminął ją i poszedł do swojego wozu.

Spojrzała za nim zszokowana. Nie wierzyła, że się nie udało. Przecież wszystko dokładnie zaplanowała, wybrała najbardziej do tego odpowiednią osobę, użyła właściwych słów, przećwiczyła je nawet kilkakrotnie w swoim pokoju przed lustrem. Wiedziała, jaką zrobić minę, a on nawet na nią nie spojrzał.

– Ale… – powtórzyła smętnie, ale mężczyzna nie był już w stanie jej usłyszeć. Właśnie wsiadał na swój wóz. Zapuścił cugle i bestie pociągnęły pojazd, wspinając się w górę ulicy.

– Nie chciał? – zapytała Kerra, podchodząc do niej.

Ronja zacisnęła usta.

– To jest chyba złe miejsce, chodź, poszukamy lepszego – powiedziała tylko, pociągając siostrę za sobą.

Poprowadziła ją dalej w nieco spokojniejszą dzielnicę. Było tu dużo sklepów, nadal otwartych mimo późnej pory. Ronja oglądała się na kupców. Tym razem nie czekała długo, postanowiła działać spontanicznie. Podeszła do pierwszego lepszego, wyglądającego na porządnie ubranego.

– Przepraszam szanownego pana, chciałam tylko… – zaczęła kornie, tak jak się nauczyła.

– Wynoś się stąd, łachudro, nie daję jałmużny leniom! – krzyknął na nią mężczyzna tonem, który zmroził jej serce.

Bez słowa odwróciła się na pięcie i podeszła do innego, który rozmawiał ze sprzedawczynią.

– Przepraszam szanownego pana, ja i moja siostra…

– Idź stąd dziewucho, bo mi klientów spłoszysz! – warknęła na nią kobieta.

Ronja przestraszyła się, ale spojrzała z nadzieją na mężczyznę.

– Proszę pana, ja nie jestem żebraczką, chciałabym tylko się zapytać, czy za pewną sumę mógłby pan zabrać mnie i moją siostrę do Ostatniej Góry.

Mężczyzna popatrzył na nią bez zainteresowania.

– Ile? – zapytał.

– Dwadzieścia – powiedziała.

– Za osobę? – dopytał mężczyzna.

– Za dwie…

Mężczyzna parsknął śmiechem. Zobaczyła przez chwilę jego złote zęby. Pożałowała, że się w ogóle do niego odezwała.

– Daruj sobie, dziecko – skwitował. – Za dwadzieścia nie dostaniesz nawet noclegu w poczekalni.

– A… a za czterdzieści? – spytała.

Pokręcił głową.

– Idź szukaj szczęścia gdzie indziej. Może jakiś wariat będzie akurat szedł w tamte strony i będzie potrzebował do towarzystwa dwóch nieletnich panienek… – dodał.

Ronja poczerwieniała na twarzy. Nie powiedziała już nic więcej, tylko szybko wróciła do siostry. Kerra popatrzyła na nią wyczekująco.

– Nic?

– Nic… Idziemy gdzie indziej…

Poszły na drugi kraniec ulicy. Były tam salony gier. Ronja spoglądała na zaglądających tam kupców.

– Poczekaj... – szepnęła i podeszła od razu do wychodzącego z salonu mężczyzny.

– Przepraszam, szanownego pana – powiedziała szybko. – Czy za cenę czterdziestu od osoby ja i moja siostra mogłybyśmy zabrać się z panem do granic Tartaru?

– Nie jadę tam – odparł mężczyzna.

– A... A dokąd pan jedzie?

– Do dwudziestej siódmej dzielnicy, to trzy dni drogi na wschód, mogę was wziąć, jak to wam coś pomoże.

– To nie po drodze... – mruknęła.

– No nie – skwitował mężczyzna.

Ona spojrzała na niego krótko. Miała wrażenie, że on też dobrze wiedział, że to nie po drodze.

Podeszła do kolejnego mężczyzny i tym razem zaoferowała pięćdziesiąt za osobę. Ten chwilę się zastanawiał.

– Mógłbym was wziąć, mam miejsce w wozie – powiedział po namyśle. – I też jadę w tamtym kierunku.

Serce zabiło jej mocniej.

– Ale pięćdziesiąt od osoby to za mało – powiedział.

– Ale... to wszystko co mamy – jęknęła.

On pokręcił nosem.

– Podróż trwa dwa tygodnie, a ja muszę czymś karmić moje zwierzęta – odparł. – Za sto nie starczy mi paszy.

– Ale sto to wszystko co mamy, całe nasze z trudem zdobyte oszczędności! – błagała. – Tylko sto!

– Sto? – zdziwiła się Kerra, pochodząc do nich. – Przecież my mamy odłożone dwieście osie...

Ronja nadepnęła jej na stopę, a ta jęknęła.

– Ach, dwieście? – powiedział mężczyzna, unosząc jedną brew. – To co kłamiesz, że macie tylko sto? – prychnął. – Za dwieście mógłbym was zabrać. Tylko nie wiem, czy będę chciał przebywać z takimi oszustkami.

– Ale my nie jesteśmy oszustkami! – powiedziała zaraz szybko Ronja. – Jesteśmy sierotami, które chcą dostać się do jedynej krewnej!

– Teraz jednak zmieniłem zdanie i nie chcę mieć do czynienia z kłamczuchami – powiedział. – Szukajcie sobie innego frajera.

Po czym odwrócił się i odszedł.

– Ale proszę pana…! – zawołała za nim Ronja, ale jego już nie było.

Obejrzała się na siostrę, posyłając jej piorunujące spojrzenie.

– Coś ty zrobiła? – syknęła. – Wszystko zepsułaś, a już prawie się zgadzał!

– Dlaczego ty proponujesz tak niską stawkę? – zdziwiła się siostra. – Przecież mamy o wiele więcej pieniędzy.

– Jaka ty jesteś głupia – jęknęła Ronja. – Nie mówi się obcym ludziom, ile ma się pieniędzy, bo natychmiast to wykorzystają. Lepiej powiedzieć, że ma się mniej, wówczas, nawet gdy nas oszukają, coś nam z tego zostanie, a tak jak wezmą wszystko i nas wyrolują, to co wtedy, mądralo?

Kerra zmarszczyła brwi.

– Tylko, że przez to twoje kombinowanie straciłyśmy kupca, a tak, gdybyś podała większą sumę, mógłby nas zabrać i już byśmy były ustawione! – odparowała.

Ronja nachmurzyła się.

– Jak taka jesteś cwana, to sama załatwiaj transport – burknęła. – Ciekawe czy dasz sobie radę.

– Żebyś wiedziała, że dam sobie radę! – odparowała Kerra.

– No to powodzenia! – zawołała.

Kerra odwróciła się i poszła w dół ulicy. Ronja patrzyła za nią chwilę. Widziała jak podchodzi do jakiegoś mężczyzny, ale ten tylko potrząsnął głową i wyminął ją.

„No ciekawe…" – pomyślała kąśliwie.

Kerra jednak nie poddawała się. Wmieszała się w tłum kupców przy sklepach i zniknęła jej z oczu. Ronja westchnęła i poszła w tamtym kierunku. Przy jednym ze straganów zagadnęła do jakiegoś dobrze wyglądającego mężczyzny, proponując mu osiemdziesiąt od osoby, ale ten tylko ją zbył.

– Ale proszę pana…! – jęknęła.

– Jaka ty jesteś głupia...

Ale tamten nawet się nie obejrzał. Krążyła coraz bardziej rozgoryczona pomiędzy kupcami, ale nikt nie był zainteresowany wzięciem dwóch dziewczyn jako pasażerów. Z rozmów z nimi wywnioskowała, że niewielu udaje się do Ostatniej Góry. A to przecież tylko część ich podróży...

Ostatnia Góra nazywała się tak, ponieważ było to ostatnie miejsce, gdzie żyli wyrzutkowie z Królestwa. Za nią znajdowały się ogromne przestrzenie, ziemia, która tylko czekała, aby wziąć ją w posiadanie. Kraina płynąca mlekiem i miodem. Ziemia niczyja, bez terroru, bez wachterów, bez handlarzy, bez płacenia za wszystko i wszystkim. Obiecana Ziemia, tak opowiadał im ojciec.

Przystanęła w tłumie i sięgnęła po medalik, który miała na szyi na łańcuszku. Obróciła go w palcach. To była jej jedyna pamiątka po ojcu. Pamiątka i wskazówka. Przyglądała się chwilę tajemniczym symbolom wygrawerowanym na medaliku, zastanawiając się, co mogą oznaczać, gdy naraz usłyszała pisk, którego nie mogłaby pomylić z żadnym innym.

– Kerra! – zawołała, chowając łańcuszek pod kurtkę. – Kerra!

Wparowała pomiędzy ludzi, w stronę, z której nadbiegł krzyk.

– KERRA!

Usłyszała z oddali jakiś tubalny, męski śmiech, a potem kolejny okrzyk:

– Zostaw mnie...!

Ronja poczuła, jak krew ścina jej się w żyłach. Wyskoczyła do przodu, przepychając kupców i wpadła do karczmy, przy której z początku obie czatowały. Wbiegła do dusznego pomieszczenia, pełnego dymu i ostrych zapachów.

– No co, laleczko? Co się tak wyrywasz...? – usłyszała czyjś lubieżny głos.

– Puść mnie...!

– Kerra! – zawołała Ronja.

Ujrzała ją, jak szarpie się z jakimś obleśnym typem, który trzymał ją za ramię i najwyraźniej nie miał zamiaru puścić. Reszta jego kolegów siedząca przy długim stole, patrzyła na tę scenkę z mieszaniną zainteresowania i rozbawienia. Nikt nie przybył na pomoc szarpiącej się dziewczynie.

„Co za banda!" – pomyślała z furią.

Dobyła nóż, który miała ukryty przy pasie i bezceremonialnie wskoczyła na stół. Przebiegła te kilka metrów, które dzieliły ją od mężczyzny, rozrzucając po drodze kubki z napojami i bryzgając trunkami w oczy zebranych.

– Hej, co to ma być! Zmiataj stąd! – usłyszała niezadowolone okrzyki, ale nie zważała na to.

Dopadła wreszcie do tego, którzy trzymał jej siostrę. Wiedziała, że musi to zrobić szybko, póki jeszcze działał efekt zaskoczenia. Tamten spojrzał na nią ze zdumieniem, obracając nalaną twarz z dwoma podbródkami i napuchniętymi, pokrytymi żyłkami czerwonymi policzkami.

– Co...? – zaczął chrapliwie, ale ona nie pozwoliła mu dokończyć.

Kopniakiem uderzyła prosto w jego dwa podróbki z taką siłą, że tamten przechylił się i runął na plecy, nakrywając się nogami. Rozległy się zduszone okrzyki, wybuchy śmiechu.

– Ale mu zasadziła! – skwitował ktoś z zadowoleniem.

Reszta przyglądała się, najwyraźniej ciesząc się z takiej nowej rozrywki. Ronja złapała Kerrę za rękę i wciągnęła ją na stół.

– Ej, co to za zwyczaje? – zawołał barman, dobywając broń o długiej lufie. – Zmiatać mi stąd i nie robić awantur, bo zaraz was unieszkodliwię, smarkule!

Ronja nawet nie próbowała tłumaczyć, że to nie ona zaczęła całą tę awanturę. Pociągnęła Kerrę za sobą i obie przebiegły przez stół w stronę wyjścia. Miały właśnie zeskakiwać na ziemię, gdy nagle jeden z mężczyzn złapał Kerrę za kostkę.

– Ze mną też się tak zabawisz? – zacharczał pijackim tonem.

Kerra pisnęła przerażona, ale Ronja zareagowała błyskawicznie. Wyciągnęła rękę z nożem i zbliżyła do jego gardła.

– Łapy precz od mojej siostry! – warknęła.

Tamten puścił ją, bardziej dla świętego spokoju, niż ze strachu. Ronja natychmiast zeskoczyła na ziemię, za nią Kerra i obie wybiegły z knajpy przy odgłosie śmiechu i wesołych okrzyków.

– Szybko! – ponagliła siostrę.

Schowała nóż za pas i trzymając mocno Kerrę za dłoń, wmieszały się w tłum przechodniów.

– Idź normalnie – szepnęła do niej, wciąż oddychając ciężko.

Maszerowały pomiędzy ludźmi jakiś czas, coraz bardziej oddalając się od tamtego miejsca. Ronja oglądała się raz po raz. Wyglądało na to, że nikt ich nie ścigał. Kiedy myślała, że niebezpieczeństwo już minęło, naraz poczuła, że ktoś jej się przygląda. Nie zignorowała tego subtelnego przeczucia. Jej intuicja jeszcze nigdy jej nie zawiodła.

Udając, że zainteresował ją jakiś stragan, przystanęła i wzięła w dłonie piękną, gładką wazę. W jej odbiciu dostrzegła mężczyznę stojącego nieopodal za nimi. Miał czarną chustkę na twarzy. Dreszcz przebiegł jej po plecach.

„Cholera..." – przemknęło jej przez głowę.

– Kerra... – szepnęła.

Siostra nachyliła się do niej.

– Chcesz to kupować? – zdziwiła się, widząc jak Ronja ogląda wazę ze wszystkich stron.

Ona powoli odstawiła wazę na stragan i podziękowała sprzedawcy.

...poczuła, że ktoś jej się przygląda.

– Z tyłu za nami jest ten mężczyzna z czarną chustką na twarzy – szepnęła. – Obejrzyj się dyskretnie i sprawdź czy nadal nam się przygląda. Tylko powoli...

– D-dobrze...

Kerra zaczęła poprawiać długie, jasne włosy przeczesując je palcami i spojrzała mimochodem za siebie. Nachyliła się do siostry.

– Nie ma tam nikogo takiego – szepnęła.

Ronja zerknęła zza jej pleców, szukając w tłumie. Rzeczywiście, nikogo takiego nie było. Czuła jednak, że serce mocno jej bije, wciąż niespokojne.

– Byłam pewna, że... Dobra, nieważne. Chodźmy! Poszukamy gdzie indziej, gdzieś, gdzie nie ma takich tłumów.

Trzymała siostrę mocno za rękę. Czuła, jak poci jej się dłoń.

– Ronja... – usłyszała ciche.

– Nie teraz...

– Ronja, przepraszam – bąknęła. – Niepotrzebnie się tam pakowałam... Narobiłam nam tylko kłopotów...

Ronja spojrzała na nią. Kerra miała łzy w oczach. Przytuliła ją mocno, a ta objęła ją za szyję.

– No już dobrze – powiedziała uspokajająco Ronja, choć sama jeszcze dygotała ze strachu. – Już dobrze, chodź, nie płacz już...

Pogłaskała ją po głowie. Kerra otarła łzy z bladych policzków. Złapały się za ręce.

– Chodź, mała.

– Nie mów na mnie „mała" – odparła Kerra. – Niedługo cię przerosnę.

– Ale jeszcze mnie nie przerosłaś – zauważyła Ronja. – Poza tym dla mnie zawsze będziesz „mała".

Milczały chwilę, wydostając się z tłumu. W końcu wyszły na pustą ulicę.

– Nie bałaś się? – spytała Kerra.

Ronja wzruszyła ramionami.

– A co, miałam pozwolić temu oblechowi cię zaczepiać?

Kerra uśmiechnęła się lekko.

– Dzięki…

Ronja odparła słabym uśmiechem. Uścisnęła mocniej jej rękę.

– Chodź w tę stronę, tam wydaje się spokojniej – powiedziała, prowadząc ją w boczną uliczkę.

ROZDZIAŁ II

Nie udało im się nikogo znaleźć, mimo, że wytrwale zagadywały do kupców przez całą noc. W końcu nad ranem, zmęczone, przysiadły we wnęce pomiędzy dwoma wysokimi domami i obejmując się, zasnęły na siedząco, plecami oparte o ceglaną ścianę. Ronja budziła się co jakiś czas, nerwowo nasłuchując, ale z ulicy były niewidoczne i nikt tu nie zaglądał. Pozwoliła sobie na głębszy oddech i naraz ocknęła się. Spojrzała w niebo. Słońce było już wysoko.

– O nie… – mruknęła, podnosząc się szybko.

– Co się stało…? – spytała sennie Kerra.

– Zaspałyśmy, jest już późno – powiedziała.

Kerra ziewnęła przeciągle.

– Przecież musiałyśmy jakoś odespać tę noc – zauważyła, wstając.

– Tak, ale odpisy mamy ważne do wieczora, a do tego czasu nie może nas tutaj być, rozumiesz?

Kerra pokiwała głową. Ronja zaczęła się rozglądać.

– Musimy szybko znaleźć jakiegoś kupca – powiedziała.

Wyszły na zalaną słońcem ulicę. Kerra wzdrygnęła się, kiedy powiał wiatr.

– Ale ostre powietrze… – zauważyła.

– No tak, pod kopułą takiego nie ma – mruknęła Ronja. – Musimy się przyzwyczajać.

Kerra popatrzyła w błękitne niebo.

– Czy my sobie w ogóle damy radę…? – odezwała się naraz cicho.

Ronja zbyła jej uwagę milczeniem. Nie przyznała się, że siostra powiedziała na głos to, czego ona sama najbardziej się obawiała.

– Chodźmy – powiedziała tylko.

– Ale tym razem dawaj większe stawki – powiedziała Kerra. – Przynajmniej osiemdziesiąt od osoby.

– Już takie proponowałam – mruknęła Ronja.

– I co? Nic?

– No nic…

Przeszły z bocznej dzielnicy bliżej targowiska i zaraz przystanęły na wzniesieniu, skąd miały widok na ogromną bramę w oddali i mur odgradzający Królestwo od reszty świata.

Ronja popatrzyła bezradnie wokół. Zrobiło się ruchliwie, bardziej niż w nocy. Tłum kolorowo ubranych ludzi wdzierał się szeroką rzeką przez otwartą bramę i rozlewał po wszystkich zakamarkach Pól Nadziei. Głosy ludzkie mieszały się z piskami zwierząt, zapachy egzotycznych przypraw ze smrodem odchodów, bogate stroje z łachmanami żebraków, którzy wyciągali błagalnie ręce po drobne. Ludzie, ludzie, wszędzie ludzie.

– Jak my się tu…? – zaczęła Kerra.

– Nie puszczaj mojej ręki, dobra? – powiedziała stanowczo Ronja. – Idziemy razem, nie rozdzielamy się, żeby się nie pogubić.

Ruszyła pierwsza, a za nią siostra. Starała się nie rozglądać, ale i tak jej wzrok uciekał do przepięknych sukien rozwieszonych na straganach, a usta nabiegały śliną czując zapachy gotowanych na pospiesznie skleconych piecykach polowych pysznych potraw.

– Ale jestem głodna… – mruknęła Kerra.

– Ja też…

Sięgnęła pod kurtkę i wyskrobała z kieszonki ostatniego suchara. Podzieliła go na dwie połowy. Kerra popatrzyła na to smutno.

– To wszystko, co mamy… – powiedziała Ronja.

– Możemy zawsze dokupić – zauważyła Kerra.

Ronja pokręciła głową.

– Dopóki nie załatwimy transportu, nie kupujemy niczego.

Stanęły na krawężniku przy wodopoju, przy którym pasły się zwierzęta. Były wielkie i masywne. Podłużne pyski zanurzały w korycie, a potężnymi kończynami przeznaczonymi do długiej wędrówki, kopały w suchej ziemi. Miały ciemnogranatową sierść i wielkie chrapy, którymi nieustannie poruszały. Ronja od dziecka się ich bała, ale Kerra wyglądała na zaciekawioną. Zbliżyła się do jednego z nich. Stworzenie podniosło łeb i poruszyło spiczastymi uszami. Popatrzyło na nią bystro.

– Odsuń się od niego, bo cię ugryzie – ostrzegła ją Ronja.

Ale Kerra nie odsunęła się.

– On wygląda całkiem przyjaźnie – powiedziała cicho.

Zwierzę poruszyło łbem, jakby chciało przyznać jej rację.

Ronja spoglądała na to z boku.

– Odsuń się od niego, Kerra.

Kerra jednak zamiast tego wyciągnęła dłoń do zwierzęcia.

– Kerra!

Zwierzę zbliżyło łeb do jej ręki, powąchało ją, po czym wysunęło z pyska podłużny jęzor i polizało ją.

– Och...! – Kerra westchnęła zaskoczona i zaraz roześmiała się.

Na dźwięk jej wesołego śmiechu ktoś, kto przed chwilą ładował pakunki na swój powóz, podniósł głowę. Mężczyzna o opalonej twarzy i jasnobrązowych włosach obejrzał się i spojrzał na Kerrę.

Ronja pokręciła głową z dezaprobatą.

– Dobra, chodźmy stąd – mruknęła.

– Ale zobacz, jaki on jest słodki – powiedziała Kerra. – Polizał mnie!

– Polizał cię, bo miałaś resztki okruchów po sucharze na dłoni, to dlatego – powiedziała Ronja.

Kerra wyciągnęła znów rękę i tym razem dotknęła jego pyska.

– Jakie ma milutkie futro – powiedziała zauroczona. – Ronja, dotknij go...

– Nie będę go dotykać – mruknęła.

– Dlaczego? Wcale nie jest agresywny. Zobacz, jaki jest miły.

Ale Ronja nie patrzyła na zwierzę, patrzyła teraz na tego mężczyznę, który patrzył na jej siostrę. Tamten zostawił swój pakunek przy wozie i zaczął iść w ich stronę.

– Kerra... – Ronja odezwała się cicho.

– Ciekawe, jak się nazywa to stworzenie? – zastanowiła się na głos Kerra.

Mężczyzna był już o krok.

– Kerra – powiedziała głośniej Ronja, z napięciem obserwując zbliżającego się nieznajomego.

– Nazywa się ogryn, podoba ci się? – odezwał się niespodziewanie młody mężczyzna, stając obok niej.

Kerra spojrzała na niego zaskoczona.

– Och, no… tak… – bąknęła.

Mężczyzna uśmiechnął się do niej i nonszalancko poklepał zwierzę po masywnym boku.

– To mój Maluszek – powiedział z dumą. – Tak go nazwałem, Maluszek.

Maluszek podniósł swój wielki łeb i pokiwał nim, zupełnie jakby rozumiał, co mężczyzna mówi.

Mężczyzna uśmiechnął się do niej...

– Tamten to Kuleczka, Pierożek i Szyneczka, mój zastęp bojowy – dodał wesoło, pokazując na inne ogryny o takiej samej miękkiej, ciemnogranatowej sierści, stojące przy wodopoju.

– Och, to twój...? – zdziwiła się Kerra. – To znaczy, to pana... – poprawiła się zaraz.

Mężczyzna znów się uśmiechnął. Miał bardzo zaraźliwy uśmiech, szeroki i wesoły.

– Możesz mi mówić po imieniu, jestem Bren – powiedział, wyciągając do niej otwartą dłoń.

Ona spojrzała na niego onieśmielona.

– Ja... – wykrztusiła. – Ja jestem...

Wyciągnęła swoją rękę, ale zanim zdążyła go dotknąć, Ronja objęła ją ramieniem i odsunęła od nieznajomego.

– Kerra – powiedziała głośno. – A ja jestem jej siostra, Ronja.

Mężczyzna spojrzał na nie obie, niezrażony jej gwałtownym zachowaniem.

– Miło mi was poznać – odparł. – Co was sprowadza na Pola Nadziei?

– My... – Kerra już otwierała usta, ale Ronja ubiegła ją szybko:

– Załatwiamy swoje sprawy, proszę pana – powiedziała chłodniej.

– Ach, tak... – mruknął mężczyzna, a jego promienny uśmiech nieco przybladł.

Widząc to, Kerra wreszcie uwolniła się z jej objęcia i stanęła na wprost mężczyzny.

– Szukamy transportu do Ostatniej Góry – powiedziała, zanim Ronja zdążyła ją uciszyć.

Ronja spojrzała niepewnie na siostrę, a potem na mężczyznę. Tamten uniósł brwi.

– Do Ostatniej Góry? To daleko – stwierdził. – I same się tam wybieracie?

– Tak – powiedziała Kerra.

– Mamy tam krewną, jedyną z rodziny, chcemy z nią zamieszkać, bo w Królestwie straciłyśmy już wszystkich – powiedziała zaraz Ronja.

– Ach, tak… – odparł mężczyzna.

W jego głosie słychać było zamyślenie. Ronja przyjrzała mu się uważnie. Nie mógł być wiele starszy od niej, miał może dwa, trzy lata więcej. Nosił ciemnoczerwoną kurtkę i ciemne spodnie. Jego ubranie było porządne gatunkowo, ale dość znoszone, ze śladami niewielkich uszkodzeń.

„Podróżnik" – oceniła. „Podróżnik do dalekich stron" – pomyślała z nadzieją.

Coś jednak nie pozwalało jej zaufać temu człowiekowi. Widziała go już wcześniej, gdy razem z Kerrą obserwowały kupców krążących wokół karczmy. Zachowywał się zbyt wylewnie, co mogło ukrywać prawdziwe intencje.

– Czy znasz może kogoś, kto mógłby nas tam zawieźć? – zapytała naraz Kerra. – Oczywiście za pewną opłatą…

Mężczyzna spojrzał na nią uprzejmie. Przez chwilę wyglądał, jakby coś w sobie rozważał. Ronja patrzyła na niego z napięciem.

– O, tak, pewnie, że znam – odparł zaraz wesoło. – Sam się tam wybieram. Ja i mój najlepszy przyjaciel.

Obejrzał się za siebie i gwizdnął przeciągle. Kilka osób spojrzało za nim, ale nikt do niego nie podszedł. Dopiero po chwili z tłumu wyłonił się jakiś mężczyzna. Ronja cofnęła się na jego widok. Był nieco wyższy od Brena i szerszy w barkach. Miał ciemne, krótko obcięte włosy i czarną chustkę, którą osłaniał sobie twarz. Dostrzegła jego bardzo ciemne, głęboko osadzone oczy, które natychmiast omiotły je obie czujnym spojrzeniem i spoczęły na niej. Rozpoznała go. Wzdrygnęła się.

– Razem zmierzamy do Ostatniej Góry w interesach, a że akurat mamy trochę więcej miejsca w wozie, więc… – powiedział Bren zawieszając głos.

– Kerra, chodź… – Ronja szepnęła do siostry półgębkiem. Ta spojrzała na nią zdumiona.

– Co ty…? – mruknęła. – Może oni nas zabiorą?

Ronja pokręciła głową i zrobiła kolejny krok w tył. Tymczasem mężczyzna z chustką na twarzy stanął obok przyjaciela. Spojrzał na niego pytająco.

– To jest Rah – powiedział Bren, pokazując na mężczyznę.

Tamten nie wyciągnął dłoni, aby się przywitać, nie zsunął też chustki, aby pokazać im swoją twarz.

– A to są moje dwie nowe znajome, Kerra i Ronja – powiedział, przedstawiając mu dziewczyny. – Szukają transportu do Ostatniej Góry. Co ty na to?

On popatrzył na nie bez słowa. Ronja ścisnęła mocno rękę siostry. Chciała stąd jak najszybciej odejść. Nie podobał jej się ten mężczyzna. Kerra spojrzała na nią gniewnie i wyszarpnęła dłoń z jej uścisku.

– Przestań – szepnęła poirytowana, odsuwając się od niej.

– A więc chcecie się dostać do Ostatniej Góry? – zapytał nagle Rah.

Miał szorstki, ponury głos. Ronja przełknęła ślinę.

– Tak – powiedziała śmiało Kerra. – Mamy... pewną sumę, ale chętnie ponegocjujemy.

– Ile? – zapytał krótko mężczyzna z chustką na twarzy.

– Mamy tylko osiemdziesiąt za osobę – powiedziała szybko Ronja, zanim Kerra znów pierwsza się odezwała. – Wiemy, że to niewiele dla takich dostojnych podróżników, jak wy... Dlatego nie chcemy wam zawracać głowy, więc już sobie...

Bren uśmiechnął się przekornie.

– Oj, ale chyba się jakoś dogadamy, co ty na to Rah?

Ponury mężczyzna popatrzył wprost na nią. Ronja speszona szybko spuściła wzrok i wbiła go w swoje buty.

– Za mało – skwitował.

– Tak też myślałam, no cóż, to spróbujemy, gdzie... – zaczęła, wycofując się, wciąż ze wzrokiem wbitym w ziemię.

– A dziewięćdziesiąt? – zapytała Kerra.

Bren spojrzał na swojego towarzysza.

– Sto dwadzieścia – oznajmił szorstko Rah.

– A może dziewięćdziesiąt pięć? – podsunęła Kerra.

Bren znów spojrzał wymownie na kolegę, po czym uśmiechnął się do Kerry.

– Mnie pasuje – stwierdził pogodnie.

– Sto dwadzieścia – uciął Rah. – To moje ostatnie słowo. Albo znajdźcie sobie inny transport.

– Stoi – powiedziała Kerra.

– Nie! – wykrzyknęła Ronja. – Nie! To dla nas za dużo!

Rah przeniósł na nią czujne spojrzenie.

– To się zdecydujcie.

– Mnie pasuje sto dwadzieścia – powiedziała Kerra.

– Zwariowałaś? – syknęła Ronja, biorąc ją na stronę. – Chcesz nas pozbawić wszystkich oszczędności? Zostanie nam się tylko czterdzieści...

Kerra nachyliła się do niej.

– Nie mamy wyjścia, to jedyni kupcy, którzy są zainteresowani zabraniem nas do Ostatniej Góry.

– Będą jeszcze inni, którzy wezmą nas za mniejszą kwotę...

– Nikt was nie weźmie za mniejszą kwotę – powiedział głośno Rah.

Ronja poczerwieniała na policzkach. Nie przypuszczała, że ten mężczyzna podsłuchiwał ich pospieszną wymianę zdań.

– Sto dwadzieścia to realne pieniądze, za mniej nie ma o czym rozmawiać – dodał.

Spojrzał na nie surowo.

– Więc lepiej się dogadajcie.

Ronja ściągnęła brwi. Nie chciała ani sekundy dłużej przebywać w towarzystwie tego mężczyzny. Coś w nim napawało ją niepokojem.

– To my się jeszcze zastanowimy – odparła głośno Ronja.

Chciała być twarda, a przynajmniej za taką uchodzić, ale głos jej zadrżał.

– To się decydujcie szybciej – odparł Rah. – Bo my za dwie godziny ruszamy i nie będziemy na nikogo czekać.

Ronja uchwyciła krótkie spojrzenie Brena, który popatrzył pytająco na swojego towarzysza. Nie wiedziała, co to mogło oznaczać.

– Ronja, nie ma się co namyślać – powiedziała Kerra. – Lepszej oferty już nie znajdziemy.

– Czy możemy porozmawiać chwilę *na osobności*? – zapytała ją głośno, ciągnąc za rękaw kurtki.

Kerra zrobiła naburmuszoną minę, ale posłusznie poszła za nią na bok. Stanęły nieopodal kasyna, pod wiatą. Ronja spojrzała na dwóch mężczyzn w oddali stojących przy swoim wozie. Bren mówił coś do towarzysza. Nie wiedziała, co tamten odpowiadał, bo wciąż miał chustkę na twarzy, ale miała wrażenie, że Bren stara się go do czegoś przekonać.

– Kerra, słuchaj, coś mi się tu nie podoba – zaczęła cicho do siostry.

– Ale co ci się nie podoba? – zaprotestowała Kerra. – Nie rozumiem, przecież wszystko idzie zgodnie z naszym planem.

– Ci dwaj mi się nie podobają – odparła.

– Nie? – zdziwiła się. – A mnie tak.

Ronja popatrzyła na nią krzywo.

– Pewnie, zwłaszcza ten roześmiany Bren – skwitowała.

Kerra zarumieniła się gwałtownie.

– Ale o co ci znów chodzi? Przecież był miły...

– Ale ten drugi, ten z chustką na twarzy...

– Rah?

Ronja objęła siostrę ramieniem, przyciągając ją bliżej siebie.

– Słuchaj, tych dwóch już przecież widziałyśmy wcześniej i pamiętasz jak ci mówiłam, że wyglądają mi na cwaniaków?

Kerra niechętnie, ale pokiwała głową.

– Nadal mi na takich wyglądają.

– Ale dlaczego?

– Nie potrafię ci tego wytłumaczyć, ale...

Ronja znów spojrzała na tamtych dwóch. Ładowali pakunki na swój drewniany wóz.

– To takie przeczucie... – dokończyła.

– Może twoje przeczucie się myli? – spytała Kerra powątpiewająco.

– Moje przeczucia nigdy się nie mylą.

– Ale może teraz akurat tak...?

– Kerra, tego z chustką na twarzy widziałam jak stał i obserwował nas w tłumie, kiedy cię wyratowałam z tej knajpy – szepnęła. – Stał i patrzył się. Po co się tak patrzył? Nie wiem. Czemu się nie odezwał? Tego też nie wiem, ale... Ale mam wrażenie, że ja go skądś znam... I... I to chyba nie jest nic dobrego.

Kerra uniosła brwi.

– Ale skąd ty mogłabyś go znać? – zapytała.

Ronja potarła brew.

– Nie wiem, ale…

Potrząsnęła głową.

– Może to wachter? – spytała szeptem Kerra.

– Jeśli to wachter, to mamy przerąbane – mruknęła Ronja.

– Zorientuje się, że nie mamy prawdziwych odpisów. To, że tamci wczoraj nas przepuścili to… to był jakiś cud – dodała.

– Przecież nie musimy mu pokazywać naszych odpisów, są ważne tylko do wieczora, a potem już możemy je wyrzucić.

– I tak też zrobimy, ale…

Ronja wciąż oglądała się na tamtych mężczyzn. Skończyli ładować towar i Rah patrzył teraz na nie z ramionami skrzyżowanymi na piersi. Postawny i mocno zbudowany nosił ciemne spodnie i ciemny płaszcz sięgający do połowy łydek. Na biodrach miał skórzany pas z jakimiś przytroczonymi do niego małymi pakunkami. Przy jednym boku dostrzegła pistolet, a kieszenie jego płaszcza wyglądały jakby ukrywały jakieś skarby. Nie poruszał się, stał jak posąg wykuty z czarnego kamienia. Tylko wiatr poruszał jego płaszczem.

– Nikt normalny nie zakrywa sobie twarzy w biały dzień, kiedy nie jest ani zimno, ani nie ma żadnych pyłów – powiedziała cicho Ronja. – Widocznie ma coś do ukrycia. Może jest jakimś zbiegiem, albo kto wie kim jeszcze gorszym?

– Może i jest, ale ten jego towarzysz wygląda na normalnego – zauważyła Kerra. – Chyba nie trzymałby z takim podejrzanym typkiem, skoro sam jest miły.

– Może i on też jest jakimś zbiegiem…

– Nie wygląda mi na takiego…

– A skąd ty możesz to wiedzieć? – powiedziała Ronja.

Kerra spojrzała na nią.

– A skąd ty możesz wiedzieć, że jest z nimi coś nie tak? Przecież wcale ich nie znasz.

– Ty też nie.

– Ale jak ich poznamy, to wówczas się przekonamy.

– Kerra, spędzimy z tymi ludźmi przynajmniej dwa tygodnie ciężkiej, męczącej podróży, więc będziemy mieć mnóstwo okazji, żeby ich poznać, ale jeśli się okaże, że to złoczyńcy, będzie już za późno, żeby się wycofać, więc lepiej jest najpierw dobrze się zastanowić, zanim potem...

– Tu jest ta mała suka!

Gwar rozmów prowadzonych przy straganach przeciął nagle ostry, męski głos. Ronja rozejrzała się i naraz w tłumie spostrzegła otyłego mężczyznę z krwistym obrzękiem na swoich dwóch podbródkach. Poczuła, jak krew odpływa jej z twarzy.

– Tam jest! Bierzcie ją! – warknął mężczyzna.

Do przodu wyskoczyło naraz dwóch jego koleżków, każdy o nalanej twarzy, wyglądający jak stali bywalcy karczmy. Ronja chwyciła siostrę za rękę.

– W nogi! – pisnęła.

Pociągnęła ją w tłum, przepychając się pomiędzy kupcami i interesantami. Biegła najszybciej jak umiała, ale Kerra nie nadążała za nią, mimo, że Ronja ciągnęła ją mocno za dłoń. Zerknęła za siebie. Mężczyźni byli tuż za nimi. Ronja rzuciła się rozpaczliwie w sam środek straganu, wbiegając pomiędzy półki z warzywami. Przewróciła po drodze kilka z nich, wielkie głowy kapusty potoczyły się po ziemi na moment zagradzając drogę ścigającym.

– Hej, co to ma znaczyć?! Wracać tutaj! – krzyknął na nie sprzedawca, ale one nie zatrzymały się.

W biegły w głąb straganów, przebiegając pomiędzy ladami, omijając rozzłoszczonych kupców, przeskakując nad zwierzętami hodowlanymi trzymanymi w klatkach. Dwaj mężczyźni nie odpuszczali, byli tuż za nimi. Ronja szukała nerwowo drogi ucieczki i instynktownie skierowała swoje kroki do zaułku, w którym stały kontenery ze śmieciami.

„Ślepa uliczka!" – pomyślała w panice, widząc, że droga nagle się urywa i mają przed sobą ścianę z betonu.

– Tam pobiegły! – usłyszała złowieszcze okrzyki.

– Ronja...! – szepnęła Kerra na granicy płaczu.

Ronja omiotła wzrokiem zaułek i wtem dostrzegła małe okienko piwniczne. Pokazała tam ręką i pociągnęła siostrę za sobą.

– Ty pierwsza, szybko – nakazała.

– Ale…

– Szybko!

Kerra wślizgnęła się przez okienko i wylądowała w środku.

– W porządku? – szepnęła do niej Ronja.

– Tak, możesz skakać – odpowiedziała jej Kerra zduszonym głosem.

Ronja przełożyła jedną nogę do środka, gdy nagle ktoś złapał ją od tyłu za włosy i z całej siły pociągnął ku górze. Wrzasnęła i wpiła paznokcie w dłoń mężczyzny próbując rozewrzeć jego palce. Zaraz podbiegł do niej drugi, chwycił ją za ramiona i wykręcili jej ręce do tyłu.

– Puśćcie mnie! Puśćcie mnie, wy dranie! – krzyknęła ze strachu i z bólu.

– Tu jest, mamy ją! – zawołał jeden z nich.

Po chwili zjawił się otyły mężczyzna, dysząc ciężko.

– No wreszcie, ta mała ladacznica – sapnął mężczyzna, podchodząc do niej. – Myślisz, że można sobie tak ze mną zadzierać? Z Bossem Tarem?

Ona ściągnęła brwi. Była przerażona, ale postanowiła, że nie będzie tego po sobie pokazywać. Będzie walczyć do końca. Boss Taro wyciągnął naraz zza pleców krótki nóż w złotej rękojeści.

– Zaraz się z tobą policzę, ślicznotko – powiedział złowieszczo. – Potnę ci tę twoją słodką buźkę, to może wtedy nabierzesz pokory.

Zbliżył sztylet do jej policzka, ale Ronja nie czekała, aż ostrze dotknie jej skóry. Zamachnęła się i z całej siły wystrzeliła kolanem do góry, uderzając w jego rękę. Ostrze wypadło mu z dłoni, a ona wykorzystała tę chwilę nieuwagi i wspierając się ramionami o trzymających ją mężczyzn, kopnęła z całej siły Bossa Taro prosto w jego fioletowy podróbek. Mężczyzna runął plecami na ziemię, jęcząc z bólu. Jego kompani popatrzyli na to zdumieni. Jeden z nich lekko rozluźnił uchwyt na jej ramieniu i ona natychmiast to wykorzystała. Wyszarpnęła rękę i dźgnęła go łokciem prosto w brzuch, tak, aż zabrakło mu tchu. Puścił ją, ale ten drugi nadal ją trzymał za ramię.

– Ej, ty! – zawołał.

Ona okręciła się szybko wokół ramienia, stając na wprost niego. Zobaczyła pięść lecącą w jej kierunku i błyskawicznie ukucnęła. Pięść poleciała do przodu, trafiając w powietrze, a mężczyzna zachwiał się. Ona tymczasem wymacała na ziemi sztylet w złotej rękojeści i wbiła w jego stopę, przebijając gruby, skórzany but. Mężczyzna wrzasnął, puścił ją i z bólu aż usiadł. Ronja tymczasem zerwała się na nogi. Na ułamek sekundy zerknęła na okienko piwniczne, ale wiedziała, że teraz nie może tam iść. Za bardzo naraziłaby Kerrę. Nie mogła też dać jej znać, dokąd ucieka. Musiała działać spontanicznie.

Zerwała się do ucieczki i już miała wydostać się z zaułku, gdy nagle Boss Taro, który gramolił się z ziemi, chwycił ją za łydkę. Ronja runęła do przodu, zdzierając dłonie i kolana do krwi. Ból na chwilę zupełnie ją zamroczył.

– Bierz ją! – warknął Boss Taro, prostując się,

Mężczyzna, którego trafiła łokciem w brzuch, chwycił ją za barki i podniósł na nogi. Drugi, utykając, złapał za jej ramię i wykręcili je do tyłu.

– Trzymajcie ją, żeby nie wierzgała – powiedział Boss Taro, podchodząc do niej.

Zza paska wyciągnął drugi nóż, długi i ostry. Ronja próbowała go kopnąć, ale mężczyźni przydeptali jej stopy i nie była w stanie się wyrwać.

– Taka jesteś sprytna, co? – zakpił Boss Taro. – To się jeszcze okaże!

Złapał za jej policzki, ściskając je dłonią, a ona nie namyślając się, wbiła zęby w jego opasłą rękę. Boss Taro syknął, cofnął dłoń i uderzył ją w twarz. Ból był tak silny, że głowa odskoczyła jej na bok, a oczy nabiegły łzami.

– Zostaw ją! – zawołał nagle głośno ktoś, kto pospiesznie wbiegł w ciemny zaułek.

Boss Taro obejrzał się w tamtą stronę. Ronja też spojrzała i przez załzawione oczy dostrzegła znajomą sylwetkę mężczyzny z czarną chustą na twarzy.

– Nie wtrącaj się! To moje osobiste porachunki – warknął Boss Taro.

– Powiedziałem, zostaw ją! – powtórzył ostro Rah.

Boss Taro wymierzył ostrze w jego stronę.

– Ta mała już wystarczająco zalazła mi za skórę, więc teraz ja zedrę z niej jej własną…

Nie dokończył, bo w tej samej chwili Rah strzelił do niego z czegoś, co miał w dłoni.

„Broń?” – zdumiała się Ronja.

Nie był to jednak pistolet na kule. Nie usłyszała żadnego wybuchu, tylko ciche pyknięcie i Boss Taro padł na wznak zemdlony z igłą sterczącą u szyi.

„Co to jest…?”

– Ty gnoju…! – zawołał jeden z trzymających ją mężczyzn.

Rzucił się w stronę Raha, ale nie zdążył zrobić nawet kroku, gdy tak samo padł unieruchomiony tajemniczym pociskiem z igłą. Drugi mężczyzna, w którego stopę Ronja wcześniej wbiła sztylet, zasłonił się nią jak tarczą.

– Nie wstyd ci tak chować się za kobietą? – rzucił oschle Rah, mierząc do niego z broni.

Mężczyzna pchnął z całej siły Ronję, a ta z krzykiem poleciała do przodu, prosto w ramiona Raha. Ten złapał ją jedną ręką, powstrzymując przed upadkiem, ale zaraz odsunął ją ramieniem i schował za siebie, celując w tego, który uciekał. Nie zdążył jednak wystrzelić, bo nagle mężczyzna wpadł na kogoś, kto również wbiegał do zaułku. To był Bren.

– Cześć – rzucił Bren.

Chwycił mężczyznę za barki i jednym ruchem powalił go na ziemię. Dopiero wówczas Rah wystrzelił i tamten znieruchomiał. Zrobiło się bardzo cicho.

Ronja powoli podniosła oczy na Raha, który właśnie chował za paskiem spodni to małe urządzenie. Mężczyzna spojrzał na nią.

– Nic ci nie jest? – spytał.

Pokręciła głową.

– Uderzył cię – bardziej stwierdził, niż zapytał.

Ona zamrugała szybko. Jeszcze do niej nie dotarło, co się właściwie wydarzyło. Wzięła kilka głębszych oddechów, a w tym czasie Rah poszukał czegoś w wewnętrznej kieszeni swojego płaszcza. Wyciągnął stamtąd jakąś intensywnie pachnącą ziołami chusteczkę. Podał jej to.

– Otrzyj sobie tym twarz, ręce i kolana – powiedział, spoglądając na jej rozdarte spodnie. – Złagodzi ból i odkazi.

– Aha… – mruknęła półprzytomnie.

Gdy tylko przyłożyła opatrunek do twarzy, ból od razu zelżał. Otarła chusteczką poranione miejsca, a potem chciała ją oddać Rahowi, ale ten pokręcił głową, gestem dłoni nakazując jej, aby zatrzymała ją dla siebie.

– Dzięki – bąknęła. – Dziękuję… wam – dodała, spoglądając na Brena.

– Nie dziękuj nam, ale jej, to ona nas tu sprowadziła – powiedział Bren, uśmiechając się lekko.

Skinął na kogoś, kto czaił się za rogiem i po chwili Ronja ujrzała tam Kerrę, przerażoną i zapłakaną.

– Kerra! – zawołała z ulgą.

– Ronja…! – pisnęła siostra.

Kerra podbiegła do niej, a Ronja objęła ją mocno.

– Tak się bałam! Myślałam, że cię zabiją! Nic ci nie jest? – wyrzuciła z siebie szybko Kerra.

– Nie, a tobie?

– Mnie nic nie jest!

– Ale jak to… Jak to się stało, że ty…?

– W piwnicy było wyjście i jak tylko usłyszałam, że cię złapali, pobiegłam po pomoc – powiedziała Kerra. – I tak natrafiłam na Brena i Raha. Rah pierwszy wybiegł, kiedy tylko się dowiedział, co się stało, a Bren kazał mi poczekać przy sobie, ale ja nie mogłam tak stać, musiałam zobaczyć co z tobą…!

Ronja pogłaskała ją po głowie. Kątem oka uchwyciła spojrzenia obu mężczyzn.

– Dobrze zrobiłaś – pochwaliła ją. – Bardzo dobrze zrobiłaś.

Kerra otarła mokrą od łez twarz. Ronja odsunęła ją od siebie i spojrzała na nieruchomych mężczyzn leżących na ziemi.

– Zabiłeś ich…? – zapytała cicho Raha.

On pokręcił głową.

– Ale to nie były kule… – zauważyła.

– Nie były – zgodził się.

– A co? – spytała.

Dostrzegła cień uśmiechu błyszczący w jego oczach. Nie odpowiedział.

– Co to było? Jakiś zastrzyk usypiający? – dopytywała.

– Rah zna się na ziołach i różnych lekarstwach – wyjaśnił Bren, pochodząc do nich. – Niektóre rośliny leczą choroby, a inne je wywołują.

Ronja spojrzała na leżących mężczyzn.

– Co im jest?

– Pojedziemy z wami…

– Są uśpieni – powiedział Bren. – Substancja, którą są nasączone igły, to wyciąg z pewnej rośliny, która w większym stężeniu paraliżuje ciało i umysł. Będą tak leżeć jeszcze kilka godzin, a gdy się obudzą, nie będą wiele pamiętać z tego, co działo się przed ukłuciem.

Ronja patrzyła na nieruchome ciała z rosnącym niepokojem. Taka wiedza była bardzo przydatna, ale i bardzo niebezpieczna. Zerknęła znów na Raha, ale ten nic nie mówił. Przyklęknął i wyciągnął igłę z szyi Bossa Taro. Tak samo zabrał dwie pozostałe igły z ciał jego kompanów.

– Lepiej nie zostawiać po sobie śladów – stwierdził, widząc jej pytające spojrzenie.

„Dlaczego?" – chciała zapytać, ale nie powiedziała tego na głos.

Poczuła, że Kerra dotyka jej ręki.

– Ronja, to może my...? – zaczęła cicho, pokazując na mężczyzn.

Wiedziała, co siostra ma na myśli. Teraz, kiedy emocje opadły, zrozumiała, że decyzja w kwestii tego, czy wybiorą się właśnie z nimi w podróż do Ostatniej Góry, jest w zasadzie przesądzona.

– Słuchajcie, to... – zaczęła.

Tamci spojrzeli na nią równocześnie.

– Dziękuję wam, że przyszliście mi na pomoc – powiedziała. – I w ogóle...

– Nie ma sprawy – odparł Bren z uśmiechem.

Rah milczał.

– To skoro tak wyszło, to...

Zrobiła się chwila niezręcznego milczenia. Każdy patrzył na każdego, ale nikt się nie odzywał, choć wszyscy wiedzieli, o co chodzi.

– To przemyślałaś sprawę, z kim chcecie się zabrać do Ostatniej Góry? – zapytał ją wprost Rah.

Ona poczerwieniała gwałtownie i spuściła wzrok.

– Ja... no, tak, przemyślałam i...

Chrząknęła. Spojrzała na siostrę. Kerra pokiwała głową.

– Pojedziemy z wami – dokończyła Kerra.

Bren uśmiechnął się szeroko.

– Miło mi to słyszeć – powiedział.

Rah nic nie odpowiedział. Patrzył wyczekująco na Ronję. Zrozumiała, że ona również musi się określić.

– Pojedziemy z wami.

ROZDZIAŁ III

Ustalili wspólnie, że teraz Rah i Bren dostaną połowę wynagrodzenia, a gdy dotrą na miejsce, drugą połowę. Za resztę pieniędzy jaka im została, Ronja i Kerra kupiły dla siebie prowiant.

– Jestem taka podekscytowana – szepnęła Kerra, pakując jedzenie do skórzanej torby. – I też trochę się boję – dodała ciszej.

– Ja też się boję... – mruknęła Ronja, przypatrując się jak Bren i Rah siodłają swoje ogryny.

Umówili się, że one będą podróżować w wozie, a oni na zwierzętach. Ucieszyło ją to, że nie będą musiały całego dnia spędzać z nimi w małym, ciasnym powozie.

– No dobrze, miłe panie, to już ostatnia torba? – zapytał wesoło Bren, biorąc worek od Kerry.

– Tak, to wszystko – odparła z uśmiechem.

– W takim razie wsiadajcie, powinno wam tam być wygodnie.

Podał dłoń dziewczynie, pomagając jej dostać się na wóz, a ta wskoczyła pewnie na drewniane siedzisko z przodu, na miejscu woźnicy. Był to prosty wóz z dachem zbudowanym z pozszywanych płacht grubego, sztywnego materiału i oknami, które również były osłonięte płachtami.

– Ronja...?

Bren podał jej rękę, ale ona pokręciła głową.

– Dam sobie radę – odparła.

Wdrapała się na wóz trochę niezdarnie i uraziła przy tym zranione kolano, ale nawet nie syknęła. Usiadła obok Kerry, a Bren tymczasem wskoczył na osiodłane zwierzę, które szło w pierwszej parze prowadząc zaprzęg. Rah usiadł obok niego na drugim ogrynie.

– Gotowe? – zapytał Bren, obracając się do nich.

– Tak – odparła Ronja.

– To trzymajcie się, ruszamy – oznajmił.

Gwizdnął, machnął lejcami i ogryny ruszyły. Powozem szarpnęło tak gwałtownie, że omal nie zleciały z kozła. Kerra pisnęła i zaraz potem roześmiała się nerwowo, a Ronja tylko mocno przytrzymała się drewnianej barierki.

– W porządku, dziewczyny? – zawołał Bren.

– Ja… jasne! – odkrzyknęła Kerra.

Ronja oparła się plecami o ściankę wozu i odetchnęła głęboko. Wóz tymczasem toczył się dość żwawo po brukowanej uliczce, mijając rozliczne sklepy, stragany, tłumy ludzi oraz zwierzęta. Przez jakiś czas patrzyły obie na to zbiegowisko w milczeniu, obserwując mijane po drodze miejsca. Miarowy stukot kół i delikatne drżenie pojazdu, zaczęło wprawiać Ronję w rodzaj odrętwienia, który zamienił się w senność. Teraz, kiedy napięcie opadło, zdała sobie sprawę, jaka była zmęczona i jak te dwa dni wykończyły ją i fizycznie, i psychicznie.

– Może wejdźmy do środka, tu strasznie trzęsie – zaproponowała Ronja.

– Ale mi się tu podoba, mamy widok na wszystko, co przed nami – odparła raźno Kerra, patrząc dookoła.

Ronja spojrzała przed siebie. Dwóch mężczyzn siedzących na ogrynach rozmawiało ze sobą urywanymi zdaniami, ale nie słyszała, o czym mówią. Po chwili Bren odwrócił się do nich.

– Nasz pierwszy przystanek to osiemnasta dzielnica – powiedział. – Dojedziemy tam wieczorem i tam zatrzymamy się na nocleg.

– Kerra, ja się chyba na chwilę położę – powiedziała Ronja.

– Jesteś zmęczona?

– Och, no tak… trochę – bąknęła.

Kerra spojrzała na nią dłużej.

– Nic ci nie jest? Coś cię boli?

– Nie, nie, to tylko zmęczenie – uspokoiła ją. – Ty tu zostań i… I pilnuj naszych rzeczy – dodała cicho.

– Dobrze…

Ronja podniosła się i przeszła chwiejnie do środka wozu. Stało tam mnóstwo drewnianych i metalowych skrzyń oraz paczek z nieznanymi jej towarami, a także worki ze zbożem, kaszą i mąką. W jednym kącie leżały wygarbowane płaty skór zwierzęcych i stos miękkich tkanin. Położyła się na skórach, pod głowę dając sobie worek z mąką i nakryła się jedną z tkanin. Z ulgą rozprostowała nogi i zamknęła oczy. Dotknęła medalik na swojej szyi.

„Dziękuję ci, ojcze..."

Obudziło ją zimno. Zdała sobie sprawę, że wóz stoi, a wokół jest ciemno. Podniosła głowę, próbując rozeznać się gdzie jest i co się stało.

– Kerra? – zapytała, ale nikt jej nie odpowiedział.

Zerwała się na równe nogi.

– Kerra! – zawołała, przeciskając się pomiędzy pakunkami do wyjścia.

Wystawiła głowę spomiędzy płacht i popatrzyła na okolicę. Musieli być daleko za murem Królestwa, bo ta dzielnica wyglądała bardzo ubogo. W zapadającym szybko zmierzchu ujrzała zaledwie kilka blaszanych domków porozrzucanych w znacznej odległości od siebie, a między nimi pola, na których rosły suche badyle. Ale Kerry nigdzie nie było widać. Tak samo jak tamtych dwóch.

– KERRA! – zawołała drżącym głosem.

Wtem usłyszała jej pisk. Adrenalina uderzyła jej do głowy. Zeskoczyła z wozu i pobiegła w tamtym kierunku. Pomiędzy drzewami, które rosły tu dość gęsto, ujrzała przebłyski pomarańczowego światła. Dobiegła do polany. W ten samej chwili Kerra znów zapiszczała.

– Kerra, co tu się...?! – zawołała zdyszana, wbiegając na środek trawiastego okręgu.

Kerra leżała na ziemi i zwijała się ze śmiechu, piszcząc i krztusząc się, a tymczasem Bren kończył właśnie opowiadać jakąś śmieszną historyjkę. Nad ogniskiem postawiony był ruszt, który powoli obracał Rah, wciąż z chustką na twarzy i opiekał na nim soczyste kawałki mięsa, najpewniej zajęczego. Na jej widok zatrzymał rękę na ruszcie i uniósł brwi, a Bren urwał swoją opowieść.

– O, a więc jednak postanowiłaś wrócić do żywych – powiedział Bren, uśmiechając się do niej przyjaźnie.

Ronja stanęła na środku, próbując ogarnąć to wszystko rozumem.

– Co...? – spytała trochę nieprzytomnie.

Kerra w końcu przestała się śmiać i otarła łzy z oczu.

– Tak długo spałaś, że zaczęliśmy jeść bez ciebie – powiedziała lekko.

Ronja spojrzała na nią i widząc ją taką rozbawioną, beztroską i lekkomyślną, w jednej chwili poczuła gniew.

– Kerra – syknęła podchodząc do niej. – Co ty tu...? Mówiłam, żebyś pilnowała naszych rzeczy – skarciła ją szeptem.

Kerra nachmurzyła się.

– Przecież musiałam coś zjeść – odparła.

– Kerra, ale...

Ronja spojrzała na jej miseczkę, w której były ogryzione kości.

– Przecież to nie jest nasze jedzenie, my mamy swoje – powiedziała.

– Poczęstowali mnie, to co, miałam im odmówić? – odparła dziewczyna.

Ronja ściągnęła brwi. Nie chciała w towarzystwie mężczyzn wszczynać awantury.

– Porozmawiamy o tym później – szepnęła jej.

– Ale o czym? – zdziwiła się Kerra.

Ronja pokręciła głową. Obejrzała się na Brena, który patrzył na nią trochę zdumiony i na Raha, który nic nie mówił. Przełamując wstyd i strach, podeszła do tego drugiego. Nabrała powietrza w płuca.

– Ile za to jedzenie? – spytała rzeczowo.

On zatrzymał rękę nad paleniskiem i popatrzył na nią, ale nie odpowiedział. Ronja chrząknęła.

– Ile mam wam zapłacić za to jedzenie, które zjadła moja siostra? – spytała, starając się, aby to wypadło luźno, tak jakby codziennie miała takie rozmowy.

Rah patrzył na nią w milczeniu. Nie mogła niczego wyczytać z jego oczu.

– Nic – odparł Bren, powoli wstając ze swojego miejsca na trawie. – To był poczęstunek. Jeśli chcesz, możesz również spróbować naszej pieczeni.

– Dzięki, ale... Ale my mamy swoje jedzenie, a poza tym nie chcemy was objadać – powiedziała pospiesznie, okropnie skrępowana całą tą sytuacją.

– Nie objadacie nas – powiedział spokojnie Rah.

Zerknęła na niego, a ponieważ nie przychodziło jej do głowy nic, co mogłaby dalej powiedzieć, wzruszyła ramionami.

– Może usiądziesz z nami przy ogniu? – zaproponował Bren. – Trochę się ogrzejesz?

– Nie, nie – powiedziała zaraz. – Myślę, że my już pójdziemy się położyć, do wozu.

Zobaczyła, że Bren spogląda na Raha, ale on nie spojrzał na kolegę. Patrzył na nią.

– Położyć? – zdziwiła się Kerra. – Przecież jest jeszcze wcześnie. A w ogóle to dopiero co się obudziłaś. Znowu będziesz spać?

Ronja przewróciła oczami.

– Kerra... – syknęła, ale zaraz wzięła się w garść. – Tak, będę znów spać, jestem bardzo zmęczona. I ty też już powinnaś.

– Ale...!

– Chodź, musimy porozmawiać – powiedziała, bezceremonialnie chwytając ją za dłoń i podnosząc z ziemi.

Kerra niechętnie poszła za nią.

– Dobrej nocy – powiedział Bren.

Kerra obejrzała się za nim i pomachała im obojgu.

– Dobranoc! – odparła.

Ronja nie obejrzała się, ani się do nich nie odezwała. Przeszły w milczeniu przez mały lasek i stanęły przed wozem. Dopiero tam Ronja puściła jej rękę.

– Możesz mi powiedzieć, co to wszystko ma znaczyć? – spytała ostro Ronja.

Kerra skrzyżowała ramiona na piersi.

– Co znowu? – prychnęła.

– Miałaś zostać w wozie i pilnować naszych rzeczy, a ty poszłaś sobie do lasu i bratasz się z tymi obcymi, jakby to byli nasi koledzy i jeszcze jesz ich jedzenie! – powiedziała jednych tchem Ronja. – A jak cię chcieli otruć?

Kerra wywróciła oczami.

– Czyś ty zwariowała? Po co niby mieliby mnie otruć? – powiedziała znużonym głosem. – A w ogóle to przecież oni jedli to samo co ja.

Ronja drgnęła.

– Rah też z wami jadł?

– Tak, a co?

– I odsłonił twarz?

– Co…? A, nie wiem, nie zwróciłam uwagi…

– Nie zwróciłaś…? Och, dziewczyno, to gdzie ty byłaś? Co ty robiłaś? – skarciła ją gniewnie.

Kerra znów się nachmurzyła.

– Słuchaj, ty za bardzo przesadzasz – powiedziała rozzłoszczona. – Nic się nie stało, a ty niepotrzebnie panikujesz.

– Posłuchaj, mała, ja nie panikuję, ja tylko jestem czujna. Gdybym taka nie była, to już by dawno cię tamten obleśny grubas zabrał ze sobą, rozumiesz?

Kerra przygryzła wargi i nic na to nie odpowiedziała.

– Po prostu martwię się o ciebie – Ronja powiedziała łagodniej. – Bałam się, czy coś ci się nie stało, gdy cię nie znalazłam w wozie, czy oni ci czasem czegoś nie zrobili, rozumiesz?

Kerra pokiwała głową.

– Przecież my tych ludzi w ogóle nie znamy, nie możemy im tak od razu ufać.

– Ale nie możemy się przed nimi tak zamykać – odparła Kerra. – Przecież uratowali cię, więc raczej nie mają złych zamiarów, prawda?

– Tak, ale…

– A poza tym oni nie są wcale tacy źli. Rozmawiałam z nimi trochę, głównie z Brenem, bo Rah nie jest zbyt rozmowny. Bren jest bardzo miły. Rah też jest w porządku, choć trochę ponury. Ale umie za to polować i to on złowił nam zające w tamtym lesie. Dla nas, dla całej naszej czwórki, tak powiedział.

Ronja przejechała dłońmi po twarzy.

– Dobrze, ale… ale…

Czuła, że jej argumenty przeciwko tym dwóm zaczynają się sypać.

– Przepraszam cię, po prostu… Mam tego za dużo na głowie i nerwy mi siadają.

– W porządku, ale nie wyżywaj się na mnie, dobra? – odparła Kerra podpierając się pod boki. – I nie traktuj mnie jak małe dziecko. Umiem sobie radzić sama.

Ronja popatrzyła na nią z przekąsem.

– A teraz chodźmy do nich – zaproponowała Kerra. – Tam jest ciepło i wesoło, a Bren opowiadał jak raz...

– Kerra, nie – ucięła Ronja.

– Co?

Ronja popatrzyła na nią przeciągle.

– Ronja, nie bądź taka.

– Jaka?

– Taka... – Kerra chwilę szukała słowa. – Taka, jak tata.

Ronja cofnęła się, jakby słowa siostry zadały jej fizyczny ból. Była tak zaskoczona jej wyznaniem, że zupełnie ją zatkało. Kerra musiała zrozumieć, że przesadziła, bo zaraz szybko dodała:

– To znaczy... mam na myśli, nie bądź taka sztywna, przecież no... Nie zawsze i nie wszyscy mają od razu złe intencje i... A oni naprawdę są w porządku, naprawdę, Ronja...

Ale Ronja nic nie powiedziała. Powoli odwróciła się plecami do siostry.

– Ronja, przepraszam, ja tylko tak powiedziałam, ale...

– Kerra, jak chcesz, to idź do nich, ja zostanę w wozie – oznajmiła głucho.

– Ronja...

Ronja wskoczyła na wóz nie oglądając się na nią i usiadła w środku, na kupie skórzanych płacht. Przez jedną krótką chwilę miała nadzieję, że siostra do niej dołączy, ale zaraz usłyszała jak Kerra zawraca w stronę lasu.

✳✳✳

Obudziło ją dygotanie wozu, który poskakiwał na kamienistej drodze. Przez całą noc nie mogła zmrużyć oka, czekając i nasłuchując. Kerra wróciła dopiero koło północy i pachniała dymem z ogniska. Dopiero, kiedy jej siostra ułożyła się do snu, ona sama też zasnęła, ale i wówczas nie potrafiła odpocząć, nerwowo przekręcając się z boku na bok. Dopiero nad ranem zasnęła twardo i nie czuła nawet, kiedy i jak ruszyli.

Otworzyła oczy i podniosła głowę. Do jej uszu doleciał wesoły śmiech Kerry. Ronja wstała i przeszła do przodu wozu. Odsłoniła płachty i wyjrzała na zewnątrz, mrużąc oczy przed porannym słońcem. Rozglądała się dłuższą chwilę, przyzwyczajając się do światła.

Kerra siedziała na koźle i podjadała z miseczki jakieś czerwone jagody. Bren tymczasem siedział na ogrynie zaprzęgniętym w drugiej parze, bliżej wozu i co chwila odwracał się do Kerry, opowiadając jej jakieś zabawne anegdotki, na co ona reagowała głośnymi wybuchami śmiechu. Rah tymczasem w milczeniu siedział na ogrynie w pierwszej parze, prowadząc cały zaprzęg i nie odwracał się wcale.

– Kerra... – powiedziała cicho Ronja, kiedy siostra wyjątkowo głośno się zaśmiała, wypluwając przy tym kilka jagód. – Co ty robisz...?

Kerra obejrzała się na nią i pospiesznie otarła usta.

– No, wreszcie wstałaś – odparła niezrażona Kerra. – Jedziemy już od dwóch godzin i po drodze zdążyliśmy minąć rzekę, w której umyliśmy nasze ogryny. Maluszek najbardziej rozrabiał i brykał. Prawie by uciekł, ale na szczęście Bren go złapał...! – dodała, chichocząc.

Bren obrócił się do niej.

– Witaj, Ronja, jak się spało? – zagadnął.

Ronja popatrzyła na niego, potem na siostrę.

– Dobrze... – mruknęła. – Co to jest? – zapytała, pokazując na miseczkę z jagodami.

– Leśne jagody, sama nazbierałam, wtedy jak mieliśmy przerwę podczas kąpania ogrynów – pochwaliła się Kerra. – Chcesz spróbować?

– Kerra, czy ty w ogóle wiesz, czy to jest jadalne? – skarciła ją Ronja.

– Rah powiedział, że są jadalne, a on zna się na ziołach – skwitowała Kerra.

Ronja spojrzała w dal na Raha.

– No dobra – mruknęła, siadając obok siostry. – Daj spróbować.

Kerra podała jej miseczkę, a Ronja wzięła kilka jagód i zjadła je.

– Dobre – stwierdziła.

– Widzisz? Mówiłam ci – oświadczyła Kerra. – Rosły tam całe pola tego. Szkoda, że tak długo spałaś, to byś sobie mogła sama nazbierać i najeść się do woli.

– Mogłaś mnie obudzić – zauważyła Ronja.

Kerra spuściła wzrok i zaczęła przeczesywać swoje długie, jasne włosy. Ta myśl wydawała jej się teraz tak oczywista, że zdumiała się, czemu od razu na to nie wpadła.

– Kerra, właśnie... przecież mogłaś mnie obudzić...

– Po co? Żebyś znów się na mnie złościła? – prychnęła.

Ronja nachmurzyła się. W milczeniu oddała jej miseczkę z jagodami.

– To jak już jesteście obie na nogach to wam powiem, że nasz następny przystanek robimy w południe, w dzielnicy trzydziestej – powiedział Bren, odwracając się do nich.

– Świetnie! – odparła raźno Kerra. – A co tam będzie?

– Obawiam się, że nic takiego ciekawego – powiedział Bren. – Takie same pola i wzgórza jak tu. Staniemy tylko na posiłek i żeby rozprostować nogi. Nie będziemy się długo zatrzymywać. Większy postój zrobimy wieczorem.

– A rozpalicie ognisko? – zapytała Kerra. – Tak jak wczoraj?

– Pewnie – odparł wesoło Bren, najwyraźniej zadowolony, że o to zapytała. – I może Rah znów coś dla nas upoluje ... – dodał, spoglądając na Ronję.

Ona poczerwieniała i spuściła wzrok. Nie odezwała się.

– No dobra, to nie będę wam przeszkadzał, na pewno chcecie sobie teraz pobyć razem – powiedział i pomachawszy im dłonią, obrócił się w stronę drogi, którą miał przed sobą.

Ronja spojrzała na Kerrę, a ona spojrzała na nią. Czuła, że siostra wcale nie ma zamiaru spędzać teraz z nią czasu, a i ona nie miała ochoty na dalszą z nią rozmowę. Chwilę tak siedziały w milczeniu, udając, że wszystko jest w porządku, ale Ronja czuła jak napięcie w niej wzrasta. Wstała.

– Przejdę sobie do tyłu, tam też jest dobry widok, a tutaj za bardzo śmierdzi tymi zwierzętami – powiedziała.

– Mnie tam nie śmierdzi – mruknęła Kerra, ale Ronja już nic nie powiedziała.

Przeszła przez cały wóz i odchyliła płachtę z tyłu, robiąc sobie okienko. Usiadła przy barierce, wpatrując się w drogę, którą już minęli. W oddali wciąż widać było szczyty pałacowych wież ukrytych nad mleczną kopułą i blask słońca, jaki się od nich odbijał. Nieco bliżej, spowite mgiełką, rozciągały się Pola Nadziei, niezliczone domostwa, stragany i liche gospodarstwa żyjące z tego, co urodziła ziemia. Nigdy by nie przypuszczała, że kiedykolwiek dotrze tak daleko. Mimowolnie pomyślała o ojcu. Dotknęła medalika na szyi.

„Och, gdybyś tu był" – pomyślała ze smutkiem. „Gdybyś tu był, to wszystko byłoby inne. Z tobą byłoby o wiele łatwiej..."

W tej samej chwili usłyszała znów głośne rozmowy Kerry i Brena. Pokręciła głową z dezaprobatą.

„Kerra jest taka naiwna... Jak ona sobie poradzi w tym brutalnym świecie? Nie wiem, co robić... Nie wiem, co mam z nią robić..."

Pocałowała medalik i schowała go z powrotem pod koszulę. Palcami przejechała po szarobrązowych włosach, sięgających jej ramion. Miały w sobie piasek i kawałki kory drzew. Westchnęła ciężko. Marzyła o kąpieli, ale w tym towarzystwie raczej nie liczyła, że uda się na chwilę wymknąć i doprowadzić do ładu.

„Zresztą, to tylko włosy" – pomyślała, przewiązując je kawałkiem rzemienia i robiąc małą kitkę. „A ja nie będę się tu przecież dla nikogo stroić."

Oparła się plecami o ściankę wozu i siedziała tak, patrząc w horyzont. Nie miała ochoty przyłączać się do Kerry i reszty. Siedziała tak aż do południa, kiedy zauważyła, że wóz staje. Przeszła do przodu i wyjrzała spomiędzy płacht.

– Ech, dobrze rozprostować kości – usłyszała jęk Brena, który zaczął schodzić ze swojego ogryna.

„Kerra jest taka naiwna..."

– Nakarmimy je i ruszamy – oznajmił Rah, zeskakując ze swojego. – Jak chcemy dotrzeć do Ostatniej Góry przed deszczami, to musimy utrzymywać tempo.

– Tak... – zgodził się Bren.

Oparł dłonie na plecach i przeciągnął się.

– Choć to siedzenie na zwierzaku przez cały dzień jest strasznie niewygodne – mruknął Bren. – Na wozie było lepiej... – dodał ciszej.

– Nie narzekaj – uciął Rah.

Z worka wyciągnął garść paszy i zaczął dawać po kolei każdemu zwierzęciu. One chwytały to delikatnie swoimi chrapami, nie robiąc mu krzywdy, choć Ronja nawet z tej odległości widziała, jakie miały wielkie zęby.

– Możesz od czasu do czasu usiąść koło mnie! – zawołała naraz Kerra, pokazują na miejsce na wozie.

Ronja zmarszczyła brwi i spojrzała na nią surowo. Bren musiał zobaczyć jej minę.

– Nie, nie... Wy tam sobie razem bądźcie, tak tylko gadałem... Nie jest wcale tak źle – odparł zdawkowo Bren. – Jestem tylko wielkim marudą – dodał żartobliwie.

– Ach... – Kerra zawahała się, jakby nie była pewna, czy ma się śmiać, czy nie. – No cóż, ja też chętnie rozprostuję nogi! – oświadczyła dziarsko.

Zeskoczyła zgrabnie z wozu i rozejrzała się po okolicy.

– Jak tu ładnie!

Zatrzymali się w cienistym zagajniku. Rosło tu sporo smukłych drzew o jasnobrązowej korze. W oddali widać było pola na wzgórzach. Wyglądały jak ogromne, pofalowane płachty materiału. Ronja spoglądała w horyzont z zainteresowaniem. W końcu stwierdziła, że i jej dobrze zrobi krótki spacer, więc zeskoczyła z wozu i zaczęła chodzić pomiędzy drzewami. Mimowolnie szukała wzrokiem tych czerwonych jagód, które wcześniej pokazywała jej Kerra, ale nigdzie ich nie wypatrzyła.

Słyszała jak jej siostra rozmawia o czymś z Brenem. Stali nieopodal przy zwierzętach, a Bren tłumaczył jej jak głaskać ogryny. Po chwili rozległ się jej śmiech. Ronja przystanęła i popatrzyła na nich. Stali obok siebie dość blisko. Wtem Bren niby przypadkiem dotknął jej ramienia, a ona, zamiast zaprotestować, albo się odsunąć, uśmiechnęła się do niego serdecznie.

„Co ona sobie wyobraża?" – pomyślała cierpko Ronja. „Przecież ma dopiero siedemnaście lat...!"

Wtem usłyszała jakiś trzask tuż za swoimi plecami. Podskoczyła i zobaczyła Raha. Schylał się po jakieś zioło, zbierając młode listki do skórzanego woreczka.

– Co ty...? – zapytała, trochę przestraszona jego nagłym zjawieniem się tutaj, a najbardziej tym, że tak bezszelestnie potrafił ją podejść.

On podniósł wzrok. Cały czas miał na twarzy tę czarną chustę. Nie widziała jeszcze, aby choć raz ją zdjął. Milczał, a cisza zaczęła robić się coraz bardziej krępująca.

– Co to jest? – spytała szybko, byle tylko coś powiedzieć, bo już nie mogła wytrzymać tego milczenia.

Rah spojrzał na roślinę przed sobą.

– Mięta – odparł.

– Aha...

Nie słyszała jeszcze o czymś takim, ale mimo to pokiwała głową ze znawstwem.

– No tak – dodała.

– Dobrze działa na żołądek – powiedział Rah.

Zastanowiła się chwilę.

– Boli cię żołądek? – zdziwiła się, ale on zignorował jej pytanie.

– Używa się jej też na bóle głowy, a żucie liści poprawia oddech i... działa uspokajająco – dodał, w międzyczasie zbierając kolejne listki.

Zastanawiała się, na który z tych objawów potrzebuje tych liści. Już miała o to zapytać, gdy naraz on znów się odezwał:

– Chcesz trochę?

– Ee, nie, nie boli mnie ani żołądek, ani głowa – odparła zmieszana. – Ani nie jestem zdenerwowana... Ani mój oddech nie potrzebuje...

W tej samej chwili Rah wsunął kilka liści pod chustę i zaczął je powoli przeżuwać. Była tak zaskoczona tym widokiem, że nie wiedziała co powiedzieć.

– Rah! Idziemy? – usłyszała w oddali wołanie Brena.

– Już idę! – odparł Rah z pełnymi ustami.

Podniósł się, zawinął woreczek i ukrył go pod płaszczem w wewnętrznej kieszeni na piersi, po czym bez słowa poszedł w stronę wozu.

Ronja obejrzała się za nim. Kiedy mężczyzna ją wyminął poczuła intensywny, odświeżający zapach mięty, ale także czegoś innego, czegoś bardzo nieprzyjemnego.

***

– Miło, że chcecie nam pomóc – odezwał się Bren, widząc jak obie wracają z naręczem gałęzi, które nazbierały w lesie.

– Pomyślałyśmy, że może przynajmniej czymś się odwdzięczymy za tę kolację – powiedziała Ronja.

Podeszły do ogniska. Rah obracał mięso na ruszcie.

– Dajcie to tu – nakazał, pokazując na kupę chrustu, która leżała obok ognia.

Ronja i Kerra rzuciły gałęzie i usiadły na skórzanej płachcie, którą sobie wcześniej przyniosły z wozu.

– Nie musicie się nam niczym odwdzięczać – odparł Bren, rozdzielając kolejne porcje upieczonego mięsa na cztery kawałki. – Cała przyjemność po naszej stronie.

Podał miseczkę Kerrze.

– Dziękuję – odparła z uśmiechem.

Bren również się uśmiechnął i zaraz podał drugą miseczkę Ronji.

– Dziękuję – powiedziała cicho, trochę zmieszana.

Postanowiła zostać z nimi na kolacji. Bynajmniej nie dlatego, że była spragniona ich towarzystwa, albo że miała straszną ochotę na mięso. Kerra w jednym miała rację. Spędzając z nimi czas, mogą ich lepiej poznać i dzięki temu wybadać, co to za jedni i jakie mają zamiary. Poza tym bardzo ciekawiła ją jedna rzecz. Czy Rah z nimi zje? Czy odsłoni wreszcie swoją twarz?

Skubiąc mięso, ukradkiem obserwowała go jak stał przy palenisku. Pomarańczowe błyski migotały w jego ciemnych oczach. Twarz nadal przysłaniał chustą. Nie zauważyła, aby jadł.

– Jutro dojedziemy do ostatniej dzielnicy Pól Nadziei – oznajmił Bren, wytrącając ją z zamyślenia.

Ronja podniosła głowę.

– Tak szybko? – zdziwiła się.

– Tak – odparł Bren, siadając nieopodal nich na trawie. – Dzielnica osiemdziesiąta dziewiąta. Nie jest to zbyt przyjemne miejsce i lepiej się tam nie zatrzymywać po zmroku. W ogóle lepiej jest się nie zatrzymywać, dopóki nie przekroczymy ostatniej dzielnicy.

Upił trochę wody, którą miał w kubku.

– Dlatego chcemy jechać całą noc i cały następny dzień. Będziemy spać na zmianę. Najpierw jeden będzie prowadził w nocy, a drugi spał, a potem na odwrót.

Ronja szybko zrozumiała, co to oznacza.

– Będziecie spać w wozie? – zapytała.

– Tak... na zmianę – powiedział.

Spojrzał na Kerrę, a potem na nią.

– Mam nadzieję, że nie będziecie mieć nic przeciwko? To tylko na jedną noc.

– Nie, oczywiście – odparła zaraz Kerra.

Ronja milczała. Głupio było się nie zgodzić, ale czuła się tym skrępowana.

– Jeden z nas będzie spał tuż przy wejściu, nie będziemy wchodzić dalej – dodał.

Czuła, że Bren na nią patrzy, czekając na jakieś jej potwierdzenie.

– W porządku – mruknęła tak, jakby to nic dla niej nie znaczyło. – Skoro tak będzie bezpieczniej, jak twierdzicie...

– Na obrzeżach grasuje wiele band, które polują na samotnie podróżujące wozy – powiedział naraz Rah. – Dlatego wiele osób podróżuje razem, w karawanach, żeby było bezpieczniej. I żeby zawsze ktoś czuwał i w razie czego zaalarmował resztę.

Przełknęła ślinę. Nie przypuszczała, że coś takiego może się dziać poza granicami Królestwa.

– Myślałam, że tu nie ma wachterów... – powiedziała cicho.

– Tu wachterzy już się nie zapuszczają – odparł poważnie Rah. – Nie ośmielają się.

– To znaczy, że... – powiedziała lękliwie Kerra. – Że są tu gorsi ludzie od wachterów?

– O wiele gorsi – odparł Rah.

Ronja poczuła, jak Kerra instynktownie przysuwa się do niej.

– Ale... Myślałam, że tam już potem nie ma się czego bać... – bąknęła. – Poza granicami Królestwa.

– Z nami nie masz się czego bać – powiedział łagodnie Bren. – Nie martwcie się, my was obronimy. W końcu od tego tu jesteśmy, tak?

Kerra pokiwała głową, ale wciąż wyglądała na dość przestraszoną. Ronja objęła ją lekko. Sama również czuła niepokój.

– Co to są za bandy? – zapytała.

– Różni kryminaliści, mordercy, uciekinierzy, płatni zabójcy, złodzieje, porywacze, handlarze ludźmi – wymieniał Rah, a z każdym nowym słowem czuła coraz mocniejszy ucisk w żołądku. – Same ciemnie typy.

– Handlarze ludźmi...? – pisnęła Kerra. – Jak można handlować innymi ludźmi...?

To było tak naiwne pytanie, że nikt jej nie odpowiedział. Ronja tylko mocniej przycisnęła ją do siebie.

– Myślałam, że poza Królestwem jest... więcej wolności – powiedziała cicho.

– O tak, wolności tu nie brakuje – odparł Bren, trochę ironicznie. – Niestety każdy rozumie tutaj wolność, jak chce. I robi to, co chce. Dlatego, nie ukrywam, trochę się zdziwiłem na początku, gdy powiedziałyście, że chcecie same wyruszyć do Ostatniej Góry, żeby odwiedzić... Zaraz, kogo wy macie tam odwiedzić?

– Ciotkę – powiedziała szybko Ronja. – Naszą jedyną krewną, ostatnią...

– Ach, no właśnie. Musicie ją bardzo kochać, skoro zdecydowałyście się opuścić bezpieczny dom w Królestwie i udać się w długą i niebezpieczną podróż w nieznane.

– Nie miałyśmy tam bezpiecznego domu – odparła Ronja.

Bren spuścił wzrok.

– Rozumiem – powiedział tylko.

Na moment zrobiło się cicho.

– Rah, pomóc ci z tym mięsem? – odezwał się naraz do kolegi.

– Możesz zabrać tę porcję – powiedział Rah, jak gdyby nigdy nic.

Bren wstał i zgarnął do miski kolejne kawałki mięsa. Ronja obserwowała ich chwilę. Bren podgryzał kawałki kości. Spostrzegła, że Rah również coś jadł, wsuwając kawałki mięsa pod chustkę, przy czym stanął z boku, aby nie było tego za bardzo widać. Chciała zapytać o to, ale czuła się dziwnie, tak jakby chciała odsłonić czyjś wstydliwy sekret.

Ognisko powoli dogasało, Rah już tylko od czasu do czasu dorzucał pojedyncze szczapy drewna. Rozmowa się nie kleiła, a Kerra coraz częściej ziewała.

– Może my już pójdziemy – oznajmiła Ronja, podnosząc się z ziemi. – Dziękujemy za kolację.

– Nie ma sprawy – odparł Bren. – Śpijcie dobrze.

– Wy też... – powiedziała sennie Kerra.

Ronja pociągnęła siostrę za ramię i poszły razem do wozu.

– Ronja, myślisz, że spotkamy tu jakichś rozbójników? – spytała Kerra.

– Nie wiem – odparła cicho Ronja. – Ale oby nie.

– Ale oni nas obronią, co nie? Tak jak wtedy ciebie?

Ronja obejrzała się na dwóch mężczyzn w oddali. Stoli obok siebie i rozmawiali o czymś cicho. Korciło ją, aby zaszyć się gdzieś w gęstwinie i podsłuchać o czym mówią, ale powstrzymała się.

– Może... – odparła niejednoznacznie. – Ale lepiej jest zawsze być czujnym i gotowym.

Sięgnęła do wewnętrznej kieszeni kurtki i dała siostrze mały scyzoryk.

– Trzymaj, tak na wszelki wypadek.

Kerra popatrzyła przerażona na nóż.

– Ja mam jeszcze drugi, wiesz, jakby co... – powiedziała.

Kerra wzięła niepewnie scyzoryk i schowała przy pasie.

– Ronja, boję się – szepnęła Kerra. – Nie przypuszczałam, że tu... Że tu też trzeba będzie się bać i mieć się na baczności.

– Zawsze trzeba mieć się na baczności.

– W Obiecanej Ziemi też?

– Ciii...

– Ronja, boję się...

Ronja obejrzała się szybko, ale Rah i Bren wciąż pogrążeni byli w rozmowie.

– Nie mów tego na głos, rozumiesz? – szepnęła. – I nikomu nigdy nie mów, dokąd idziemy. Nawet Brenowi, czy to jasne?

Kerra pokiwała głową.

– Obiecaj, Kerra.

– Obiecuję.

Ronja westchnęła.

– Dobra, a teraz chodźmy spać.

ROZDZIAŁ IV

Poruszali się po coraz nędzniejszej okolicy. Nie było tu już ładnych pól i domostw, ale coraz częściej natrafiali na ugory, puste przestrzenie porośnięte suchą trawą, a niekiedy na podejrzane spelunki, wokół których kręcili się kupcy.

– Nie wychylaj się – mruknęła Ronja do siostry.

Obie siedziały w wozie, ukryte za płachtą i wyglądały przez szparę. Rah i Bren siedzieli na ogrynach w pierwszej parze. Jechali tak przez cały dzień, bez zatrzymywania. Coraz częściej zaczepiali ich jacyś żebracy, ale oni wymijali ich bez słowa. Kiedy po raz kolejny zignorowali jakiegoś jęczącego marudera, Kerra westchnęła ciężko.

– Nie dadzą im nawet drobnego? – spytała ponuro. – Przecież to tacy biedacy... Biedniejsi nawet, niż my.

– Chyba wiedzą, co robią – odparła Ronja, przyglądając się uważnie temu żebrakowi. – Spójrz, jakie ma eleganckie buty, widzisz? Jakby rzeczywiście był taki biedny, chodziłby boso, a on, mimo, że w podartym ubraniu, buty ma niezłe.

Kerra wychyliła się lekko i zerknęła.

– Skórzane – mruknęła.

– Właśnie, takiego biedaka stać na skórzane buty, a nie stać go na porządne ubranie?

– Może... Może on je... ukradł? – podpowiedziała Kerra.

– No właśnie – przyznała jej rację Ronja. – A jeśli już raz coś ukradł, to nie wiadomo czy nie zrobi tego drugi raz. Poza tym oni mówili, że lepiej się nie zatrzymywać. Z tymi żebrakami może być naprawdę różnie. My się zatrzymamy, żeby dać drobne jednemu, a nagle z lasu wybiegnie cała banda i rzuci się na wóz kradnąc, co popadnie...

– Ach, nie mów tak! – pisnęła Kerra, otulając się mocno skórzanym pledem.

– Cii, spokojnie, tak tylko mówię – odparła Ronja. – Nie jest powiedziane, że akurat ten żebrak jest kimś takim, ale...

Spojrzała jeszcze raz poprzez płachtę. Żebrak został daleko w tyle i teraz zaczepiał kolejny wóz jadący za nimi jakieś paręset metrów stąd.

– Ale lepiej mieć się na baczności.

Kerra oparła się o worek z mąką.

– Ale w Obiecanej... wiesz, gdzie – poprawiła się cicho – nie będzie żebraków?

Ronja milczała chwilę.

– Nie wydaje mi się – odparła po namyśle. – Tam wchodzą tylko ci, którzy znają drogę. Nie sądzę, aby któryś z nich znał drogę, bo gdyby znał, to już by tam poszedł. A kiedy już się tam dotrze...

Uśmiechnęła się lekko.

– To wtedy już nie ma, po co żebrać, bo wszędzie jest mnóstwo jedzenia. Chleb sam spada z nieba, drzewa uginają się od owoców, a kłosy od ziaren. Woda jest wszędzie, krystalicznie czysta, rozchodzi się na siedem strumieni, które nawadniają wszystkie pola, łąki i pastwiska.

Kerra uśmiechnęła się również i słuchała jej z rozmarzeniem. Znały tę historię od małego.

– Żadne ze zwierząt nie jest agresywne, ale wszystkie są przyjazne i służą człowiekowi, a gdy chce się je zjeść, po prostu kładą się i umierają. Nie trzeba ich nawet zabijać, bo same się ofiarowują na pokarm... – mówiła dalej. – Domy buduje się z łatwych i lekkich materiałów, ale tak wytrzymałych, że nie są w stanie ich zniszczyć ani wiatr, ani burze, ani gradobicie czy ulewy... I wszyscy żyją ze sobą w zgodzie, nikt nikomu nie zazdrości, nikt nikogo nie okrada, bo wszystkiego jest pod dostatkiem, każdy dzieli się tym, co ma i jest po prostu... Po prostu wspaniale.

– I nie ma wachterów – dodała Kerra.

– Nie, nie ma ich. Ani nocnych stróżów, ani królewskich urzędników, ani sklepikarzy-oszustów...

Obie na moment uśmiechnęły się do siebie. Kerra wyciągnęła się na posłaniu i przymknęła oczy.

– Już nie mogę się doczekać, aż tam trafimy – powiedziała.

– Ja też – dodała Ronja tym samym, rozmarzonym głosem.

Zaraz jednak przywołała się do porządku. Wychyliła się na zewnątrz. Mijali kolejnych żebraków, którzy nachalnie żądali drobnych. Rah i Bren nawet na nich nie spojrzeli.

– Ale jeszcze sporo drogi przed nami i musimy się uzbroić w cierpliwość – powiedziała ciszej do Kerry. – I musimy być czujne.

– Jasne – odparła Kerra.

– Damy sobie radę.

– Pewnie!

Pogłaskała siostrę po głowie.

– Odsuń się, człowieku! – w tej samej chwili zawołał groźnie Rah.

Obie wyjrzały zza płachty i ujrzały, jak jeden z żebraków staje na środku piaskowej drogi i chce siłą zatamować ruch.

– Co on wyprawia...? – szepnęła Kerra.

– Nie wiem, ale nie podoba mi się to – powiedziała cicho Ronja, patrząc z napięciem.

– Powiedziałem, odsuń się! – warknął Rah, dobywając zza pasa długi nóż.

Żebrak nie drgnął.

– Przecież go podepczą! Ogryny go podepczą! – pisnęła Kerra.

– Cicho – uspokoiła ją Ronja. – Chyba nie jest aż tak głupi, żeby pchać się pod ich kopyta...

Ale żebrak nie wyglądał, jakby chciał odskoczyć. Usiadł na ziemi z rozłożonymi szeroko rękami. Ani Bren i ani Rah nie zatrzymali swoich wierzchowców, ale szli prosto na niego.

– Stratują go! – jęknęła Kerra.

Ronja milczała, czekając na to, co się wydarzy. Patrzyła, a jednocześnie trochę się bała. Nie chciałaby być świadkiem krwawego widowiska. Nikomu nie życzyła śmierci pod kopytami bestii.

Byli już tylko kilka metrów od niego, trzy, dwa, jeden...

– Ach...! – Kerra zasłoniła sobie oczy.

W ostatniej chwili żebrak przeturlał się na bok, unikając twardych kopyt ogrynów, które zmiażdżyłyby go na proch. Ani Rah ani Bren nawet się za nim nie obejrzeli, tak jakby nic się nie stało. Żebrak podniósł się na nogi i zaczął im wygrażać pięścią, dokładając przy tym stek obelg, ale oni wyminęli go bez słowa. Kiedy znaleźli się w bezpiecznej odległości, Ronja wypuściła z sykiem powietrze z ust.

– Co za pajac… – skwitowała cierpko.

– Nie umarł…? – spytała Kerra, odsuwając ręce od oczu.

– Nie, jeszcze nam zwymyślał, tacy tutaj są żebracy…

Kerra zerknęła przez okno na drogę. Żebrak usiadł ponownie na ziemi czekając na następny powóz.

– Przecież to niebezpieczne…

Ronja wzruszyła ramionami.

– Widocznie dla tego typu ludzi to normalne.

– Biedny…

– Biedny? – zdziwiła się Ronja. – Raczej głupi. Nie tłumacz go. Gdyby miał choć trochę rozumu, wziąłby się za jakąś robotę, zamiast straszyć zwykłych ludzi.

– Może nie miał innego wyjścia…?

Spojrzała na siostrę.

– A ty byś coś takiego zrobiła, gdybyś nie miała pieniędzy?

– Oczywiście, że nie! Ale… ale…

Ronja pokręciła głową.

– Przestań już, musisz zrozumieć, że niektórzy ludzie po prostu są dziwni, podli i leniwi i wcale nie chcą się zmieniać, bo im z tym dobrze. Dlatego nie broń ich, są sami sobie winni.

– Ale to smutne… – odparła Kerra.

– Nasze położenie też nie było za wesołe, a jednak nie zniżałyśmy się do takich sztuczek, co nie? – przypomniała jej.

Kerra pokiwała głową.

Przez resztę drogi niewiele rozmawiały, a i też rzadko wychylały się zza okien, bo im później się robiło, tym więcej podejrzanych typków zaczęło pojawiać się na drogach. Ronja szybko zdała sobie sprawę, że słowa Raha wcale nie były przesadzone. Tu rzeczywiście roiło się od przestępców, złodziei i przemytników.

Późnym wieczorem zatrzymali się na chwilę, aby rozprostować nogi. One wyszły z wozu, otulając się kurtkami. Zrobiło się wyjątkowo zimno. Zjedli na stojąco, nie rozpalając nawet ognia. Rah tak jak zawsze, z chustką na twarzy, wkładał kawałki jedzenia pod materiał, nie ujawniając się. Zauważyła, że oboje z Brenem bez przerwy oglądali się na wszystkie strony, jakby wypatrywali zagrożenia. Sama również się spięła.

– Ciężko, co? – zagadnął do nich Bren. – Mam na myśli tych żebraków. Zwłaszcza tego, który usiadł nam na drodze.

– To było straszne, myślałam, że ogryny go stratują – powiedziała z przejęciem Kerra. – Dlaczego oni tak się zachowują?

– Z różnych powodów – odparł zwięźle. – Ale przede wszystkim dlatego, aby zatrzymać pojazd. Kiedy tylko wóz stanie, wtedy grupa jego koleżków wyskakuje z ukrycia i wówczas może dobrać się do towaru.

– Straszne... – jęknęła.

– Niestety tak tu jest – odparł Bren. – A to dopiero początek tego trudnego odcinka.

– Zawsze się tak zachowują? – zapytała Ronja.

– Zawsze – odparł Bren. – Czasem nawet kładą się na ziemi. Ale najgorsze jest, kiedy podkładają kobiety i dzieci. Nie raz jeden z nas musiał wyskakiwać i odsuwać je z drogi, bo tamci je zostawiali i uciekali w las, czając się i czekając, aż weźmie nas litość i się zatrzymamy.

– To okrutne...! – pisnęła Kerra.

– Wtedy jeden z nas odsuwał te dzieci na bok, a drugi pilnował, aby powóz się nie zatrzymywał i ruszaliśmy dalej – dokończył Bren.

– I nigdy się nie zatrzymaliście? – zapytała Ronja.

– Nigdy – odezwał się nagle Rah.

Ronja przeniosła na niego wzrok.

– To musicie mieć nerwy ze stali – powiedziała szczerze.

Dopiero kiedy wypowiedziała na głos te słowa, zdała sobie sprawę, że to był komplement. Zmieszała się.

Rah spojrzał na nią. Czuła, jak od tego spojrzenia robi jej się gorąco. Szybko spuściła wzrok.

– Musimy – zgodził się.

Milczała, skubiąc w palcach rękaw kurtki.

– Ja bym tak nie umiała – przyznała szczerze Kerra. – Musiałabym pomóc dzieciom...

– To by było zbyt niebezpieczne – odparł Bren. – Ty byś zajęła się dziećmi, a w międzyczasie oni zajęliby się twoim towarem.

– Ale to tylko dzieci! – zaprotestowała.

– Tak, ale nawet najmłodsze są szkolone, kiedy mają płakać i jak się zachowywać, aby wzbudzać współczucie – odparł Bren. – I od małego uczone są kraść i oszukiwać.

– To jest okropne... Okropne!

– Dobra, koniec postoju – przerwał jej Rah, oglądając się za siebie. – Za długo już tu stoimy. Zaczynają nam się przyglądać – dodał, pokazując na grupkę mężczyzn.

Stali nieopodal przy jakimś rozlatującym się budynku i popijali powoli swoje trunki. Z pozoru wydawali się obojętni, ale nie odrywali od nich wzroku. Ronję przeszedł dreszcz.

– Ja biorę noc – oznajmił Bren.

– Ja wezmę noc – powiedział Rah. – Ty się prześpij. Nad ranem się zmienimy.

– Dobra.

Rah wskoczył na ogryna, który szedł w pierwszej parze, a Bren tymczasem wsiadł razem z nimi do wozu. Wziął sobie z wnętrza kawałek skórzanej płachty i położył się blisko wyjścia. One ułożyły się na swoich miejscach w głębi wozu.

– Śpijcie spokojnie, dziewczyny – powiedział.

– Ty też – odparła Kerra.

Ronja tylko skinęła mu głową. Nie zdążyły się dobrze ułożyć, a wóz już ruszył i toczył się miarowo, podskakując niekiedy na kamieniach.

– Nie wiem, czy zasnę... – bąknęła Kerra. – Boję się tych rozbójników...

Ronja nie wiedziała co jej powiedzieć i jak ją pocieszyć, bo sama też się bała. Wyciągnęła swój nóż i zacisnęła palce na rękojeści. Leżała tak na plecach, z nożem na piersi, nasłuchując, ale nic się nie działo. Niekiedy słychać było pohukiwania nocnych stworzeń, albo jakieś śmiechy w oddali. Koło północy zasnęła wreszcie.

Obudziła się tuż przed świtem. Powóz stał. Zaniepokojona podniosła głowę.

– Spokojnie, nadzwyczaj spokojnie… – usłyszała z oddali głos Raha. – Obudź mnie, gdyby coś się działo.

– Jasne – odparł Bren.

Usłyszała, jak Rah wsiada na wóz. Obejrzała się i zobaczyła jak odsłania płachtę wozu. Natychmiast położyła się z powrotem i zamknęła oczy. Słyszała jak mężczyzna kładzie się przy wejściu i po kilku minutach rozległ się jego spokojny, głęboki oddech. W tej samej chwili powóz ruszył.

Ronja otworzyła oczy i usiadła. Kerra spała obok z ramionami rozrzuconymi wokół twarzy, a Rah leżał na wznak przy płachcie zasłaniającej wyjście. Widziała jego niewyraźną sylwetkę, twarz zwróconą do góry. Nawet podczas spania nie zdjął chustki.

Podniosła się cicho i przeszła kilka kroków. Wóz terkotał i chybotał się, zagłuszając jej kroki. Stanęła nad nim. Rah spał twardo, widziała jak jego brzuch się porusza i słyszała jak głośno sapie. Odczekała kilka chwil, po czym nachyliła się. Wyjrzała nieco przez płachtę. Świt rozświetlał blado chłodny, szary poranek i niebo osnute dywanem chmur. Żaden promień słońca nie zdołał przedrzeć się przez tę zasłonę. Zakryła płachtę i spojrzała na mężczyznę. Zaczął pochrapywać, głośno wciągając powietrze ustami.

„Teraz, albo nigdy!" – pomyślała. „Lepszej okazji już mogę nie mieć."

Nachyliła się jeszcze bardziej, ale tak, aby nie trącić go kolanami i powoli wyciągnęła dłoń w stronę jego twarzy. Przygryzła wargi, wstrzymała oddech i koniuszkami palców musnęła jego chustkę. W tym samym momencie Rah z niesamowitą prędkością złapał za jej nadgarstek. Otworzył oczy i spojrzał wprost na nią. Zamarła. Nie mogła uwierzyć, jakim cudem tak szybko się obudził. Natychmiast w jego spojrzeniu rozpoznała, że wiedział dokładnie, co miała zamiar zrobić. Poczuła jak cała oblewa się rumieńcem, od czoła, poprzez policzki, aż do szyi i dekoltu.

Chwila przeciągała się nieznośnie. Miała ochotę ze wstydu zapaść się pod ziemię, ale on wciąż trzymał ją za nadgarstek i nie puszczał. I nic nie mówił. Ta cisza była najgorsza. Nie powiedział ani słowa, ale wszystko miał wypisane w oczach. Najpierw dostrzegła tam zaskoczenie, potem gniew, ale gdzieś w głębi, w najtajniejszych zakamarkach jego źrenic, zobaczyła strach. Przeszył ją dreszcz. Znała to spojrzenie.

W końcu, strasznie zmieszana, spuściła wzrok.

– Przepraszam... – powiedziała cichutko.

Nic innego nie była w stanie z siebie wydusić. Poczuła jak on puszcza jej nadgarstek. Cofnęła się i spojrzała na niego lękliwie. Nic nie mówił, niczego jej nie wyrzucał, ani o nic nie pytał. Teraz to on wyglądał na bardziej zmieszanego niż ona, tak jakby zawstydził się zarówno swojej reakcji, jak i całej tej sytuacji.

...wszystko miał wypisane w oczach.

– Nie będę już... Obiecuję – szepnęła.

Nic nie odpowiedział, ale najwyraźniej przyjął to do wiadomości, bo jego spojrzenie złagodniało. Kiwnął głową. To było wszystko. Cichy rozejm.

Odwrócił od niej wzrok, a ona wycofała się, aż do wyjścia i szybko zniknęła za płachtą, odgradzając się nią od niego. Odetchnęła głęboko i na moment ukryła twarz w dłoniach. Serce wciąż mocno jej biło.

„Głupio to wyszło, bardzo głupio..." – pomyślała, zażenowana swoim nieprzemyślanym występkiem.

Usiadła na koźle i popatrzyła przed siebie, starając się uspokoić, ale nadal była roztrzęsiona. Nie mogła oprzeć się wrażeniu, że już gdzieś wcześniej widziała to spojrzenie, te przerażone oczy wpatrujące się w nią z takim napięciem, takim wstydem...

To wspomnienie napawało ją niezrozumiałym lękiem, tak jakby dotknęła czegoś chorego w sobie, co strasznie ją bolało. Położyła dłoń na sercu i odetchnęła głęboko. Zdusiła to w sobie.

∗∗∗

Droga pięła się coraz bardziej w górę. Wóz toczył się teraz po kamienistej ścieżce, a ogryny z trudem go ciągnęły. Dyszały i coraz wolniej poruszały swoimi wielkimi kończynami.

– Przerwa! – zarządził Bren, zatrzymując powóz.

Ronja i Kerra zeskoczyły z kozła i podeszły do niego.

– Niedługo opuścimy granice Pól Nadziei – powiedział, dając wody ogrynom. – Na szczęście jest już coraz mniej budynków i nie widać nigdzie innych handlarzy. Trochę się uspokoiło. To dobrze...

Poklepał po łbie stojące obok niego zwierzę, a następnie dał im wszystkim paszy.

– To znaczy, że już nie ma tu tych... rozbójników? – spytała Kerra, oglądając się.

Bren uśmiechnął się do niej przyjaźnie.

– Na to wygląda.

– Och, to dobrze, bo strasznie się bałam – przyznała. – Pół nocy nie mogłam spać, bo ciągle myślałam, że coś nam zagraża...

– Ty nie mogłaś spać? To kto tak głośno chrapał? – zażartował Bren.

– Pewnie Ronja! – zawołała Kerra.

Ronja ściągnęła brwi.

– Ja nie chrapię – oświadczyła.

Bren tylko parsknął śmiechem.

– Więc to musiał być Rah – skwitował wesoło. – A właśnie, Rah jeszcze śpi? – zapytał.

– Tak... Chyba... – odparła Ronja, zerkając w stronę wozu. – Nie zaglądałyśmy, żeby no...

– Nie przeszkadzać mu, jasne – dopowiedział za nią Bren. – Niech odpoczywa.

Ronja przyjrzała mu się chwilę. Przygryzła dolną wargę.

– Kerra, tam chyba w tych krzakach widziałam te jagody, które wcześniej zbierałaś – powiedziała naraz.

– Co? Gdzie? – zainteresowała się dziewczyna.

– Patrz, tam – powiedziała, pokazując ręką w najdalszą kępkę zarośli.

– Naprawdę...?

Kerra pobiegła w tamtą stronę. Bren zrobił taki ruch, jakby chciał za nią pójść, ale Ronja odezwała się cicho:

– Bren.

Zatrzymał się i spojrzał na nią.

– Czy mogę cię o coś zapytać?

– Pytaj.

Ronja upewniła się, że Kerra jest wystarczająco pochłonięta szukaniem jagód i z tej odległości ich nie słyszy, a potem zbliżyła się do niego.

– Dlaczego Rah...? Dlaczego on...?

Denerwowała się, a widząc spojrzenie Brena, zaczęła denerwować się coraz bardziej. Widziała, że on już wie, o co ona go chce zapytać.

– Dlaczego on zakrywa swoją twarz? – wyrzuciła w końcu z siebie szybko.

Bren nie odezwał się od razu.

– Dlaczego pytasz o to mnie? – odparł. – A nie jego?

Przestąpiła z nogi na nogę.

– Nie wiem, czy on chciałby mi powiedzieć... – bąknęła.

– Więc skoro nie wiesz, czy on chciałby ci powiedzieć, to i ja nie wiem, czy chcę tobie powiedzieć.

Zmieszała się.

– Ale... Ty widziałeś jego twarz?

Bren przyglądał jej się chwilę.

– Tak.

– I co on tam ma? Ranę? Jakąś bliznę? Ma zdeformowaną twarz? – dopytywała. – A może jest kimś znanym i musi się ukrywać?

Oczy Brena nieco pociemniały, a on sam spoważniał.

– Nie powinnaś o to pytać mnie, ale jego – powtórzył. – A jeśli nie będzie chciał ci powiedzieć, to jego sprawa.

– Ale... Ty się go nie boisz, prawda?

Bren przekrzywił głowę.

– A czy wyglądam, jakbym się go bał?

– Ufasz mu?

– A ty?

Znów się zmieszała.

– Co to za pytanie? – zdziwiła się.

– A co to za pytania, które ty mi zadajesz? – obruszył się. – Jak miałbym nie ufać swojemu przyjacielowi?

Cofnęła się. Bren przy całej swojej sympatyczności, w tym jednym okazał się niezwykle stanowczy i surowy.

– Wybacz, że w ogóle cię o to pytałam – powiedziała.

– W porządku – odparł nieco przyjemniej.

Obejrzał się na Kerrę.

– I jak? Znalazłaś coś? – zawołał.

– Niee... Tu nic nie ma – odparła nachmurzona. – Ronja, tu nic nie ma!

– Ach, no to musiałam się pomylić – bąknęła, wycofując się do wozu.

– Chodź, Kerra, będziemy ruszać – zawołał na nią Bren.

– Jasne, tylko… Zaraz, a to co…?

Ronja zobaczyła, jak Kerra nachyla się w stronę zarośli.

– Co tam masz? – zagadnęła Ronja.

– Niesamowite…! – zawołała Kerra. – Jeszcze takiego czegoś nie widziałam…

Wyciągnęła rękę, a w tej samej chwili Ronja tknięta złym przeczuciem, zamarła.

– Kerra, nie…! – krzyknęła, ale było już za późno.

Kerra nagle wrzasnęła tak przenikliwie, że Ronja poczuła, jak włosy jeżą jej się na głowie. Jak w zwolnionym tempie zobaczyła jak jej siostra gwałtownie blednie, a potem spogląda na nią z otwartymi ustami.

– Ronja… – jęknęła i w tej samej chwili padła na ziemię.

– KERRA!

Rzuciła się biegiem w jej stronę, ale Bren ją wyprzedził. Złapał dziewczynę za ramiona i uniósł ją, aby usiadła, ale ona zsuwała się, jakby była bezwładna, bez sił.

– Kerra, co ci jest? – zapytał szybko. – Co się stało? Czemu tak krzyczałaś? Uderzyłaś się…?

Ronja dopadła do nich i uklękła przy niej.

– Kerra, mów! – zażądała, widząc jak siostra gwałtownie słabnie.

Kerra tylko wymamrotała coś niewyraźnie i pokazała na to, co było w trawie. Ronja spojrzała w tamtym kierunku i zobaczyła małe, czarne stworzenie, którego nigdy wcześniej nie widziała. Miało sześć kończyn, długi ogon i kolce, czerwone jak od krwi. Jej krwi.

– Co to?! Ukłuło cię to? – zawołała.

Kerra spojrzała na nią półprzytomnie.

– Ja tylko chciałam dotknąć… – powiedziała i nagle wywróciła oczami, tracąc świadomość.

– KERRA!

Ale ona jej nie słyszała, a jej młodziutka twarz bardzo szybko zaczęła tracić kolory.

– Kerra, nie…! Kerra, obudź się… – wyjąkała.

Bren potrząsnął dziewczyną, ale ona nie reagowała. Obejrzał szybko ranę na jej dłoni.

– Ronja, sprowadź Raha! – polecił jej Bren.

Ale ona była jak w szoku.

– Kerra! Kerra, obudź się! – wołała, nachylając się nad siostrą.

– Ronja, sprowadź Raha! Natychmiast! – zagrzmiał Bren. – Tylko on będzie wiedział jak pomóc!

Jak w transie zerwała się i popędziła w stronę wozu. Na drżących nogach wspięła się na kozła.

– Rah…! Rah…! – zawołała, załamującym się głosem.

Mężczyzna w jednej chwili wypadł przez zasłonę i spojrzał na nią zupełnie przytomnie.

– Rah… Moja siostra… Kerra, ona… – powiedziała bezradnie.

Nie była w stanie nic więcej z siebie wydusić.

– Co się stało? – zapytał, ale ona naraz rozpłakała się.

– Moja siostra… Moja Kerra… – mówiła przez łzy.

– Rah! Chodź tutaj! – usłyszała Brena w oddali.

Rah nie czekał na jej dalsze wyjaśnienia. Zeskoczył z wozu i pobiegł w tamtą stronę. Ona, wciąż płacząc, ruszyła za nim.

– Co jej się stało? – zapytał Rah, klękając obok Kerry, którą trzymał w ramionach Bren.

– Ukłuła ją mała bestia, czarna skóra, sześć nóg, kolce – wytłumaczył szybko.

– Miało ogon? – zapytał Rah.

– Nie zdążyłem się przyjrzeć, szybko uciekło. Ronja, ty widziałaś, czy to coś miało ogon?

Ronja spojrzała na niego jak na zjawę, a potem patrzyła tylko na coraz szybciej blednącą twarz siostry.

– Ronja? – zapytał Rah, zwracając do niej swoje oczy. – Jeśli nie miało ogona, twoja siostra umrze w ciągu pięciu minut, ale jeśli miało ogon, da się ją odratować, tylko muszę wiedzieć *teraz*!

Ta wiadomość zmroziła ją.

– T-tak…! Miało! – wykrztusiła z siebie. – Miało ogon!

– Połóż ją na ziemi i przykryj kurtką – polecił Rah, samemu sięgając do połów swojego płaszcza.

Bren ułożył Kerrę na ziemi. Rah tymczasem wyciągnął jakieś zawiniątko z proszkiem, a zza paska krótki nóż. Wziął dłoń dziewczyny, posypał tym proszkiem z woreczka i naraz wbił ostrze prosto w jej dłoń.

– Ach! Co ty jej robisz?! – wrzasnęła Ronja, widząc jak krew spływa obficie z palców siostry.

– Ratuję jej życie – odparł Rah. – Bren, trzymaj jej rękę.

Bren bez słowa pochwycił ramię Kerry i trzymał tak, aby krew ściekała z dłoni. Ronja widziała pojedyncze krople spływające na trawę. Były gęste i ciemne, jak smar.

Rah tymczasem wyciągnął z innego zawiniątka jakieś zioła, przycisnął do rany, którą przed chwilą jej zadał i zaczął obwiązywać jej rękę kawałkiem czystego materiału. Wszystko robił bardzo szybko, sprawnie, precyzyjnie. Miała wrażenie, że już nie raz znajdował się w podobnej sytuacji. Patrzyła na to bezradnie, trzęsąc się jak w gorączce. Łzy bezgłośnie spływały jej z policzków. Nie mogła ich powstrzymać. Do tej pory uważała się za całkiem odważną i zachowującą zimną krew, tą, która wie, co trzeba robić i która innych pociesza, ale teraz była w rozsypce.

Czekała, czy coś jej powiedzą, czy coś wytłumaczą, ale Bren milczał i trzymał Kerrę, a Rah w milczeniu kończył bandażować jej rękę.

– I co z nią? – zapytała, nie mogąc znieść tego napięcia. – Co z nią, Rah? Co z nią? Co z nią będzie? – powtarzała coraz natrętniej, coraz głośniejszym tonem.

Ale Rah milczał. Widząc, że skończył bandażować Kerrę, Ronja złapała go za rękaw czarnego płaszcza i zaczęła szarpać.

– Rah, co będzie z moją siostrą?! – krzyknęła.

On przytrzymał jej dłoń drugą ręką i spojrzał na nią.

– W porządku – powiedział, odsuwając jej rękę. – W porządku, przeżyje.

Ale do niej to jakby wciąż nie docierało. Na kolanach podczołgała się do siostry i spojrzała w jej twarz.

– Kerra, słyszysz mnie? Powiedz coś, obudź się! – błagała.

– Ronja, już dobrze, jej nic nie będzie – powiedział łagodnie Bren, ale ona nie dawała się uspokoić.

Poczuła, że Rah kładzie jej dłoń na ramieniu.

– Ronja.

– Nie, zostaw mnie! – warknęła. – Kerra... Kerra, powiedz coś...

– Ona musi teraz odpoczywać, te kolce były trujące, ale nie śmiertelnie – powiedział Rah. – Dzięki temu, że spostrzegłaś czy zwierzę miało ogon czy nie, mogłem jej zaaplikować odpowiednie antidotum. Dziewczyna miała więcej szczęścia, niż rozumu. Gdyby to była inna bestia, to... – nie dokończył i nie musiał, bo Ronja zrozumiała.

Spojrzała na niego.

– To znaczy, że... że ona nie umrze?

– Teraz nie – odparł poważnie.

Westchnęła głośno, z głębi serca. Złapała się za głowę. Czuła, że świat wokół niej wiruje.

– Chodź, musisz odpocząć i ona też – powiedział Rah, chwytając ją pod ramię i podnosząc z ziemi. – Bren, weź dziewczynę.

Bren wziął Kerrę na ręce i podniósł ją, przykładając jej głowę do swojej piersi tak, aby nie zwisała jej bezwładnie. Poszli w stronę wozu. Ronja szła obok Raha.

– A więc... już po wszystkim? – spytała słabo, trochę dziecinnie.

Zatrzymali się przed wozem.

– Tak, już po wszystkim – odparł.

Wspiął się pierwszy i bez słowa podał jej rękę, a ona, również nie protestując, uchwyciła się jego dłoni i weszła za nim.

– Podaj mi ją – polecił Rah, a Bren podał mu Kerrę, a ten zaniósł ją na jej posłanie w głębi wozu.

– Musi odpoczywać, a jak się obudzi, dawaj jej pić to – powiedział Rah, podając jej szklaną butelkę z przezroczystą cieczą, którą miał wetkniętą pomiędzy workami. – Po kilka łyków naraz.

– Co to jest? – spytała.

– Woda.

– Zwykła woda?

– Tak, zwykła woda.

– Aha...

Teraz, kiedy opadły z niej emocje, czuła się jak wyprana, jakby nagle straciła wszystkie siły. Wzięła butelkę i położyła ją obok Kerry, a sama usiadła naprzeciw niej. Mężczyzna tymczasem zaczął iść w stronę wyjścia. Tknięta nagłym impulsem, odezwała się:

– Rah…

Zatrzymał się i obejrzał na nią.

– Dziękuję ci.

Chwilę patrzył na nią zza tej czarnej chustki. Miała wrażenie, że na moment w jego oczach pojawił się ciepły blask.

ROZDZIAŁ V

Czuwała przy niej do późna, ale Kerra nadal nie odzyskiwała przytomności. Zauważyła za to, że zaczyna się pocić. Jej czoło stało się gorące, a usta spieczone. Zraszała zimną wodą kawałki materiału i takimi kompresami okładała jej czoło i przecierała usta. Próbowała ją budzić i wmuszać w nią trochę wody, ale Kerra piła tylko kilka łyków, nie otwierając oczu, a potem znów zapadała w odrętwienie.

Rah i Bren tymczasem zarządzili dłuższy postój na nocleg. Słyszała, jak rozpalali ognisko, a Rah poszedł zapolować. Po jakimś czasie usłyszała, że ktoś wspina się na wóz. To był Bren. Przyniósł w miseczce potrawkę z zająca przyrządzoną z ziołami i podał ją Ronji.

– Masz, zjedz coś – polecił.

– Dziękuję, ale… Nie jestem za bardzo głodna – odparła, zmieszana jego dobrocią.

– To zjesz później, ale coś musisz zjeść – odparł, niezrażony.

Wzięła więc i spróbowała trochę. Bren spojrzał na Kerrę.

– Jak ona się czuje? – zapytał.

– Ma gorączkę… Nie wiem, co robić… Nawet nie chce jeść, tylko piła trochę…

Bren nachylił się i dotknął czoła dziewczyny. Długo przypatrywał się jej twarzy.

– Biedna mała…

Ronja obserwowała, jak on na nią patrzył.

– Czy ta gorączka to normalny objaw po takim ugryzieniu? – zapytała głośniej.

Bren cofnął dłoń.

– Wydaje mi się, że tak, ale na wszelki wypadek sprowadzę Raha, niech ją obejrzy – stwierdził. – On się zna na tym lepiej, niż ja.

Spojrzał na nią.

– A ty jak się czujesz?

– Ja...?

Zdziwiła się, że w ogóle o nią zapytał.

– Dobrze... – bąknęła. – Mnie nic nie jest.

Bren uśmiechnął się lekko.

– Jesteś bardzo dzielna – powiedział naraz. – Dzielna z ciebie starsza siostra.

Pokręciła głową, ale poczuła jak policzki jej czerwienieją.

– Wcale nie jestem dzielna...

Bren przypatrywał jej się chwilę.

– Jesteś. Dla niej – dodał, spoglądając na Kerrę.

Spojrzała zdziwiona, ale on już nic więcej nie mówił. Wstał i wyszedł z wozu. Słyszała potem jak idzie do ogniska. Myślała chwilę nad jego słowami, bezwiednie głaszcząc Kerrę po rozpalonym czole.

Wzięła miseczkę, którą jej zostawił. Zjadła znów odrobinę, ale naraz zobaczyła, jak Kerra porusza oczami.

– Hej, mała – zapytała cicho. – Słyszysz mnie?

Kerra popatrzyła na nią dłużej.

– Tak... – szepnęła.

– Jak się czujesz? – zapytała, dosiadając się bardzo blisko niej.

– Chyba... lepiej – bąknęła.

– Boli cię? Chcesz coś pić? Jeść? Bren przyniósł kolację, może zjesz trochę...?

Kerra zamrugała.

– Pić... – powiedziała tylko.

– Jasne, już...

Ronja podciągnęła ją nieco ramieniem, aby siadła i podała jej butelkę z wodą do ust. Kerra piła chciwie, jak małe dziecko karmione przez matkę. Ronja obserwowała ją w skupieniu.

„Matka..." – pomyślała.

Miały kiedyś matkę. Kiedyś każdy ją miał. Ale potem...

Usłyszała kroki w wozie.

– Obudziła się, właśnie dawałam jej pić, może chcesz...? – powiedziała, odwracając się.

To nie był Bren, to był Rah. Zbliżył się do nich i uklęknął obok. Ronja zmieszana, opuściła wzrok. Rah przyglądał się chorej.

Ona w odpowiedzi spojrzała na niego blado, ale zaraz zamknęła oczy, osuwając się na ramieniu Ronji.

– Kerra…? – spytała.

Brak odpowiedzi. Rah bez słowa przyłożył dłoń do jej czoła, tak jak poprzednio zrobił to Bren.

– Ma gorączkę – wyjaśniła Ronja, obserwując go z boku.

– Wiem, widzę – stwierdził.

Zabrał rękę z jej czoła.

– To dobrze – oznajmił.

– Dobrze…? – zdziwiła się.

Rah przeniósł na nią wzrok.

– To znaczy, że organizm walczy – powiedział. – Jest silna, wyjdzie z tego za dwa, góra trzy dni.

Wziął Kerrę za rękę i dokładnie obejrzał opatrunek.

– Zostanie jej tylko mała ranka na dłoni, ale i ona szybko się zagoi.

Odłożył jej dłoń.

– Nie musisz się już martwić – dodał.

– Nie martwię… – zaczęła, ale urwała, speszona.

Czuła, że on na nią patrzy, więc zapytała szybko:

– Skąd ty się tak znasz na ziołach?

Rah nie odpowiedział od razu.

– Przyszło z czasem… – odparł wymijająco.

Obejrzał się na nią. Jego wzrok padł na miseczkę z potrawką.

– Nie smakowało ci… – bardziej stwierdził, niż zapytał.

Zrozumiała, że to Rah to przyrządził. Zrobiło jej się jeszcze bardziej nieręcznie.

– Co…? Nie, ja tylko…

Westchnęła.

– Nie chciało mi się jeść – powiedziała w końcu prawdę.

– Lepiej zjedz. Będzie nas czekać ostra wspinaczka.

Wzruszyła ramionami.

– Ronja, będziesz musiała zejść z wozu i iść razem z nami – powiedział poważnie. – Ogryny nie dadzą rady dźwigać większego ciężaru. Już teraz szybko się męczą.

– Ale… A co z nią? – zapytała, pokazując na siostrę.

– Ona na razie musi leżeć, ale reszta będzie szła obok wozu.

– Jak długo?

– Kilka dni.

– Kilka...?

– Dlatego lepiej zjedz, żebyś nabrała sił.

Popatrzyła na miseczkę.

– Słuchaj... – zaczęła, zaczesując jeden kosmyk włosów za ucho. – Dziękuję, że dzielicie się z nami waszym jedzeniem, ale naprawdę nie musicie. My mamy swoje. Specjalnie zrobiłyśmy zapasy i...

– Widziałem te wasze zapasy – przerwał jej Rah, patrząc na nią uważnie. – Nie starczą wam do końca podróży.

– Przecież to tylko dwa tygodnie.

– Dwa tygodnie podróżuje się do Ostatniej Góry, ale przecież wy tam nie idziecie, prawda?

– ...Idziemy – odparła po chwili wahania. – Tak jak i wy.

– My tak, ale wy...

Rah przypatrywał jej się uważnie. Zbyt uważnie. Spuściła wzrok.

– Dokąd wy tak naprawdę idziecie?

Chrząknęła i odsunęła się nieco od niego.

– Już wam mówiłyśmy, do naszej jedynej krewnej, ciotki, która mieszka za Ostatnią Górą.

– Jak daleko jest to „za Ostatnią Górą"?

Ronja spojrzała w bok.

– Jakiś... kawałek – odparła niejednoznacznie. – Ale to już nie powinno was interesować, bo rozstajemy się przy Ostatniej Górze. I za to wam zapłaciłyśmy, za podwiezienie nas do Ostatniej Góry. I tyle.

Rah milczał i tylko patrzył na nią. W jego oczach widziała zainteresowanie, ale nie potrafiła więcej wybadać z jego twarzy. Nie wiedziała, jakie on miał naprawdę intencje.

– Jesteś bardzo przywiązana do swojej siostry – stwierdził po chwili.

– Tak – odparła bez wahania. – W końcu to moja siostra.

– Tak... – zgodził się cicho. – Prawie zemdlałaś, kiedy jej się to stało...

Zaczerwieniła się mocno.

– Nie zemdlałam – zaprotestowała, ale zabrzmiało to dość słabo. – Nie zemdlałam przecież.

– Nie zemdlałaś – przyznał jej rację. – Ale zachowywałaś się tak, jakbyś miała zaraz zemdleć albo dostać jakiegoś ataku.

Wstała raptownie i spojrzała na niego z góry. Była wściekła, ale jednocześnie przerażona tym, co powiedział. Przerażało ją to, że on tak dobrze ją przyuważył.

– A co cię to obchodzi? – fuknęła dziecinnie.

Rah podniósł się powoli i stanął na wprost niej. Był wyższy prawie o głowę. Natychmiast poczuła, jak ona przy nim maleje, a jej złość zaczyna się raptownie ulatniać.

– Ona przecież kiedyś i tak cię zostawi i pójdzie swoją drogą – powiedział. – W końcu jest tylko twoją siostrą.

Cofnęła się, tak jakby te słowa ją zabolały.

– Kerra jest jeszcze młoda i niedoświadczona, i potrzebuje mojej opieki!

Rah przekrzywił lekko głowę.

– *Twojej* opieki...?

Wyczuła delikatną kpinę w jego słowach. Zacisnęła dłonie w pięści.

– Oczywiście, a niby czyjej? Przecież nie ma nikogo innego, kto mógłby się nią zaopiekować. Zostałyśmy same we dwie i musimy... *ja muszę* się nią opiekować.

Rah milczał chwilę.

– *Musisz* – stwierdził. – A kto się tobą zaopiekuje? – zapytał naraz.

– Mną...? – zdumiała się.

Potrząsnęła głową.

– Mną się nie trzeba opiekować – odparła hardo. – Ja sobie świetnie daję radę sama.

– Nie wydaje mi się – Rah stwierdził ze spokojem.

Była tak zaskoczona, aż zabrakło jej tchu.

– Co...? Co ci się nie wydaje? – zaczęła buńczucznie. – A zresztą... To nie twoja sprawa!

– A kto się tobą zaopiekuje?

– Nie moja – zgodził się znów ze spokojem.

Myślała, że teraz stąd pójdzie, ale on wciąż stał i patrzył na nią. To ją zbiło z tropu.

– No co? – zapytała. – Co ty chcesz?

– Dokąd wy idziecie? – zapytał ponownie.

Zmarszczyła brwi.

– Już ci powiedziałam, do naszej ciotki za Ostatnią Górą, czy to takie dziwne?

Rah zrobił krok w jej stronę. Był blisko, trochę zbyt blisko jak na zwykłą pogawędkę. Zlękła się.

– Tak, to takie dziwne – powiedział, a głos nieznacznie mu stwardniał. – Dziwne, bo za Ostatnią Górą nie ma żadnych domostw, żadnych osad ani wiosek. Nie ma tam też samotnych domów stojących wśród pól. Za Ostatnią Górą jest pustkowie, kamienista pustynia, miejsce bez życia, ciągnące się przez setki kilometrów. Miejsce, z którego nikt nigdy nie wrócił żywy, aby opowiedzieć, co jest po drugiej stronie.

Ronja czuła, jak z każdym kolejnym jego słowem, ona coraz bardziej zapada się w sobie.

– Od samego początku miałem podejrzenia co do was – mówił dalej, patrząc jej prosto w oczy. – Dwie samotne dziewczyny z taką ilością pieniędzy przy sobie, to już było dziwne, zwłaszcza, że nie wyglądacie na zamożne. Nie macie też ogłady bogaczy, ani ich manier. Zachowujecie się jak ludzie z najniższej klasy, którym nagle, legalnie bądź nie – podkreślił znacząco – udało się zdobyć większą gotówkę.

Ronja cofnęła się. W gardle jej zaschło.

– Ale z drugiej strony, nie takich już mieliśmy klientów, więc pomyślałem, co mnie to obchodzi skąd macie pieniądze? Wasze sekrety, wasza sprawa – ciągnął.

– Właśnie, to nasza sprawa dokąd idziemy – odparła, odzyskując rezon.

– Nie do końca – powiedział. – Teraz, kiedy już jesteście z nami w drodze, jak ty sobie wyobrażasz dalszą podróż, skoro nie wiemy nawet dokąd was mamy dokładnie zawieźć?

– Mówiłam ci, że do Ostatniej Góry…!

– Ostatnia Góra to nie jest jedno małe wzgórze, na które wchodzi się w pięć minut – przerwał jej ostro. – To jest ogromna wyżyna, na którą się wspina kilka dni i trzeba wiedzieć z wyprzedzeniem, do którego regionu chcesz dojść, czy do południowego, czy wschodniego czy zachodniego, aby móc wybrać odpowiednią drogę.

Ronja patrzyła na niego ze zdumieniem.

– Ale… Ale my nie chcemy dojść do Ostatniej Góry, tylko do tego co jest za nią… Bezpośrednio za nią.

– Bezpośrednio za nią nie ma nic, jest pustynia – powiedział. – To tam chcecie dojść? Na pustynię? Tam mieszka wasza ciotka? – zakpił.

Ronja oblizała wargi.

– Nie byłyście nigdy poza granicami Królestwa, prawda? – podpytał.

Spuściła wzrok. Nie odpowiedziała.

– Słuchaj, Ronja – zaczął, a głos nieznacznie mu zmiękł. – Wcale nie chciałem was brać ze sobą, Bren dobrze o tym wie – powiedział naraz zupełnie otwarcie. – To dlatego rzuciłem wam taką wysoką cenę. Chciałem was odstraszyć, bo czułem, że coś tu z wami nie gra, a ja nie chciałem mieć żadnych kłopotów. Ale potem jak twoja siostra przybiegła do nas i powiedziała, że cię napadli w alejce, od razu wiedziałem, kto to mógł być. To byli ci sami, którym poprzedniego dnia tak zalazłaś za skórę.

Spojrzała na niego zdumiona.

– Widziałem was wtedy w tym barze – powiedział. – Z początku nie wiedziałem, o co poszło, siedziałem na samym końcu sali, słyszałem tylko śmiechy i głupie gadanie stałych bywalców, jak to bywa w takich miejscach. Ale potem zrobiło się zamieszanie, słyszałem jak ona krzyczała, więc przecisnąłem się do przodu i wtedy zobaczyłem jak kopnęłaś tego gnoja prosto w gardło.

Pokręcił głową.

– Byłaś tak cholernie odważna – powiedział z niekłamanym podziwem.

Poczuła, że oblewa się rumieńcem. Nie spodziewała się, że to właśnie od Raha otrzyma taki komplement. Odwróciła od niego oczy.

– Potem poszedłem za wami, żeby sprawdzić, czy nic wam nie chcą zrobić… – przyznał.

Podniosła na niego wzrok.

– A więc dobrze widziałam, gapiłeś się na nas w tłumie – podchwyciła.

– Chciałem się upewnić…

– Chciałeś zgrywać bohatera? – rzuciła oschle, trochę przerażona tym, że je śledził.

Ściągnął brwi.

– Chciałem się tylko upewnić, że nic wam nie jest, że za wami nie idą… – powiedział. – Kiedy następnego dnia zaczęłyście z nami rozmawiać, wiedziałem już coście za jedne i że mogą być z wami problemy.

Ronja podparła się pod boki.

– A to niby jakie problemy? – spytała wojowniczo.

Rah zbliżył się do niej i ona znów poczuła, że jej odwaga topnieje. Zmieszana, opuściła ręce.

– Takie, że za bardzo zwracacie na siebie uwagę, ty i twoja siostra – odparł. – Jesteście obie ładne, młodziutkie i trochę naiwne. Wiedziałem, że to tylko kwestia czasu, aż znów coś się wam przydarzy – dodał.

Ronja znów poczerwieniała.

– I nie myliłem się – mówił dalej spokojnym tonem. – Gdy tylko zobaczyłem twoją siostrę biegnącą w naszą stronę, od razu się domyśliłem. Zapytałem tylko gdzie, ona powiedziała w której alejce i pobiegłem... Przybyłem w ostatniej chwili, ale...

Wziął głębszy oddech i chwilę na nią patrzył. Chciała zapytać „co?", ale milczała. Jego spojrzenie krępowało ją.

– Ale nawet wtedy nie byłaś tak przerażona jak wówczas, gdy twoja siostra zemdlała.

Zdziwiła ją ta konkluzja. Odwróciła się do niego bokiem, tak, aby nie widział jej twarzy, bo miała wrażenie, że prześwietla ją na wylot i widzi wszystkie jej najskrytsze myśli.

– Po prostu martwię się o swoją siostrę, tak cię to dziwi? – mruknęła niemiło.

Chciała go przegonić od siebie tym burkliwym tonem, ale on nie odszedł. Zamiast tego poczuła, jak Rah delikatnie chwyta ją za ramię.

– Nie, Ronja.

Obrócił ją ku sobie.

– Ty się martwisz, że jak jej nie będzie, to zostaniesz zupełnie sama.

Spojrzała na dłoń, która trzymała jej ramię. Jego uścisk był stanowczy, ale mimo to ciepły.

– Po prostu martwię się o moją...

– Nie ma żadnej ciotki – przerwał jej cicho. – Prawda?

Nie odezwała się.

– Nie ma i nigdy nie było – dopowiedział.

Przełknęła ślinę.

– Ronja, dokąd wy chcecie iść? – zapytał ją wprost.

Czuła, że jego delikatność zaczyna ją łamać, bardziej niż jego ostre słowa. Zaczęła mięknąć, opuszczać gardę, a ona przecież nie mogła... Nie mogła nikomu zdradzić...

– Mówiłam ci, że za Ostatnią...

– Mamy was zostawić na tej pustyni i patrzeć jak zżerają was bestie, które zamieszkują tamte tereny? Tego chcesz? Bo na to się zapowiada – odparł Rah.

Zmieszała się. Chciała uwolnić ramię z jego uścisku, ale on wciąż ją trzymał. Zbliżył się do niej jeszcze bardziej.

– Ronja, powiedz mi prawdę.

Ośmieliła się i podniosła na niego wzrok. Jego oczy były bardzo blisko. Spojrzenie miał mądre, nieosądzające, łagodne. Ale to było wszystko, co widziała. Resztę zakrywała czarna chustka.

– Powiem ci, jeśli... Jeśli ty mi powiesz, dlaczego zasłaniasz swoją twarz – wypaliła naraz w przypływie odwagi.

Patrzyli na siebie długo w milczeniu.

– To jest... moja sprawa – Rah odparł głucho.

– To nie jest odpowiedź.

Widziała, że się wahał. Czekała w napięciu, ale on naraz puścił jej ramię i odwrócił wzrok.

– Nie mogę ci powiedzieć.

Przyglądała mu się chwilę.

– Więc pokaż mi.

Milczał długo, za długo i w końcu dała za wygraną.

– No widzisz, ty masz swoje sekrety, a ja mam swoje, i może lepiej niech tak pozostanie – powiedziała ugodowo.

– Ronja, ale twój sekret naraża i ciebie, i twoją siostrę – odparł. – Kto wam tam pomoże na tym pustkowiu?

Pokręciła głową.

– Ty nic nie rozumiesz...

– Więc pozwól mi zrozumieć – odparł poważnie.

Spojrzał jej w oczy.

– Spróbuj mi zaufać.

Ronja cofnęła się i uśmiechnęła się nieco ironicznie.

– Zaufać? Zaufać tobie, który wciąż ukrywasz się za tą chustką...?

Nie odpowiedział, ale widziała jak jego oczy przygasły.

– Słuchaj, nie chcesz mi pokazać swojej twarzy, to nie, twoja sprawa. Ale nie pytaj więcej, dokąd idziemy.

– A więc zostawimy was na tej pustyni i tam umrzecie – stwierdził oschle.

Nie odpowiedziała.

– Tego chcesz? Taki był twój plan? – zapytał szorstko.

Ronja ściągnęła brwi.

– Nie, to nie jest mój plan, żeby umrzeć – obruszyła się. – Ja... ja znam drogę.

– Drogę dokąd?

Odwróciła się do niego bokiem, udając, że czegoś szuka w swoich rzeczach. Nie mogła powiedzieć więcej. Czuła, że i tak już za bardzo się zdradziła.

Usłyszała, jak on bierze głęboki oddech.

– W takim razie nie będę cię więcej wypytywał – odezwał się po chwili. – Po prostu...

Obejrzała się na niego.

– Po prostu chciałem ci pomóc.

Popatrzyła na niego zdumiona. Rah nie czekał na jej odpowiedź. Odwrócił się i wyszedł z wozu zostawiając ją ze swoimi niespokojnymi myślami.

✶✶✶

– Nie męczy cię droga? – zagadnął Bren.

– Nie... aż tak bardzo – wysapała, z trudem dotrzymując im kroku na skalistej ścieżce.

– Jeśli będziesz chciała odpocząć... – zaczął.

– Nie, jest dobrze – odparła szybko. – Muszę tylko rozgrzać mięśnie, to wszystko.

Maszerowali po stromym wzniesieniu od paru godzin i musiała przyznać, że po kilku dniach spędzonych na wygodnym siedzeniu w wozie, teraz ciężko jej było przestawić się na uciążliwy marsz pod górkę. Codziennie pokonywali od dziesięciu do piętnastu kilometrów, w zależności od tego jak strome było podejście. Ronja niekiedy dyszała, wlekąc się za wozem, a nie raz przytrzymywała się barierki, aby trochę się podciągnąć i ulżyć zmęczonym nogom. Wieczorami robili postój na posiłek, a po nim Ronja od razu kładła się spać. Dosłownie padała na wznak ze zmęczenia. Przynajmniej nie musiała się martwić nieprzespanymi nocami.

Rah szedł pierwszy, ciągnąc za lejce pierwszą parę ogrynów, Bren podążał za nim, prowadząc drugą. Przez cały marsz nie rozmawiali wiele, wymieniali tylko kilka uwag dotyczących drogi i pogody. Dziś było bardzo ciepło, a na niebie nie było ani jednej chmurki. W innych okolicznościach Ronja zwykle cieszyła się z takiej pogody, ale teraz tęskniła za chmurami, które zakryłyby palące słońce. Strasznie chciało jej się pić, ale nie chciała zużywać kolejnej butelki wody, bo wiedziała, że także i Kerra musi teraz dużo pić. Wciąż męczyła ją gorączka, ale już coraz częściej odzyskiwała przytomność i była w stanie rozmawiać. Nadal jednak czuła się słabo i nie było mowy o tym, aby mogła towarzyszyć im w marszu.

Pewnego wieczoru, zanim poszła spać, Ronja ukradkiem sprawdziła ich zapasy. Zdała sobie sprawę, że rzeczywiście nie było tego sporo, że mogły lepiej się zaopatrzyć. Ale teraz było już za późno. Nie mówiła jednak siostrze o swoich obawach. Nie wspominała też słowem o tej dziwnej rozmowie z Rahem. Jego samego również unikała, co nie było zbyt trudne, bo całe dnie maszerowali w znacznym oddaleniu od siebie. Musiała jednak przyznać, że wciąż myślała o tym, co jej powiedział.

Wieczorem zatrzymali się na nocleg i zrobili ognisko, tak jak zawsze. Rah poszedł zapolować, a Bren pilnował ognia, znosząc większe gałęzie. Ronja usiadła przy ogniu i podpatrywała jak Rah znika w ciemnościach szybko zapadającego zmierzchu, skrywając się pomiędzy skałami.

– Na co on będzie polował na takim pustkowiu? – zdziwiła się na głos. – Przecież nie ma tu lasów.

– Na to, co się trafi – odparł Bren, dorzucając suchych gałęzi do ogniska. – Wielkiej zwierzyny na pewno nie znajdzie, ale małe gryzonie, czemu nie? Z głodu wszystko można zjeść, a Rah wie jak przyrządzić mięso, żeby dobrze smakowało.

Ronja milczała, przyglądając się jak strzelają gałęzie w płomieniach, a iskry szybują do góry.

– Zna się na ziołach – powiedziała.

– O, tak, jest w tym bardzo dobry – zgodził się Bren.

Spojrzała na niego.

– Sam się tego nauczył?

– Metodą prób i błędów... Jak wszystkiego w życiu – powiedział oględnie.

Nie patrzył na nią, skupiał się na dokładaniu do ognia. Miała wrażenie, że nie mówi jej wszystkiego.

– Ma sporą wiedzę na ten temat... – znów podchwyciła wątek, obserwując go, ale Bren nie odpowiedział.

Milczenie przeciągało się.

– Jak się czuje Kerra? – zapytał naraz Bren. – Czy dzisiaj jest już na siłach, żeby do nas dołączyć na kolacji?

Zrozumiała, że temat Raha został zakończony i niczego więcej nie dowie się od Brena. Wstała.

– Och... Kerra jest wciąż dość słaba – odparła. – Raczej jej nic będzie.

Bren podniósł na nią wzrok. Widziała, że był zaniepokojony.

– Ale wygląda już nieco lepiej – dodała.

– To dobrze – odparł. – Dobrze wiedzieć.

Uśmiechnął się lekko i znów zapadło milczenie. Miała wrażenie, że tematy do rozmowy się wyczerpały. Nigdy nie czuła się specjalnie mocna w gadaniu „o niczym" z nieznajomymi, a i z tymi, których znała, też zazwyczaj nie potrafiła rozprawiać o błahych rzeczach. W milczeniu więc przyglądała się jak ogień zajmuje kolejne gałęzie. Spoglądała co jakiś czas na gęstwinę przed nimi i na skały pomiędzy krzewami. Rah nie nadchodził.

– To może pójdę już, zobaczę co z Kerrą – powiedziała głośno.

– Uściskaj ją ode mnie – odparł Bren serdecznie.

– Mhm... – Ronja mruknęła niejednoznacznie.

Wspięła się na wóz, ale jeszcze raz obejrzała się na skały, za którymi niedawno zniknął Rah. W końcu odsunęła płachtę i weszła do środka.

– Hej, mała...

Kerra siedziała otulona pledami ze skór i piła wodę. Na jej widok podniosła głowę i uśmiechnęła się słabo.

– Jak się czujesz? – zapytała Ronja, siadając obok niej.

– Chyba lepiej – odparła schrypniętym głosem. – Jest już noc?

– Jest wieczór. Właśnie zrobiliśmy postój.

Kerra przyjrzała jej się w milczeniu.

– Wyglądasz strasznie – skwitowała.

– Co? – spytała półprzytomnie Ronja, myślami będąc zupełnie gdzie indziej.

– Włosy masz potargane, twarz zakurzoną... Co ty robiłaś?

– Co robiłam...? Och, szłam, a co innego mogłam robić? – odparła, zła, że siostra zajmuje się takimi drobiazgami.

– Szłaś? Po co?

Ronja zmarszczyła brwi.

– Kerra, przecież od trzech dni idziemy pod górę, bo ogryny mają za ciężko – powiedziała. – Nie zauważyłaś, że całe dnie jesteś sama w wozie?

– Ach...

Kerra wciąż wyglądała na niezbyt przytomną. Ronja widząc ją taką bezradną, złagodniała. Pogłaskała ją po głowie.

– Ale przynajmniej gorączka ci minęła – stwierdziła.

Kerra upiła spory łyk wody.

– Czy zbliżamy się już do Ostatniej Góry? – zapytała już bardziej rzeczowo.

– Nie, nie... Jeszcze za wcześnie – odparła Ronja. – O wiele za wcześnie...

Spojrzała w bok. Coś w jej twarzy musiało się zmienić, bo Kerra natychmiast to podchwyciła.

– Co się stało? – zapytała.

– Nic się nie stało, po prostu jestem zmęczona, to wszystko – odparła trochę ostrzej niż zamierzała. – Musiałam iść cały dzień w upale, wypiłam połowę naszych zapasów wody i teraz nie wiem... sama nie wiem, co mam zrobić...

– Znaleźć więcej wody...? – podpowiedziała Kerra.

Ronja spojrzała na nią z dezaprobatą. Czasem już bardzo chciała, żeby jej siostra dorosła, zmądrzała i przestała zadawać takie głupie pytania. Westchnęła.

– Chyba się trochę z tym wszystkim, eee... przeliczyłyśmy – powiedziała niezręcznie.

– Przeliczyłyśmy? Nie starczy nam jedzenia do Ostatniej Góry?

– Może nam nie starczyć – odparła.

Kerra patrzyła na nią z napięciem.

– Poza tym... ja... ee... Rozmawiałam z Rahem i on... On powiedział, że wejście na Ostatnią Górę może zająć kilka dni i lepiej, gdyby z góry wiedzieli od której strony mają tam podejść.

– Więc powiedz im, z której strony.

– Mówiłam, że chcemy dojść za Ostatnią Górę, ale...

Wstała naraz i zaczęła chodzić dookoła, nerwowo pocierając kark.

– On mówił, że... że tam jest tylko pustynia, kamienie i nikt stamtąd żywy nie wrócił...

Spojrzała na siostrę. Kerra patrzyła na nią uważnie.

– Więc powiedz mu prawdę, że znamy tajemne przejście do...

– Ciii! – nakazała jej Ronja, przykładając palec do ust.

Obejrzała się, nasłuchując, ale w oddali słychać było tylko trzaskanie płomieni i krzątanie się Brena przy ognisku.

– Powiedz, że idziemy *tam* – szepnęła Kerra.

– Nie możemy nikomu powiedzieć, dokąd idziemy – odparła Ronja, siadając znów na wprost niej. – Ojciec zakazał nam mówić komukolwiek. Komukolwiek, pamiętasz?

Kerra milczała chwilę.

– Ja już tak dobrze nie pamiętam taty – odparła naraz szczerze.

Ronja zamrugała szybko.

– Jak to, nie pamiętasz…? – zdumiała się. – Przecież…

– Bardziej pamiętam go z twoich opowieści.

Ronja patrzyła na nią z mieszaniną strachu i niedowierzania. Kerra zmieszała się.

– Ronja, nie patrz tak… – powiedziała cicho. – Przecież ja miałam wtedy pięć lat…

– A ja dziesięć, więc wcale nie byłam od ciebie o wiele starsza…

– Ale jednak byłaś starsza – przypomniała jej Kerra. – A ja…

Urwała i spojrzała w bok.

– Mam na myśli… Może jednak warto się z kimś podzielić tą informacją?

Ronja spojrzała za siebie, w stronę płachty odgradzającej wejście do wozu.

– Z nimi? – spytała cicho.

Kerra podążyła za nią spojrzeniem.

– Są mili, dbają o nas. Bren jest bardzo uprzejmy i pomocny, a Rah uratował nas obie, najpierw ciebie, jak cię napadli, potem mnie i zna się na ziołach i lekarstwach… – wymieniała.

Spojrzała na swoją zabandażowaną dłoń.

– Myślę, że można im zaufać.

– Nie wiemy o nich zbyt wiele, oprócz tego, że są kupcami wędrującymi w dalekie strony – stwierdziła Ronja. – A ten Rah, sama widzisz, że w ogóle nie pokazuje swojej twarzy.

– Może się wstydzi, bo jest strasznie brzydki i żadna go nie chce – skwitowała Kerra.

Ronja spojrzała na nią z ukosa.

– Albo jest tak piękny, że ten, kto na niego spojrzy, od razu musi się w nim zakochać… – dodała wesoło.

Popatrzyły na siebie i naraz obie wybuchły śmiechem. Ronja poczuła, jak od razu robi jej się lekko na sercu. W jednej chwili znów było jak dawniej, gdy rozumiały się bez słów.

– Czy ja dobrze słyszę…?

Drgnęły i spojrzały obie w kierunku źródła dźwięku. Bren uśmiechał się do nich zza odsłoniętej płachty przy wejściu.

– A jednak dobrze słyszałem, komuś się tu polepszyło…

Ronja kątem oka dostrzegła natychmiastową zmianę na twarzy siostry. Rozpromieniła się cała, oczy jej zabłysły, a policzki zapłonęły i to bynajmniej nie z gorączki.

– Tak… – bąknęła.

– Miło mi to słyszeć… i widzieć – odparł Bren, podchodząc do nich i spoglądając na nią. – A jak twoja ręka?

– Chyba… dobrze… – odparła.

– Widzę, że gorączka ci spadła – dodał, dotykając lekko jej czoła.

– Czy ja dobrze słyszę…?

Ona patrzyła na niego onieśmielona. Ronja ostentacyjnie wywróciła oczami.

– Będziesz miała na tyle sił, aby usiąść dziś z nami do kolacji? – zapytał. – Trochę żeśmy się za tobą stęsknili, nie ukrywam... ja i Rah – dodał zaraz.

Kerra przez moment tylko na niego patrzyła, zbierając się w sobie.

– Eee... No... – wymamrotała.

– A nie powinnaś czasem leżeć? – przypomniała jej Ronja. – Jesteś jeszcze słaba...

– Przecież leżałam – przerwała jej Kerra. – Cały czas leżałam, więc chyba dobrze mi zrobi jak w końcu trochę rozprostuję nogi, prawda?

To powiedziawszy, spojrzała wprost na Brena. Mężczyzna od razu się uśmiechnął.

– Oczywiście, lepiej bym tego nie ujął – stwierdził pogodnie. – To co, pomóc ci? – zapytał podając jej ramię.

Kerra uchwyciła się go, a on pomógł jej wstać, przytrzymując ją w pasie.

– W porządku? Stoisz pewnie?

– Ja... Taak... – bąknęła, spoglądając na niego wciąż z tym onieśmielonym uśmiechem.

Ronja wstała zaraz za nią.

– Ale... ale Kerra...

Ale ona już jej nie słuchała. Wpatrzona w Brena szła z nim do wyjścia, obejmując go lekko w pasie. Mężczyzna spoglądał na nią z czułym uśmiechem, przyciągając ją do siebie ramieniem.

– Wracaj... – Ronja powiedziała bezgłośnie.

Wyszli z wozu, zostawiając ją samą. Ronja zacisnęła dłonie w pięści.

„Oddawaj mi ją...!"

Poszła za nimi, czując jak łzy podchodzą jej do oczu. Zdusiła to jednak w sobie i ukrywając smutek pod gniewem, energicznie wyskoczyła z wozu. Spostrzegła, że Rah w tym czasie zdążył już wrócić i teraz piekł nad ogniem jakieś małe stworzenia nadziane na patyki. Podniósł głowę, gdy tylko zbliżyła się do ogniska. Obejrzała się na siostrę, by odwrócić od niego wzrok, ale ona już siedziała na kocu razem z Brenem, który zdążył ją rozśmieszyć, opowiadając jej jakąś wesołą historyjkę. Gniew podszedł jej aż do gardła. Zacisnęła mocno szczęki.

– Zjesz?

Prawie podskoczyła w miejscu, gdy usłyszała to pytanie. Obejrzała się na Raha. Patrzył na nią wyczekująco. Dostrzegła w jego ciemnych oczach pomarańczowy blask płomieni, na widok którego coś ją ścisnęło w gardle. Czuła, jak ta sytuacja zaczyna ją krępować, jak coraz szybciej bije jej serce.

– Muszę... muszę najpierw dać jej jakiś koc, bo ona przecież nie wzięła nic i... Ech... – odparła wymijająco pierwsze, co przyszło jej do głowy i natychmiast zawróciła w stronę wozu.

Kiedy wspinała się po kole usłyszała głośny śmiech Kerry. Obejrzała się. Bren przytulał do siebie Kerrę, a ona ufnie przysuwała głowę do jego barku. Zawrzało w niej na ten widok. Pospiesznie chwyciła jakąś skórzaną narzutę i wróciła do nich w szybkich krokach. Popatrzyła na roześmianą dwójkę, a potem na Raha, który stał samotnie przy ognisku.

„Mogę też zawsze wrócić do wozu..." – pomyślała. „Pójść tam, siedzieć sama i słyszeć jak oni świetnie się bawią..."

Zebrała się w sobie i podeszła do Kerry.

– Przykryj się, żebyś nie zmarzła – powiedziała głośno do siostry, podając jej płachtę.

Kerra ledwo ją zauważyła, tak była pochłonięta rozmową z Brenem.

– Nie jest mi zimno – odparła Kerra.

– Twoja siostra ma rację – odezwał się Bren. – Noc jest chłodna, a ty niedawno miałaś gorączkę. Musisz dbać o siebie.

I nie czekając na jej reakcję, wziął płachtę od Ronji i otulił nią szczelnie dziewczynę, przysuwając ją do siebie.

– Teraz będzie ci cieplej – dodał, spoglądając na nią serdecznie.

Kerra wpatrywała się w niego urzeczona. Nie musiała nic mówić, bo i tak wszystko miała wypisane na twarzy. Ronja skrzywiła się na ten widok.

„Nic tu po mnie" – pomyślała zgryźliwie, wycofując się.

– Chcesz?

Obejrzała się. Rah trzymał nadziany na patyku usmażony kawałek mięsa przekładany plasterkami jakiejś rośliny. Zawahała się. Wyglądało to bardzo apetycznie i pachniało całkiem zachęcająco.

– Cały czas nas karmicie, a my nie mamy nawet, czym się wam odpłacić – powiedziała, starając się brzmieć rozsądnie i dorośle.

– Jak mamy, to się dzielimy – stwierdził krótko. – Jak nie mamy, to nie dajemy.

Nie wiedziała, co na to odpowiedzieć

– Weź – powiedział. – Ja już zjadłem.

„No tak" – pomyślała, spoglądając na niego. „On już zjadł w tajemnicy przed wszystkimi, aby nie można było ujrzeć jego twarzy…"

Nie wspomniała jednak o tym ani słowa. Przełamała się i w końcu wzięła od niego patyk z nadzianym mięsem. Nabrała powietrza w usta.

– Dzięki – powiedziała zdawkowo.

Zaczęła jeść, stojąc w znacznej odległości od niego, za daleko, aby można było nawiązać jakąkolwiek rozmowę, ale wystarczająco blisko, żeby nie powiedzieć, że od niego ucieka. Rah zajął się z powrotem opiekaniem mięsa. Spoglądała na niego ukradkiem, ale on nie patrzył w jej stronę. To ją uspokoiło.

Gdy skończyła jeść, zbliżyła się nieco do ogniska, aby wrzucić do niego patyk. Musiała zrobić te kilka kroków i podejść również do niego. Chciała to zrobić szybko, ale patyk wymsknął jej się z dłoni i upadł przed ogniskiem, nie wpadając w płomienie. Schyliła się i podniosła go, a w tej samej chwili Kerra głośno się roześmiała. Ronja wyprostowała się od razu, pewna, że to z niej się śmieje, ale to była tylko jej reakcja na kolejny z wesołych żartów Brena. Patyk z trzaskiem złamał się w jej ściśniętej dłoni.

– Prędko jej się polepszyło – skwitował cicho Rah.

Ona spojrzała na niego. Na twarzy wciąż musiała mieć jeszcze ten kwaśny grymas, z którym przyglądała się tamtym obojgu. On to zauważył, bo uniósł brwi.

– Nie bądź taka zazdrosna – powiedział jak ojciec.

– Nie jestem…! – fuknęła, o wiele ostrzej niż chciała.

Wrzuciła złamany patyk w ogień.

– Nie jestem zazdrosna – dodała ciszej, spokojniej. – Co ci w ogóle przyszło do głowy? O co niby miałabym być zazdrosna? O tego twojego kolegę?

Prychnęła, aby dać dowód tego, jak bardzo gardzi takim spoufalaniem się.

– On wcale nie jest w moim typie. Ciągle tylko głupio się śmieje i żartuje...

Miała dziwne wrażenie, że Rah przysłuchuje jej się z zainteresowaniem. Spojrzała na niego.

– Ronja, nie bądź taka zazdrosna *o nią* – podkreślił.

Odwróciła od niego twarz.

– Boisz się, że on ci ją zabierze? – trafnie odgadł.

Nie przyznała mu racji, w ogóle się do niego nie odezwała. Czuła, jak gotuje się w niej w środku, jak jego słowa wyważają drzwi do jej serca i wylewa się z niej to, co tam skrzętnie ukrywała.

– Kiedyś i tak się to stanie – dodał.

Spojrzała na niego gniewnie.

– Pilnuj swoich spraw – ucięła.

Nie zareagował. W żaden sposób nie dał po sobie poznać, że jej gniew jakkolwiek go obchodzi. Pomyślała w duchu, przez ułamek sekundy, że chyba wolałaby, aby jednak coś go to obchodziło.

Odwróciła się i ruszyła w stronę Kerry.

– Chodźmy, jest już późno, a ty musisz odpocząć – powiedziała.

– Ale Ronja...

– Kerra, idziemy – odparła tonem nieznoszącym sprzeciwu.

Kerra niemrawo podniosła się z ziemi.

– Może ci pomóc? – zaproponował Bren.

– Nie, nie trzeba, damy sobie radę – odparła szybko Ronja, zabierając siostrę pod ramię i prowadząc za sobą.

– To dobranoc, dziewczyny – zawołał za nimi.

– Dobranoc, Bren – powiedziała Kerra.

Ronja nie odezwała się, ani nie odwróciła się do nich. Czuła tylko jak gniew pulsuje w jej skroniach tępym, przykrym bólem, a to mogło zapowiadać jedynie kolejną, nieprzespaną noc.

ROZDZIAŁ VI

– Musieliśmy zdjąć ubranie i w samych gatkach przenieść towar na plecach, nie było innej rady – ciągnął swoją opowieść Bren. – Woda była lodowata, tak zimna, że myślałem, że mi stopy przymarzną do kamieni na dnie.

– Och, to musiało być straszne! – westchnęła Kerra.

Siedziała na koźle, opatulona pledami ze skór, a Bren szedł obok niej, ciągnąc za uzdę parę ogrynów. Ronja szła w tyle za nimi za wozem, ale nawet z tej odległości słyszała każde słowo.

– Na szczęście jakoś się przeprawiliśmy, ale z tego wszystkiego strasznie się pochorowałem. Rah musiał mnie nacierać jakimiś ziołami. Paliło mi to skórę, no ale postawił mnie na nogi.

– A on się nie rozchorował? – zapytała Kerra.

Bren spojrzał na swojego przyjaciela, który prowadził pierwszą parę zwierząt.

– Rah? Nie, jego to już nic nie rusza – odparł ze śmiechem. Rah nawet się nie obejrzał.

– Jak byłam mała, to często chorowałam – przyznała Kerra.

– Tak samo i Ronja. Ale potem jak tata zmarł i musiałyśmy sobie radzić same, rzadko chorowałyśmy.

Ronja drgnęła.

– O, przykro mi to słyszeć – powiedział Bren. – A na co wasz tata zmarł?

– Zginął w wypadku w lesie, drzewo się na niego przewróciło.

Ronja przyspieszyła kroku.

– Och, to straszne – odparł Bren. – A wasza mama?

– Ona potem, eee... Potem jak tata zmarł, to ona się rozchorowała i...

– Kerra! – zawołała na nią Ronja, przybiegając do nich. – Może już starczy tych opowieści, co? Nie zanudzaj Brena...

– Nie zanudza mnie – odparł pogodnie Bren. – Ale rozumiem, co za dużo to niezdrowo – dodał dyplomatycznie.

Ronja posłała siostrze piorunujące spojrzenie, a ta tylko wzruszyła ramionami.

– Bren! – zawołał naraz Rah. – Trzeba będzie poszukać jakiegoś schronienia. Spójrz…

Pokazał na niebo. Ronja i Kerra spojrzały w tym samym kierunku. Nad nimi kłębiły się czarno-granatowe chmury.

– To nie wygląda za ciekawie – stwierdził Bren. – Dobrze, miłe panie, będę musiał was opuścić.

– Ale wrócisz, prawda? – zagadnęła go Kerra.

Bren uśmiechnął się lekko.

– Oczywiście.

Po czym odwrócił się i poszedł do Raha, który właśnie zatrzymał ogryny.

– Nie możemy tu zostać – Ronja usłyszała, jak mówił Rah. – Zapowiada się na burzę, może i nawet gradobicie. Musimy znaleźć jakąś grotę dla ogrynów.

– Tam widziałem jakieś skały – odezwał się Bren, pokazując w dole między niewysokimi, piaszczystymi wzniesieniami.

– Możemy spróbować…

Ronja przestała ich słuchać i obejrzała się na Kerrę.

– Co ty wyprawiasz? – skarciła ją szeptem.

Kerra zmarszczyła brwi.

– O co ci chodzi?

– Dlaczego mówisz im o naszych rodzicach?

– Bo zapytał…

– To nie jest temat do rozmów z obcymi – upomniała ją.

– Bren nie jest obcy – odparła urażona.

– Och, Kerra, zachowujesz się jak dziecko.

– A ty jesteś przewrażliwiona! – wybuchła. – Czy ty masz w ogóle zamiar się z nimi zaprzyjaźnić?

– Nie – powiedziała szybko, zanim zdążyła się zastanowić nad tym, co mówi.

Kerra wyglądała na zaskoczoną.

– Nie…?

– Nie, Kerra, a co ty myślałaś?

Kerra zarumieniła się.

– Myślałam, że...

– Myślałaś, że będziemy tak sobie razem podróżować w nieskończoność?

Widziała, że Kerra bardzo się zmieszała.

– Nie, ale... Może będziemy się czasem odwiedzać i... No...

Ronja westchnęła. Wspięła się na wóz i siadła obok niej.

– My idziemy swoją drogą, a oni swoją, więc przestań ich traktować jak przyjaciół, z którymi będziesz się... „odwiedzać" – dodała cierpko.

– Ale Bren jest taki miły... i wesoły...

– Każdy kupiec byłby dla ciebie miły, gdyby dostał sto dwadzieścia srebrnych monet za jednego pasażera i to w podróż w jedną stronę – ucięła.

Kerra spojrzała na nią zaniepokojona.

– Myślisz, że on tylko dlatego jest dla mnie miły?

– Kerra, a kim ty jesteś, żeby mu się podobać? Przecież on jest starszy nawet ode mnie.

– Nie jest bardzo starszy... – nachmurzyła się.

Zaczęła w milczeniu przeczesywać palcami swoje długie, jasne włosy.

– Powiedział mi, że jestem najśliczniejszą i najmilszą dziewczyną, jaką w życiu spotkał... – rozmarzyła się naraz.

Ronja popatrzyła na nią z ukosa. Naiwna nadzieja, jaka brzmiała w jej głosie, była dla niej nie do zniesienia.

– I ty w to uwierzyłaś?

Kerra poczerwieniała gwałtownie.

– Ale ty jesteś okropna! – warknęła. – Jesteś okropna, Ronja! Okropna!

Zeskoczyła z kozła i pobiegła w stronę stojących nieopodal mężczyzn.

– Kerra, wracaj...!

Ronja chciała za nią pobiec, ale przystanęła, gdy ujrzała, jak podchodzi do niej Bren i obejmuje ją lekko w pasie.

– Co się stało...? – zapytał ją ciepło.

Kerra nic nie odpowiedziała, tylko stała tam z nachmurzoną miną. Wtem Bren wziął ją w objęcia i zakręcił wokół, tak, że ona natychmiast się roześmiała. Ronja zacisnęła szczęki, widząc to. Bren postawił ją po chwili na ziemię i zapytał ponownie co się stało.

– Nic, już nic – odparła, uspokojona.

A wtedy Bren pogłaskał ją po głowie. To było bardzo czułe i Kerra uśmiechnęła się zauroczona. Ronja zeskoczyła z kozła i ze złości z całej siły kopnęła w koło wozu. W tej samej chwili rozległ się przerażający grzmot, który rozszedł się echem po górzystych pustkowiach. Krzyknęła i ze strachu padła na ziemię, osłaniając sobie głowę ramionami. Nigdy wcześniej nie doświadczyła burzy w szczerym polu.

Ogryny zaryczały gwałtownie i wierzgnęły, szarpiąc wozem. Przerażona przeturlała się, unikając stratowania przez ich wielkie kończyny i odskoczyła na bok.

– Spokojnie! Spokojnie...!

Rah złapał je za uzdę, nie pozwalając im odbiec, ale one nadal wierzgały, poddenerwowane.

– Bren, bierz je i schodzimy do tamtych skał! – rozkazał Rah. – Szybko, zanim one...

Ponownie rozległ się grzmot. Pierwsza para, trzymana przez Raha, stanęła dęba, a druga zaczęła kopać w ziemię, zbierając się do biegu.

– Stój! Stój!

Rah siłował się z nimi, próbując pociągnąć je w stronę doliny, gdzie były skaliste zakamarki. Bren trzymał za uzdę drugą parę, ale i te nie chciały się słuchać. Spanikowane zwierzęta coraz bardziej wymykały im się spod kontroli.

– Ronja! – Rah krzyknął na nią, a ona poderwała się z ziemi. – Bierz Kerrę i idźcie do tamtych skał, dogonimy was!

Ronja podbiegła do Kerry i złapała ją za rękę.

– A co będzie z wami...? – zapytała Kerra, patrząc przerażona, jak oni próbują uspokoić rozszalałe zwierzęta.

– Dogonimy was – rzucił Bren. – Spokojnie, Maluszek, nie szarp się...!

– Kerra, chodź szybko – Ronja ponagliła siostrę.

Zaczęły zbiegać po stromej ścieżce w stronę grot, które wskazał im Rah. Kerra bez przerwy oglądała się przez ramię.

– Nie oglądaj się, tylko biegnij!

– Ale jak im się coś stanie?

– Nic im się nie stanie...

Zadudnił kolejny grzmot i w tej samej chwili zaczęło lać.

– Schowaj się tu!

Ronja wcisnęła Kerrę pod ustęp skalny i spojrzały obie w górę na ścieżkę. Ogryny szalały.

– Przewrócą wóz...! – usłyszała okrzyk Brena.

Kerra pisnęła i zaraz zakryła sobie usta dłonią. Ronja zobaczyła jak Rah dobywa nóż i przecina linki wiążące ze sobą zwierzęta. Gdy tylko opadły więzy, natychmiast pierwsza para ogrynów puściła się szalonym biegiem przed siebie. W tej samej chwili rozbłysnął zygzak światła i piorun uderzył w skałę tuż obok wozu. Krzyknęły obie, instynktownie obejmując się ramionami. Huk ogłuszył drugą parę zwierząt, które poderwały wóz i zaczęły zbiegać z nim w stronę zbocza. Bren i Rah runęli na ziemię, powaleni siłą uderzenia pioruna. Ronja zerwała się na nogi.

– Rah...! – jęknęła.

– BREN! – zawołała rozpaczliwie Kerra.

– Trzeba im pomóc, zostań tu, a ja... – zaczęła Ronja.

– Idę z tobą!

– Nie, siedź tutaj! Niedawno byłaś chora, chcesz się znowu przeziębić?

– Nie mogę zostawić Brena...!

Ronja popatrzyła na leżących mężczyzn, a potem na wóz, który staczał się z ogrynami.

– Spróbuj ich przeciągnąć tutaj, a ja postaram się dogonić wóz.

– Zwariowałaś?!

– Rób, co ci każę!

– Ale Ronja...!

Ale Ronja już jej nie słuchała. Wybiegła zza skały prosto w strugi deszczu i popędziła za wozem. Nie miała pojęcia jak zatrzyma rozszalałe zwierzęta, ale nie mogła stać i patrzeć jak ginie cały ich dobytek.

Pędziła najszybciej, jak umiała, przeskakując po mokrych kamieniach.

– Rah...!

– Bren! Bren! – usłyszała rozpaczliwe okrzyki Kerry, ale nie obejrzała się.

Droga gwałtownie opadała. Spostrzegła, że ogryny posuwały się coraz niżej, rycząc i kopiąc.

– Stójcie...! – zawołała za nimi zdyszana. – Stójcie!

Była coraz bliżej, już prawie mogła dosięgnąć barierki wozu. Chwyciła palcami drewnianą poręcz i podciągnęła się. Wskoczyła na trzęsący się wóz i przebiegła przez środek. Stanęła na koźle i złapała za lejce. Pociągnęła z całej siły, zapierając się butami.

– Staać! – zawołała.

Ogryny zaryczały i odchyliły łby, czując szarpnięcie lejcy na swoich pyskach. Wydały z siebie jakiś dziki, gardłowy ryk.

– Stójcie...!

Spojrzała przed nimi i dostrzegła przepaść. Serce podjechało jej do gardła. Pociągnęła jeszcze mocniej. Ogryny zwolniły, ale nadal zmierzały w stronę urwiska.

„Jeśli się nie zatrzymają, będę musiała skakać" – pomyślała przerażona, spoglądając na kamienistą drogę. „Obiję się, ale przeżyję... a one..."

– Stójcie, stójcie! – zawołała, z całej siły ciągnąc za lejce.

Deszcz zagłuszał jej krzyki. Była już tylko kilka metrów od przepaści. Naraz kątem oka dostrzegła jakąś postać biegnącą w jej stronę.

„Rah...!"

Dopadł do wozu, błysnęło ostrze i mężczyzna jednym ruchem przeciął wiązania łączące wóz ze zwierzętami. Potem złapał ją za ramię i dosłownie zrzucił ją z kozła sekundę przed tym, zanim ogryny stoczyły się z urwiska. Upadli na ziemię, ona wprost na jego pierś i przetoczyli się po kamieniach. Czuła tylko, jak on chowa jej głowę w swoich ramiona i przyciska ją mocno do siebie, żeby się nie zraniła. Nie zdążyła nawet krzyknąć. Usłyszała za to przerażający ryk zwierząt, które nie zdążywszy wyhamować, runęły w przepaść. Wóz, pozbawiony prędkości, zaczął szybko zwalniać.

W końcu przestali się turlać i zatrzymali się w trawie. Rah puścił ją i zerwał się do biegu. Przed samą przepaścią było małe wzniesienie i wóz zwolnił na tyle, że zdążył go dogonić. Chwycił od tyłu za barierkę i pociągnął z całych sił, powstrzymując go przed zsunięciem się w przepaść. Ronja zaraz wstała i podbiegła do niego, chwytając obok za wóz. Pociągnęli razem, a kiedy nieco odjechali wozem, popchnęli go, aby stoczył się z małego wzniesienia i zjechał w bok na ścieżkę. Dociągnęli go głębiej, między skały, aby tam osiadł, a potem oboje spojrzeli w przepaść.

Ronja przełknęła ślinę. Przepaść głęboka była na jakieś dwadzieścia metrów. Słyszeli tylko deszcz. Spojrzeli na siebie. Zobaczyła krew spływającą z jego skroni. Ciemna strużka ginęła pod czarną chustką.

– Nic ci nie jest? – zapytał Rah, oddychając ciężko.

– Nie, a tobie?

– Nie.

– Krew ci leci – powiedziała, pokazując na jego głowę.

On obtarł ją niedbałym ruchem dłoni.

– Zazwyczaj tak jest – powiedział. – Niepotrzebnie próbowałaś zatrzymać wóz, jeszcze by cię pociągnęły za sobą.

– Chciałam ocalić towar...

– Towar nie jest wart twojego życia – odparł.

Spojrzała na niego zdumiona.

– Miałam właśnie skakać... – powiedziała zmieszana.

– Przy takiej prędkości połamałabyś się – odparł. – A nawet mogłabyś się zabić.

Przypatrzyła mu się. Dłonie, którymi ochraniał ją od skaleczeń, zdarł sobie do krwi.

– A tak to ty się poraniłeś... – zauważyła.

– To nic – stwierdził.

Spojrzała jeszcze raz w przepaść.

– Straciliście parę ogrynów...

– To tylko zwierzęta – odparł. – Kupimy sobie nowe.

– Ale jak teraz ruszymy z wozem...?

– Są jeszcze dwa.

– Ale... one uciekły – przypomniała sobie. – Przestraszyły się błyskawicy i uciekły.

– Wrócą – odparł. – Są oswojone. Wrócą, gdy przestanie lać. Same nie dadzą sobie rady w dziczy.

– Będą w stanie pociągnąć we dwójkę cały wóz?

– Będą musiały.

Zapadło milczenie. Wtem Rah spojrzał na nią.

– Ronja...

Podniosła na niego oczy.

– Byłaś taka dzielna – powiedział.

Uśmiechnęła się zawstydzona. Naraz poczuła się zbyt słaba, aby dłużej się na niego dąsać.

– Ty też... – odparła szczerze, spoglądając na niego z uznaniem.

Widziała, jak się wyprostował. Cisza zaczęła się przeciągać.

– A... a co z Brenem? – spytała, żeby tylko powiedzieć cokolwiek.

– On stał najbliżej pioruna, trochę go osmaliło i ogłuszyło, ale nic mu nie będzie – powiedział.

– Stracił świadomość?

– Chyba nie, a nawet jeśli, to nie na długo. Chodźmy, bo zupełnie przemokniemy. Musimy gdzieś przeczekać burzę, a nie możemy tu zostać.

– A co z wozem?

– Zostawimy go tak, jak jest, a potem pomyślimy.

– Nie możemy zostać w wozie?

– Lepiej nie, wiatr może go pociągnąć w przepaść, a deszcz podmyć – stwierdził.

Złapał za linki przy koźle i przywiązał je do najbliższej skały.

– Poczekamy pod tamtą skałą.

– To weźmy chociaż jakieś koce, przykrycia...

– Ja wezmę, ty zostań tu – polecił.

Wszedł do wozu i przyniósł stamtąd parę okryć. Podał jej jedno, a ona zarzuciła sobie skórzany pled na głowę i plecy. W milczeniu ruszyli w stronę skał. Czuła, że coś między nimi odtajało.

Zobaczyła w oddali skałę, a pod nią Kerrę i Brena, półprzytomnego, dochodzącego do siebie po uderzeniu pioruna. Kerra głaskała go po twarzy i coś do niego mówiła, a on uśmiechał się i z trudem odpowiadał, bełkocząc.

– Dziękuję ci, Rah – powiedziała szybko Ronja, zanim podeszli do tamtych wystarczająco blisko, aby mogli ich usłyszeć. – Dziękuję ci, że za mną pobiegłeś...

Rah przystanął i spojrzał na nią.

– A co miałem zrobić? Zostawić cię tak na pewną śmierć...?

To pytanie zawisło bez odpowiedzi. Zawahała się. On naraz odezwał się niespodziewanie:

– Boisz się mnie nadal...?

Poczerwieniała gwałtownie i spuściła wzrok.

– Co? Ja...? Nie... – wymamrotała ze spuszczoną głową.

Czuła, że on na coś czeka. Podniosła wzrok. Patrzył na nią uważnie.

– Co...? – spytała niepewnie.

Zrozumiała, że on czeka, aż wreszcie przestanie udawać, zedrze z siebie tę sztuczną maskę pewności siebie i powie prawdę. Chwila przeciągnęła się aż do niezręczności.

– Tak... – odezwała się w końcu cicho.

Rah patrzył na nią w milczeniu. Deszcz lał się na jego twarz. Widziała jak mruży oczy od kropel, ale mimo to nie spuszczał z niej wzroku.

Wtem zrobił krok w jej stronę.

– Ronja, posłuchaj...

– Ronja! – ciszę przerwał okrzyk Kerry. – Rah! Nic wam nie jest?!

Drgnęła, a Rah wycofał się.

– Nie – odparł głośno Rah, podchodząc do nich. – Straciliśmy tylko dwa ogryny, ale Ronja uratowała wóz. Trzymajcie – powiedział, podając im okrycia.

– Ronja...? – zdziwiła się Kerra.

Ronja nic nie powiedziała. Bez słowa schowała się pod zadaszenie ze skały, siadając obok siostry.

– Żyjesz? – Rah zapytał leżącego Brena.

Bren machnął ręką.

– Tak jakby – stwierdził pogodnie. – Ale myślałem, że już po mnie...

Rah poklepał go po ramieniu, a potem usiadł w kącie, rozkładając sobie jeden z pledów jak posłanie. Kerra tymczasem troskliwie okryła pledem Brena.

– Naprawdę... nie trzeba – powiedział zmieszany.

– Musisz się przykryć, bo będzie ci zimno – powiedziała po matczynemu. – Jesteś osłabiony i jeszcze czuć od ciebie dym...

Bren uśmiechnął się lekko.

– Ech, z taką fachową opieką to nawet się cieszę, że mnie ten piorun rąbnął.

Popatrzył z rozrzewnieniem na głaszczącą go Kerrę.

Ronja ledwo to zarejestrowała. Myślami była wciąż przy tej dziwnej rozmowie z Rahem.

– Przeczekamy tu burzę – odezwał się Rah. – A potem ruszymy dalej.

– Ronja, ty naprawdę zatrzymałaś wóz? – spytała Kerra.

– No... – bąknęła. – Tak wyszło... Rah mi pomógł. Gdyby nie on, to nie udałoby mi się. Uratował mnie...

Zerknęła na niego, a on spojrzał na nią w tej samej chwili. Nic nie powiedzieli, ale miała wrażenie, że ich oczy cicho porozumiały się między sobą.

***

Poczuła dotyk na swoim ramieniu i otworzyła oczy. W szarości poranka zobaczyła nad sobą Raha, jego twarz zasłoniętą czarną chustką. Nic nie powiedział. Gestem nakazał jej milczenie i wyciągnął do niej rękę, pokazując, aby poszła za nim. Podniosła się, zaintrygowana. Zanim jednak wyszła z ich małej groty, spojrzała za siebie. Kerra spała mocno obok niej. Leżała przy boku Brena. Spostrzegła, że Bren we śnie trzymał dziewczynę za rękę.

Rah czekał na nią przed skałą. Przestało padać, ale wokół było mgliście i ponuro. I zimno. Podeszła do niego, a on bez słowa ruszył przed siebie. Poszła za nim, nie wiedząc o co w tym wszystkim chodzi.

„Może znalazł ogryny?" – przeszło jej nagle przez myśl. „Może je znalazł i chciał mi pokazać...?"

Przyspieszyła kroku i zrównała się z nim.

– Znalazłeś ogryny? – spytała.

On spojrzał na nią przez ramię.

– Chodź, pokażę ci coś...

Poczuła, że chwyta ją za dłoń i prowadzi pomiędzy skaliste pagórki. Zdziwiła się, ale nie odzywała się. Jego dłoń była ciężka i szorstka, ale równocześnie ciepła i silna. Prowadził ją pewnie, w sobie tylko znanym kierunku.

Gdy przeszli jakieś pół kilometra, a ona powoli traciła oddech od szybkiego marszu, zatrzymali się pośrodku polany, ukrytej w małej niecce skalnej. Ona rozejrzała się wokół, ale nie spostrzegła tu żadnego zwierzęcia. Obejrzała się za siebie. Nawet gdyby chciała, nie potrafiłaby odnaleźć drogi powrotnej. Mgła wszystko przesłaniała. Miała wrażenie, że tu gdzie stoją, jest jej jeszcze więcej.

– To gdzie one są...? – spytała.

– Ronja.

Coś w tonie jego głosu nakazało jej natychmiast na niego spojrzeć. Odwróciła się i zobaczyła jak on chwyta za swoją chustkę. Zamarła.

– Jeśli pokażę ci swoją twarz, przestaniesz się mnie bać? – zapytał cicho.

Otworzyła usta, ale nic nie powiedziała. Zatkało ją.

– Czy wtedy mi zaufasz?

– Ja... – wymamrotała.

Nie wiedziała, co powiedzieć. Nie spodziewała się tego.

– A jeśli to, co zobaczę, jeszcze bardziej mnie przestraszy...? – spytała nieśmiało.

– Wtedy będziesz mogła winić tylko siebie za swoją ciekawość – odparł.

Przelękła się. W jednej chwili przyszło jej do głowy, że może lepiej nie wiedzieć, co ukrywa za tą chustką.

„Nie, muszę wiedzieć" – postanowiła twardo. „Muszę wiedzieć, kim on jest, choćby to było coś najgorszego na świecie..."

– Chcę wiedzieć, kim jesteś – powiedziała. – Ale... ale...

– Ale nie chcesz mi powiedzieć, dokąd idziecie – dokończył za nią.

Zaczerwieniła się aż po czubek głowy. Nie potrafiła zrozumieć jak on mógł tak dobrze ją rozgryźć.

– Nie martw się, nie musisz mi nic mówić – powiedział. – Zachowaj swój sekret dla siebie i swojej siostry. Ale...

Urwał i zbliżył się do niej o krok.

– Jeśli pokażę ci swoją twarz, przestaniesz się mnie bać?

– Ale ja nie chcę, żebyś się mnie bała.

Powoli odsunął chustkę.

– Nie ty…

Wciągnęła ze świstem powietrze. Zobaczyła z jednej strony przystojną twarz mężczyzny, nieco starszego od niej, twarz bez żadnej skazy, pokrytą szorstkim, ciemnym zarostem. Ale druga część twarzy była zasłonięta opatrunkiem, spod którego wystawały jakieś liście. Nawet z tej odległości czuła ten zapach. Mięta. A potem coś bardzo nieprzyjemnego.

Na moment patrzyła zachwycona, przyzwyczajając się do jego oblicza. Miał prosty nos, szeroką szczękę, ładnie wykrojone usta. Widziała jak je zaciskał. Teraz mogła czytać w jego twarzy i widzieć wszystkie te emocje, które tak skrzętnie ukrywał. Bał się.

Wtem dostrzegła w kąciku jego ust coś ciemnego, coś, co nie do końca przykrył opatrunek. Rah palcami chwycił za materiał. Ronja wstrzymała oddech. Chciała krzyknąć: „Nie!", ale głos zamarł jej w gardle. Skoro chciała, musiała zobaczyć wszystko.

Odsłonił opatrunek, a ona jęknęła i cofnęła się. Nie potrafiła się powstrzymać. Widok był zbyt okropny. Odwróciła wzrok i zakryła usta dłonią. Nie chciała dalej patrzeć. Poczuła jak on chwyta ją za ramię i odwraca do siebie. Z całej siły zacisnęła powieki.

– Otwórz oczy – nakazał jej. – Otwórz oczy i patrz!

Czuła, że jeszcze chwila i się rozpłacze. Sama nie wiedziała, co było gorsze, ten widok, czy ten zapach.

– Otwórz oczy!

Spojrzała jeszcze raz. Przez załzawione oczy dostrzegła wyraźnie, zbyt wyraźnie, żywą, czarną ranę na drugiej połowie jego twarzy. Ropiejący, cuchnący, gnijący kawał mięsa zaczynał się od kącika jego ust, aż do oka. Rozpłakała się, nie mogąc dłużej znieść tego widoku. Nie mogła uwierzyć, że ta twarz jest z jednej strony tak piękna, a z drugiej tak paskudna.

– Napatrzyłaś się już? – zapytał chłodno.

Widziała jak mięśnie poruszają się w tej gnijącej części jego twarzy, kiedy mówił. Miała ochotę zwymiotować, ale powstrzymała się. Pokiwała głową, a on zasłonił się opatrunkiem. Znów widziała tylko tę ładną połowę jego twarzy. Jego oczy patrzyły na nią z takim smutkiem, takim bólem i wstydem, że miała ochotę płakać i o nic go już więcej nie pytać. Z drugiej strony nie mogła się pozbyć tego przemożnego uczucia, tej pewności, że gdzieś już wcześniej widziała to spojrzenie.

„Znam cię" – pomyślała, patrząc mu w oczy. „Ale skąd...?"

– Rah, co...? – załkała. – Jak to się stało?

On odwrócił od niej spojrzenie.

– To przekleństwo – powiedział cicho.

– Przekleństwo...?

– Zostałem przeklęty. To kara za zbrodnię, jaką popełniłem.

Poczuła jak lodowaty dreszcz przebiega jej po plecach. Na końcu języka miała pytanie, ale tym razem powstrzymała się. Chwila ciszy ciążyła jej jak ołów.

– Za to, że zabiłem niewinnego człowieka – dodał cicho.

Patrzyła na niego oszołomiona. Brakło jej słów. Widziała jak jego twarz się zmienia, jak przygryza wargi, jak zaciska szczęki, jak ucieka wzrokiem. Był przestraszony, ale jednocześnie zdeterminowany, aby jej to powiedzieć.

– Nie chciałem tego zrobić, to był wypadek, ale no... stało się. Od tamtej pory mam to coś na twarzy – powiedział ze wstrętem. – Żadne lekarstwa na to nie pomagają, żadne zioła, okłady, nic. Całe lata uczyłem się o właściwościach ziół, szukając lekarstwa na tę chorobę, ale nie mogłem go znaleźć.

– To dlatego tak znasz się na roślinach... – szepnęła, rozumiejąc.

Pokiwał smętnie głową.

– W końcu pewna starsza kobieta, której kiedyś pomogłem wyleczyć jej syna powiedziała mi, że to, co mi się przydarzyło, nie jest zwykłą chorobą, ale przekleństwem i będzie trwało tak długo, aż w końcu ktoś to ze mnie zdejmie.

– Ale... jak?

– Przez zamianę przekleństwa w błogosławieństwo – odparł. – Zła w dobro.

– I... I wiesz, kto to może być?

Pokręcił głową. Widziała jego smutną twarz. Jego policzek jakby zapadł się w sobie, usta zadrgały, grdyka poruszała się nerwowo.

– Nie mam pojęcia, kto to może być.

Milczała, nie wiedząc, co mu powiedzieć, jak go pocieszyć, co mu doradzić. Była wstrząśnięta zarówno jego widokiem, jak i jego wyznaniem. On powoli nasunął chustkę na twarz.

– Nie... – powiedziała cicho, niepewnie.

Spojrzał na nią pytająco.

– Przecież… nie musisz się już tym zasłaniać. Już cię widziałam.

– Tak się już nauczyłem – odparł. – Wcześniej, kiedy nosiłem sam opatrunek, wszyscy się na mnie patrzyli, wypytywali co mi jest, albo mnie unikali, sądząc, że noszę w sobie jakąś chorobę zakaźną. Ale odkąd zacząłem zakładać chustę, nikt mnie o nic nie pyta, bo każdy myśli, że jestem jakimś… złoczyńcą.

Spuścił wzrok. Zmieszała się, bo przecież ona sama tak z początku o nim myślała.

– Tak jest lepiej – dodał.

– To przekleństwo...

– Ale przecież... przecież przy nas nie musisz się ukrywać – powiedziała delikatnie. – Przecież... my cię znamy i... Bren jest twoim przyjacielem...

– Bren starał się mi pomóc – powiedział. – Dowiadywał się wszędzie o tego kogoś, kto odwraca przekleństwa w błogosławieństwa, ale nikt go nie znał. Myślałem, że może w Ostatniej Górze będą znali takich znachorów, ale nikt tam nie wie o żadnych przekleństwach czy błogosławieństwach.

Ronja słuchała go, a serce biło jej coraz mocniej.

– Rah, ja...

– Boisz się mnie teraz...?

Podniósł na nią wzrok. Oczy miał jakby nabrzmiałe od smutku i goryczy. Widziała to. Podeszła do niego.

– Rah...

Nie wiedziała, jak to ująć w słowa. Bała się, a jednocześnie wiedziała, że musi mu to powiedzieć.

– Rah, ja... nie... ja nie... – wybełkotała.

Denerwowała się coraz bardziej. On patrzył na nią tym ciężkim, pełnym goryczy spojrzeniem. To był wzrok człowieka, który czuł się przegrany. Od tego wzroku serce pękało jej na pół.

– Rah, nie... nie...

Zbliżyła rękę do jego twarzy i ostrożnie, dwoma palcami, ujęła brzeg jego chustki. Zawahała się. On patrzył na nią ze strachem i z napięciem. Powoli odsunęła materiał. Zobaczyła połowę twarzy. Tę przystojną połowę, nietkniętą wstrętną chorobą. Widziała jak on mocno zaciskał usta, aż mu zbielały, jak patrzył na nią niepewnie, jakby był przerażony tym, że ona się go brzydzi.

– Nie, nie boję się... Teraz już się ciebie nie boję – powiedziała, przełamując się. – Nie musisz się już chować przy nas, już nie musisz...

Delikatnie dotknęła dłonią jego policzka. Jego oczy natychmiast złagodniały, jakby opadło w nim jakieś napięcie.

– Rah, ja...

Cofnęła rękę zmieszana. On nie spuszczał z niej wzroku.

– Ja znam miejsce, w którym przekleństwa zamieniają się w błogosławieństwa – powiedziała.

Drgnął.

– Znasz…?
– Tak, my… ja i Kerra…
Przełknęła ślinę, zbierając w sobie odwagę.
– My właśnie tam idziemy.

ROZDZIAŁ VII

– Obiecana Ziemia nie istnieje – stwierdził kategorycznie Bren.

Wokół ogniska zaległa cisza. Nie spodziewała się, że to właśnie Bren powie coś takiego.

Ronja właśnie skończyła im opowiadać, dokąd się udają. Przez cały czas żaden z nich nie odezwał się słowem. Widziała tylko jak spojrzenie Raha staje się coraz bardziej zdumione. Nie zdjął swojej chustki, wciąż zakrywał nią twarz. Zanim wrócili do reszty powiedział jej, że nie chce niepotrzebnie wzbudzać sensacji swoim wyglądem, ale domyśliła się, jaki był prawdziwy powód. Chustka dobrze tłumiła zapach, jaki się wydobywał z jego rany. Widziała, jak on się tego wstydził, więc nie pytała o nic więcej.

Kerra zaskakująco dobrze przyjęła jej propozycję, aby powiedzieć im prawdę. Sama zaczęła ciągnąć historię o mitycznej krainie z siedmioma strumieniami, w której nie ma wachterów. Teraz spojrzała zdumiona na Brena.

– Oczywiście, że istnieje – powiedziała, odwracając się do niego. – Nasz ojciec cały czas nam o tym opowiadał.

– To wasz ojciec musiał się mylić, bo nie istnieje żadna cudowna kraina za Ostatnią Górą na pustkowiach, w której z nieba spada chleb – odparł Bren. – To są tylko bajki.

– To nie są bajki! – oburzyła się Kerra.

Ronja, która stała na wprost nich, przestąpiła z nogi na nogę.

– To nie są bajki, my mamy mapę, wiemy jak tam trafić – powiedziała.

– Mapę? – zainteresował się Rah. – Gdzie?

– Tu…

Odpięła kurtkę na piersi i spod bluzki wyciągnęła łańcuszek, który miała zawieszony na szyi. Rah stanął przy niej.

– Otwiera się tu…

Podważyła paznokciem i otworzyła medalik. Wysunął się z niego rulonik papieru, przymocowany na cienkiej żyłce od środka

– To są oznaczenia, północ, południe, wschód, zachód – wytłumaczyła, pokazując na symbole. – A tu...

– Pustynia za Ostatnią Górą – powiedział Rah, przejęty.

Widziała jak jego oczy szybko lustrują mapę, jakby starał się zapamiętać z tego jak najwięcej.

– Gdzie jest wejście do tej krainy? – zapytał.

– Wejście jest tu, dwadzieścia kilometrów na północ, pomiędzy dwoma posągami cherubów.

...mamy mapę...

– Ale jak to możliwe...? – szepnął. – Byłem tam. Przecież tam nic nie ma.

Spojrzał na nią pytająco.

– Pokażcie to...

Bren podniósł się z ziemi i stanął przy nich. Rzucił okiem na mapę, potem spojrzał wymownie na Raha. Rah podchwycił jego spojrzenie. Nie powiedzieli nic, ale czuła, że porozumiewają się między sobą. Zastanawiała się, co to mogło oznaczać.

– Ronja... – odezwał się Bren. – Rozumiem, że ty i Kerra jesteście przywiązane do opowieści waszego zmarłego ojca, ale uwierz mi na słowo, tam nic nie ma.

– Jest! – oburzyła się Kerra. – Oczywiście, że jest, nasz ojciec by nie kłamał!

– Kerra, spokojnie – Bren odwrócił się do niej. – Może i kiedyś coś tam było, nie przeczę, ale obawiam się, że to raczej były fantazje waszego ojca, aby dać wam nadzieję na to, że kiedyś wasz los się polepszy...

– Kłamiesz! – zawołała gwałtownie Kerra, tak gwałtownie, aż Bren wybałuszył oczy. – Kłamiesz! Nasz ojciec znał człowieka, który stamtąd wrócił i mu uwierzył! A musisz wiedzieć, że tatuś nie był naiwnym marzycielem, był mądry i poważny i... i...!

Po policzkach Kerry zaczęły spływać łzy.

– Kerra... – odezwała się Ronja.

– Kerra.

Bren podszedł do niej i położył jej dłoń na ramieniu.

– Wasz ojciec na pewno bardzo was kochał i chciał was ochronić przed tym światem, dlatego stworzył wam wymyśloną krainę, żebyście miały o czym marzyć i nie traciły nigdy nadziei na to, że gdzieś kiedyś może być wam lepiej – powiedział spokojnie.

– To jest słodkie i urocze, ale naprawdę, to są tylko bajki...

Cios spadł tak szybko, że nikt, ani Ronja, ani z pewnością Bren się tego nie spodziewali. Kerra zdzieliła go otwartą dłonią w twarz.

– Zamknij się! – warknęła przez łzy. – Zamknij się i przestań obrażać mojego ojca!

Po czym odwróciła się i odeszła od nich, znikając pomiędzy skałami. Zamknęło im to usta na dobrych kilka minut.

Ronja gapiła się z otwartą buzią w miejsce, w które odeszła siostra. Potem spojrzała na Raha, a on na nią, a potem oboje spojrzeli na Brena, który wciąż trzymał się za policzek.

– Cóż... – stwierdził powoli Bren, starając się, aby głos mu nie zadrżał. – Przynajmniej jedno ustaliliśmy.

Obejrzał się na nich. Oni patrzyli na niego bez słowa.

– Może pójdę poszukać ogrynów – stwierdził i poszedł, w innym kierunku niż Kerra.

Ronja powoli zwinęła mapę w rulon i umieściła na powrót w medaliku.

– No, charakterek to ma trochę z ciebie – odezwał się Rah.

– Co...?

Obejrzała się na niego. Dopiero po chwili dotarł do niej sens jego słów, kiedy ujrzała, jak jego oczy się uśmiechają. Uśmiechnęła się z zażenowaniem i spuściła wzrok. Zaczesała kosmyk włosów za ucho.

– Zobaczę, co z nią – bąknęła.

Odwróciła się i poszła za siostrą.

Mgła powoli się podnosiła i zza chmur zaczęło przezierać słońce. Szybko zrobiło się cieplej. Odpięła kurtkę i idąc, uczesała włosy w małą kitkę.

– Kerra! – zawołała, wędrując wśród skalistych pagórków. – Kerra...!

Usłyszała szmer rzeki. Poszła w tamtym kierunku. Wspięła się na skałę i zobaczyła ją, jak siedzi przy brzegu z kolanami podciągniętymi pod brodą i płacze. Zmiękło jej serce.

Zeskoczyła z kamienia i podeszła do niej.

– Hej, mała...

Usiadła obok niej i objęła ją ramieniem. Kerra cicho pochlipywała. Ronja delikatnie gładziła ją po głowie, zastanawiając się, co jej powiedzieć, ale naraz Kerra odezwała się łzawo:

– Pewnie już mnie nienawidzi, co...?

Ronja zmarszczyła brwi, zastanawiając się, o co jej chodzi.

– Każdy by mnie znienawidził... – dodała.

– Znienawidził...?

– Za to, że go tak walnęłam! – krzyknęła i znów się rozpłakała.

– Ach…

Ronja pogładziła ją po plecach.

– No cóż, twoja reakcja była dość… żywiołowa, ale… uzasadniona – powiedziała, starając się dobrać odpowiednie słowa. – Niech sobie nie myśli, głupek jeden, że może tak bezkarnie obrażać naszego ojca – dodała, na wpół żartobliwie, żeby trochę poprawić jej humor.

Kerra podniosła głowę. Przestała płakać i teraz słuchała jej uważnie.

– Pewnie… – dorzuciła cicho.

– A poza tym, żebyś ty widziała jego minę – powiedziała z szelmowskim uśmiechem. – Zatkało go i nie wiedział, co powiedzieć.

Kerra uśmiechnęła się lekko.

– Pewnie sobie myślał, jakim jest strasznym kretynem, że ośmielił się z tobą zadzierać.

Kerra parsknęła śmiechem.

– Poza tym, jak ty byś go nie walnęła, to ja bym to zrobiła – dodała Ronja, z przesadną egzaltacją. – Raz za ciebie i drugi raz za mnie… I potem może jeszcze raz za ciebie…

– Musiałby ze wstydu zakrywać twarz jak Rah!

Zaśmiały się obie, ale Ronja szybko spoważniała. Przygryzła wargi.

– Taa… – mruknęła.

Kerra westchnęła.

– Ale pewnie i tak już mnie nienawidzi, więc po co mam się nim przejmować…?

– Dokładnie, po co masz się nim w ogóle przejmować, my mamy swoją misję, prawda?

Kerra spojrzała na nią smutno.

– Ronja, a jak on mówił prawdę? Jak tam rzeczywiście nic nie ma?

Ronja sama o tym myślała, ale nie chciała, by siostra tak szybko traciła nadzieję.

– Wiesz... Jesteśmy już tak blisko... Nie zaszkodzi nam spróbować – odparła. – Pójdziemy na tę pustynię, ale wcześniej kupimy sobie trochę zapasów i no... Zobaczymy. Zobaczymy, Kerra...

Milczały chwilę, wsłuchując się w szum rzeki.

– Ronja?

– No?

– Ale myślisz, że on już mnie nienawidzi...?

– Myślę, że... Że na pewno dałaś mu powód do zastanowienia się nad sobą.

Widziała po minie siostry, że nie bardzo rozumie, co ma na myśli, ale mimo to pokiwała głową. Wyglądała na trochę uspokojoną.

– Hej, a skoro już znalazłaś rzekę, to może zrobimy z niej jakiś dobry użytek, co? – zaproponowała, wstając. – Twoje włosy wyglądają okropnie...

– Moje włosy? – oburzyła się Kerra. – Zobacz lepiej na swoje!

– Oj, myślę, że moje nie są w tak złej kondycji jak twoje... – zaczęła. – A w ogóle to tobie samej przydałaby się mała... kąpiel!

Nachyliła się i nagarnąwszy wody w dłoń, chlusnęła ją prosto w jej twarz. Kerra pisnęła i podskoczyła.

– Och, ty...! – zawołała ze złością. – Zaraz dostaniesz...!

Kerra nachyliła się i prysnęła jej wodą w twarz, a po chwili obie zaczęły się chlapać. Śmiały się przy tym i piszczały jak małe dziewczynki.

W końcu przestały się chlapać i spojrzały obie w swoje odbicia w wodzie.

– Masz rację, moje włosy wyglądają tragicznie... – stwierdziła Kerra.

– Tak jak i moja twarz... – mruknęła Ronja, dotykając palcem policzka i zmazując z niego warstwę brudu.

Bez słowa, jak na dany sobie sygnał, zdjęły kurtki i zajęły się toaletą. Umyły twarz, włosy, dłonie i ramiona.

– Woda lodowata... – wyjąkała Kerra, płucząc swoje długie włosy w strumieniu.

– Myśl o tym, że będziesz piękniejsza – powiedziała Ronja drżącym głosem, wyżymając swoje włosy.

– Nie myśl sobie, że stroję się dla niego... – odparła wyniośle.

– Wcale tak nie myślę.

Spojrzały na siebie i zaśmiały się cicho.

– Noo... może tylko trochę – dodała zaraz Kerra.

Ronja uśmiechnęła się do siebie. Cieszyła się, że wraca jej humor.

– Czekaj, może zrobię ci warkocza – zaproponowała Ronja.

Usiadły na trawie, Kerra tyłem do niej, a Ronja zaczęła zaplatać jej włosy zaczynając od czubka głowy.

– Ale ci urosły włosy... – Ronja stwierdziła po chwili. – Moich jest połowa tego, co ty masz.

– Też miałaś kiedyś takie długie, dłuższe nawet niż ja. Pamiętasz? Sięgały ci do pasa.

– Pamiętam – odparła, poważniejąc. – Ale no... trzeba było za coś jeść.

– Taak... – mruknęła Kerra. – Gdybyś ich wtedy nie sprzedała na perukę dla bogaczy, to...

Umilkły obie. Ronja dobrze pamiętała, co by wtedy było.

– Ciężko było wtedy, co...? – mruknęła cicho Ronja, w myślach przywołując tamte chwile.

– Taak...

– Ale jakoś dałyśmy sobie radę, prawda?

Kerra pokiwała głową.

– I teraz też sobie damy radę, nie martw się – powiedziała z zapałem. – Znajdziemy Obiecaną Ziemię, nawet jak nikt nam nie będzie wierzył!

Skończyła zaplatać i obróciła siostrę ku sobie.

– No, teraz wyglądasz świetnie – stwierdziła.

Kerra pokręciła głową, a jej długi warkocz zafurkotał jak ogon. Sięgał jej połowy pleców. Zaśmiała się.

– Teraz ja ci zaplotę – zaproponowała.

– Och, ja mam takie krótkie...

– Nie są aż takie krótkie, odwróć się...

Kerra rozczesała jej włosy grzebykiem i zaplotła je w mały warkocz, który sięgał jej nieco powyżej ramion. Ronja przejechała dłonią po gładko uczesanych włosach.

– Wreszcie wyglądamy jak ludzie – stwierdziła i obie znów się zaśmiały.

Spojrzały na swoje odbicia w rzece i objęły się ramionami.

– Nie przejmuj się tym Brenem – powiedziała Ronja, naraz poważniejąc. – Nie jest ciebie wart.

Kerra spojrzała na nią pytająco.

– A ty lubisz Raha? – zapytała naraz prosto z mostu.

Ronja opuściła ramię, którym ją obejmowała i spojrzała w bok, żeby ukryć zmieszanie.

– Nie... – bąknęła.

– Nie? – zdziwiła się Kerra. – Myślałam, że go lubisz...

– Nie, daj spokój – powiedziała wstając. – To co, idziemy do nich?

Ale Kerra nie wstawała. Patrzyła na siostrę z wyczekiwaniem.

– Pokazywał ci swoją twarz? – zapytała.

Ronja poczuła, że się czerwieni. Kerra zerwała się na równe nogi.

– Pokazywał ci! – wypaliła. – I co? Jak wygląda? Jest przystojny?

Ronja pożałowała, że w ogóle zaczęła ten temat.

– Odczep się...! – burknęła, ale wiedziała, że Kerra teraz już nie ustąpi.

– No powiedz! Powiedz! Na pewno jest przystojny!

Kerra skakała wokół niej, nie pozwalając jej ruszyć się z miejsca.

– Kerra, nie zachowuj się jak dziecko! – oświadczyła poważnie, ale ta nie przestawała.

– Powiedz! Powiedz! Powiedz!

– On jest chory! – zawołała.

Kerra natychmiast przestała skakać.

– Chory...?

– Ma taką... okropną ranę na twarzy – dodała.

– Na całej twarzy?

– Nie, na połowie…

– Ach, a ta druga połowa jak wygląda?

Ronja wzruszyła ramionami.

– Wygląda… dobrze… – bąknęła.

– Ha! Wiedziałam, że ci się podoba! – wypaliła, pokazując na nią palcem.

Ronja zmarszczyła brwi.

– Zaraz cię…!

Kerra pisnęła i rzuciła się do ucieczki wiedząc, co oznacza to spojrzenie. Ronja pogoniła ją, ale tylko chwilę. Nie miała ochoty na zabawę.

Zaśmiały się obie...

– Kerra, wracajmy! – zawołała.

Kerra wróciła się do niej. Zaczęły iść w stronę polany, na której Rah i Bren zrobili ognisko.

– Może mogłam go tak mocno nie walnąć – odezwała się cicho Kerra. – Teraz ręka mnie piecze...

Ronja spojrzała na nią z boku. Jej dłoń nadal była czerwona i spuchnięta.

– Nie martw... – zaczęła, ale Kerra dalej powiedziała:

– Ciekawe, czy twarz też go tak pali jak mnie moja ręka.

Ronja milczała chwilę.

– Pewnie bardziej go boli jego własna duma – odparła.

Kerra spojrzała na nią.

– Ale twarz też – dodała zaraz. – Tak mu przywaliłaś, że prawie się zakrył nogami!

Zaśmiały się znów obie i w takich dobrych nastrojach, weszły na polanę. Ronja podniosła wzrok. Zdążyła tylko zarejestrować, że ogryny były już z nimi, a Rah i Bren rozmawiali ze sobą cicho, stojąc tyłem. Obejrzeli się równocześnie, gdy tylko się zbliżyły. Rah miał spuszczoną chustkę i dostrzegła zmieszanie na jego twarzy, które zaraz przeszło w zainteresowanie. Widziała jak bacznie jej się przyglądał, jak lustrował jej twarz i włosy.

„Zauważył..." – ucieszyła się w duchu.

– Łał, naprawdę jest przystojny! Tak, jak mówiłaś! – wypaliła na głos Kerra, pokazując palcem na mężczyznę.

Ronja spurpurowiała na twarzy.

– Kerra, ty...! Ja nic takiego nie mówiłam...! – wybełkotała.

Rah pospiesznie zasłonił się chustką, ale było już za późno, zdążyła mu się przyjrzeć. Zobaczyła za to jak Bren spogląda na Kerrę z napięciem. Chrząknął.

– Widzę, że nastąpiła w was jakaś piękna odmiana... – zaczął uładzonym tonem, choć czuć było, że to trochę na siłę.

Stanęły w miejscu i popatrzyły na siebie, ale Kerra nie straciła zimnej krwi.

– Tak! – odparła. – Umiemy o siebie zadbać, więc o siebie zadbałyśmy.

Nonszalancko przesunęła palcami po swoim długim warkoczu.

– A wy…? – dodała, obcinając ich wzrokiem z góry na dół.

– Cóż, my nie umywamy się do takich piękności – odparł szarmancko Bren, podchodząc do niej. – Ja przy tobie wyglądam jak ponury głupek i chyba wystarczającego głupka już z siebie zrobiłem…

Ronja spojrzała na Kerrę. Wciąż udawała zagniewaną, ale widać było, że zaczyna się łamać. Zerknęła na Brena. Czerwony ślad na jego policzku był aż nazbyt wyraźny. Kerra pokazała mu swoją otwartą dłoń.

– Teraz mnie boli ręka za to, że cię uderzyłam! – wybuchła płaczliwie. – Przepraszam…!

Bren zmiękł momentalnie.

– I ja cię przepraszam – powiedział ciepło. – Widocznie macie swoje powody, aby iść na pustynię, choć tego nie rozumiem. I wcale nie miałem zamiaru obrażać waszego ojca…

Kerra płakała cicho i uśmiechała się równocześnie. Bren ujął jej rękę i pocałował wnętrze jej dłoni.

– Już nie będzie bolało – powiedział ugodowo.

– A ciebie boli? – spytała, dotykają jego twarzy.

On uśmiechnął się lekko.

– Nie, teraz już nie…

Ronja wycofała się cicho, czując, że nie jest tu potrzebna. Stanęła obok ogrynów i patrzyła na tę dwójkę z dystansu. Rozmawiali między sobą, przepraszając się wzajemnie jeszcze przez dobrych kilka chwil.

„Ale dzieciaki…” – pomyślała.

Pokręciła głową i uśmiechnęła się pod nosem. Odwróciła się w stronę zwierząt i w tej samej chwili napotkała spojrzenie Raha. Zanim zdążyła zareagować, podszedł do niej. Udawała, że nagle zainteresowała się grzywą ogryna i zaczęła ją nerwowo głaskać. Zwierzę zatrzepotało uszami i spojrzało na nią pytająco.

– Rozmawiałem z Brenem – odezwał się Rah.

Ona natychmiast przestała głaskać ogryna i spojrzała na mężczyznę zdziwiona.

– Nadal uważa, że ta historia z Obiecaną Ziemią to bajka dla dzieci i nie wierzy w waszą opowieść.

Spoważniała.

– Ale powiedział, że zaprowadzi was na pustynię, skoro chcecie tam iść, bo w końcu zapłaciłyście za podróż do granic Ostatniej Góry. Ale... – zawahał się. – Nie będzie z wami szukać waszej mitycznej krainy.

Przełknęła ślinę.

– Nikt go przecież o to nie prosił – odparła. – To jest nasza sprawa, chciałyśmy tylko...

Urwała, bo sama nie wiedziała, co chciała powiedzieć. Tak, przez chwilę pomyślała, że milej byłoby podróżować razem z nimi, we czwórkę. Nawet sobie zaczęła to wyobrażać, jak przyjemnie byłoby być z nimi i...

Obejrzała się na siostrę. Rozmawiała z Brenem i śmiali się przy tym oboje znów jak najlepsi przyjaciele.

– Będzie jej strasznie przykro... – szepnęła.

– Być może... – stwierdził Rah. – I ja...

Spojrzała na niego. Twarz wciąż ukrywał pod chustką. Widziała tylko jego zmieszane spojrzenie.

– I ja też was odprowadzę do pustyni – powiedział. – A potem... Tam się pożegnamy.

Jego słowa zabrzmiały jak wyrok. Spuściła wzrok. Starała się przybrać na twarz obojętny wyraz.

– Jasne – odparła zdawkowo. – Pewnie. Przecież... Nic się nie stało...

– Ronja, nie będę się angażował w coś, co jest jakąś tanią sensacją, czyimś wymysłem – powiedział. – Przecież ty nawet nie wiesz, czy ta kraina naprawdę istnieje – dodał, jakby chciał się przed nią usprawiedliwić.

– Oczywiście – odparła znów udawanym lekkim tonem. – Nikt ci nie każe. Ja tylko chciałam ci powiedzieć o tym... o tej krainie, bo myślałam, że może... że to przekleństwo... że ty...

Język coraz bardziej jej się plątał i czuła, że coś ściska ją w gardle.

– Wiem – odparł. – Ale na to nie ma lekarstwa.

Jego głos zabrzmiał znów głucho i ponuro. Podniosła na niego oczy.

– A jak jest...?

Pokręcił głową.

– Na pewno nie w tym miejscu, o którym mówiłyście – odparł. – Bo to miejsce nie istnieje.

Zrobiło się cicho. Przygryzła wargi i spojrzała znów na siostrę. Roześmiani Kerra i Bren spacerowali wokół polany, opowiadając sobie wesołe historie. Nie zwracali na nich uwagi.

„I jak ja jej to teraz powiem...? – pomyślała zbolała.

– Ronja... Bądź rozsądna, przecież żadna Obiecana Ziemia nie istnieje, to była tylko opowieść.

– A mapa? – odparła drżącym głosem. – Przecież mamy mapę!

– Każdy mógłby sobie zrobić taką mapę, to nie jest zbyt trudne – odparł.

– Ale nasz ojciec mówił...

Rah zrobił krok w jej stronę.

– Ronja, ja byłem na tej pustyni, tam nie ma żadnych posągów w tym rejonie, który pokazywałaś, tam jest tylko piasek. Wszędzie jest piasek.

– Więc może te posągi są zakopane w piasku...

– Dziesięciometrowe posągi? – zapytał z lekką nutką kpiny. – Bo według twojej mapy te posągi tyle mierzą, a to miał być ponoć tylko wstęp do ogromnego miasta, więc... jak ty to sobie wyobrażasz? Że je odkopiecie? Same we dwie...?

Zawahała się. Czuła, że mówi prawdę, ale jakaś jej część nie chciała w to wierzyć. Nie chciała przyznać się sama przed sobą, że to, w czym tak bardzo pokładała nadzieję, jest ułudą.

– Ale... nasz ojciec...

– Ronja...

Położył jej dłoń na ramieniu. Ona odwróciła od niego wzrok. Czuła, że ma łzy w oczach. Popatrzyła na siostrę, ale ona była zbyt zajęta Brenem, żeby się nią przejmować.

– Ale ojciec mówił...

– Ronja...

Głos miał coraz miększy i był coraz bliżej, ale ona wciąż stała odwrócona do niego bokiem. Nie chciała się przy nim rozklejać.

„To nie jego sprawa, to moja sprawa" – pomyślała, ale jak na złość jedna łza oderwała się w końcu od jej rzęs i spłynęła po policzku.

– Ronja, przemyśl to jeszcze raz, czy warto się tam pchać – powiedział.

– Ale my... – zaczęła, ocierając twarz dłonią. – Ale zrozum, my nie mamy innego wyboru. Nie mamy już dokąd iść, ani dokąd wracać. Zabrałyśmy wszystkie nasze oszczędności, sprzedałyśmy wszystko, co miałyśmy, zostało nam tylko ubranie, które miałyśmy na sobie, dwa plecaki, trochę jedzenia i... i...

Spojrzała na niego. On patrzył na nią znad tej chustki. Czuła, że już nie jest w stanie powstrzymać płaczu.

– My już nie mamy dokąd pójść – powiedziała smutno. – Nie mamy nikogo, tylko siebie... tylko...

Płakała, choć chciała być taka twarda, taka niezależna. Ukryła twarz w dłoniach. Naraz poczuła, że jeden z ogrynów przesunął się w jej stronę i zaczął obwąchiwać jej twarz. Skrzywiła się, kiedy poczuła jego napastliwy oddech na swoich policzku.

– Odejdź – rozkazał Rah, odsuwając zwierzę ramieniem.

Ona spojrzała na niego.

– Chciał cię pocieszyć – wyjaśnił.

Łzy wciąż spływały jej po brodzie.

– Ronja... nie płacz już.

Ale nie potrafiła się powstrzymać. Teraz, kiedy puściła w niej tama łez, czuła się bezradna ze swoim smutkiem. Nie miała z kim się nim podzielić. Kerra była zajęta Brenem, a Rah...

Spuściła wzrok. I wtedy naraz poczuła, jak jedno jego ramię obejmuje ją lekko. Zamarła. Przysunął ją do siebie tak, że mogła dotknąć twarzą jego płaszcza. Poczuła zapach ziół, lasu i drzew. Objął ją drugim ramieniem i ona, nieśmiało, oparła głowę o jego bark. Nic nie powiedziała, on też milczał. Czuła tylko jak szybko bije jej serce.

– Nie płacz już, coś wymyślimy – powiedział cicho. – Może... może odprowadzimy was tam, dokąd pokazuje wasza mapa, a jak nic tam nie znajdziemy, zawrócimy do Ostatniej Góry, a wy wtedy zdecydujecie, dokąd chcecie dalej iść. Co ty na to?

– D-dobrze... – szepnęła.

– Porozmawiam o tym z Brenem – Rah mówił dalej spokojnym, cichym głosem. – Myślę, że dwadzieścia kilometrów w jedną czy w drugą stronę, już nie będzie nam robiło żadnej różnicy – dodał.

Poczuła jak delikatnie kładzie dłoń na jej głowie. Jego dotyk był silny, a równocześnie kojący. Przymknęła oczy.

– Ale nie płacz już.

– Dobrze...

Jego uścisk trwał dłuższą chwilę, ale mimo to czuła, że on nadal trzyma się na dystans. Objął ją tylko ramionami, nie przytulił głowy do jej twarzy, nawet nie nachylił się nad nią. Głowę trzymał wyprostowaną, odwróconą do niej bokiem tą stroną, która była zdrowa, jakby podświadomie nie chciał, aby poczuła ten przykry zapach. W końcu puścił ją, a ona odsunęła się od niego. Spojrzała mu w oczy. Nie wiedziała, co myślał, widziała tylko jego spojrzenie. Bardzo chciała, aby zdjął wreszcie tę chustkę, aby przestał się chować. Jego oczy nie mówiły jej za wiele. Były zbyt tajemnicze.

– Dziękuję...

Czuła, że mimo wszystko on się uśmiecha, bo dostrzegła słabe światełko w jego źrenicach.

– Czy wy też już jesteście głodni? – usłyszała nagle wołanie Kerry.

Ronja drgnęła i od razu poczerwieniała.

– Tak, chyba tak... – odparł spokojnym tonem Rah. – Chodźmy, zjemy i ruszymy dalej. Czeka nas jeszcze długa droga.

ROZDZIAŁ VIII

– To znaczy, że nie pójdą z nami? – spytała cicho Kerra.

– Pójdą, ale tylko do tego punktu na mapie, a potem... No... Zostawią nas.

– Zostawią nas na środku pustyni? – zdumiała się.

Ronja spojrzała na nią z politowaniem.

– A co ty myślałaś? Przecież to nie jest ich sprawa, to nasza misja – powiedziała.

Szły obok siebie za wozem, który ciągnęły dwa ogryny. Rah i Bren szli z przodu, prowadząc zwierzęta za lejce. Słyszała, że oni też o czymś ze sobą rozmawiali.

„Może o tym samym, co my" – pomyślała.

Słońce świeciło mocno i zrobiło się bardzo ciepło. Szły w porozpinanych kurtkach, od czasu do czasu popijając wodę ze szklanej butelki. Nabrały jej do pełna ze strumienia.

– Myślałam, że może chociaż Bren będzie chciał... – odezwała się cicho Kerra.

Ronja spojrzała na nią.

– Zrozum, oni nie mają żadnego interesu, żeby tam iść – powiedziała. – Zapłaciłyśmy im za zaprowadzenie nas do granic Ostatniej Góry, więc...

– Ale ja myślałam, że Bren będzie chciał tam pójść... ze mną – powiedziała cicho, zbolałym głosem. – Dla mnie...

– Cóż, widocznie... nie.

Widziała, że siostrze dłuższą chwilę zajęło przyswojenie sobie tej myśli. Przykro jej było, że musiała jej to powiedzieć.

– Pamiętaj, nie przejmuj się Brenem – powiedziała, chcąc ją pocieszyć. – W ogóle się nim nie przejmuj...

Ale widziała, że to nie pomaga. W oczach Kerry zaszkliły się łzy. Twarz jej poszarzała.

– Rah powiedział, że przejdą z nami jeszcze ten kawałek do posągów... które są na mapie – odezwała się, chcąc ją nieco podnieść na duchu. – A potem zobaczymy. Może się okazać, że rzeczywiście niczego tam nie będzie i wrócimy razem z nimi z powrotem do Ostatniej Góry.

– Ronja, ale... Ale co my tam będziemy robiły? – spytała słabo Kerra. – Co my tam będziemy robiły same w obcym mieście? Znowu zaczniemy wszystko od początku...?

– Nie wiem... – mruknęła. – Nie mam pojęcia.

Westchnęła.

– W najgorszym przypadku będziemy musiały znaleźć sobie tam jakąś pracę, coś wymyślić i... Trzymać się razem.

Kerra patrzyła na nią z rosnącym niepokojem.

– Ronja, ale ty chyba nie wątpisz, że Obiecana Ziemia istnieje, co?

Ronja spuściła głowę. Chwilę szły w milczeniu.

– Nie wiem już, w co wierzę.

– Ale ojciec mówił...!

– Wiem, co ojciec mówił! – przerwała jej ostro.

Zobaczyła, że jeden z mężczyzn odwraca się w ich stronę. To był Rah. Spojrzał na nie krótko, po czym wrócił do rozmowy z Brenem. Ronja przygryzła wargi.

– Nieważne... – mruknęła. – Przepraszam...

Kerra odwróciła od niej twarz. Słyszała, że cicho płacze.

– Kerra, nie płacz, proszę cię, nie ma sensu...

– Zostaw mnie – mruknęła.

Przeszła na drugą stronę wozu i szła tam sama, nie patrząc na nikogo. Ronja westchnęła ciężko. W jednej chwili ogarnęła ją złość na tych dwóch mężczyzn, że w ogóle zechcieli je zabrać i na siebie, że zgodziła się z nimi pójść.

„A mogłyśmy wyruszyć z kimś innym, z kimś normalnym, jakimś zwykłym kupcem..." – myślała smętnie.

Godziny mijały, a one wlekły się za wozem, który, ciągnięty przez dwa ogryny, toczył się bardzo powoli pod górkę. Krajobraz nie zmieniał się. Wokół rozciągał się górzysty, kamienisty teren z małymi wyspami zieleni, po której czasem przemykał jakiś zając. Powietrze było rześkie, wiał lekki wiatr, który miejscami stawał się porywisty. Na horyzoncie widać było jakieś większe wzniesienia, ale wyglądało na to, że jeszcze długo nic się nie zmieni i będą tak wędrować przez następnych kilka dni.

Zastanawiała się, jak oni ze sobą wytrzymają i czy rzeczywiście chciała, żeby odprowadzali je na pustynię. Za każdym razem, gdy spoglądała na ponurą twarz Kerry, czuła jak i ją przenika smutek. Wieczorem zatrzymali się na upragniony postój. Kerra oświadczyła, że nie będzie z nimi jeść i demonstracyjnie odwróciła się, zmierzając w stronę wozu.

– A to dlaczego? – zdziwił się Bren.

Ronja już otwierała usta, ale Kerra zaraz obróciła się do niego z piorunującym spojrzeniem.

– Bo nie jestem głodna! – fuknęła.

– Na pewno? – zapytał Bren. – Przecież cały dzień jadłaś tylko suchary…

– A co cię to obchodzi? – zawołała. – Pilnuj siebie i swoich spraw! I swoich pieniędzy! – dodała z goryczą, po czym weszła do wozu i schowała się w środku.

Ogryny, skubiące nieopodal trawę, podniosły łby i spojrzały za nią zdumione. Bren wyglądał na zszokowanego, niemal tak jak wtedy, gdy uderzyła go w twarz.

– Co się…? – zaczął, zmierzając w stronę wozu.

Ronja szybko złapała go za rękaw jego płaszcza.

– Nie, zostaw ją – powiedziała. – Jest… bardzo zmęczona.

– Zmęczona? Ona zachowuje się jakby połknęła jad żmii – stwierdził.

– Po prostu… zostaw ją – powiedziała.

Bren popatrzył na wóz. Widziała, że myśli nad czymś intensywnie, że coś mu się na zdrowy rozum nie zgadza. W końcu pokręcił głową i odwrócił się w stronę obozowiska, które właśnie rozbijali z Rahem. Rah w milczeniu układał kamienie pod ognisko. Nic się nie odezwał, nawet na nich nie spojrzał, tak jakby go to w ogóle nie interesowało.

– Nie rozumiem kobiet – Bren powiedział do niego.

Rah spojrzał na niego krótko. Ronja obejrzała się na wóz, ale stwierdziła w duchu, że nie ma ochoty wysłuchiwać jej lamentów i narzekania.

– Może pójdę nazbierać chrustu – zaproponowała.

Rah podniósł na nią wzrok. Wciąż miał chustkę na twarzy.

– Idź – powiedział. – Ale nie oddalaj się za bardzo. Tutaj szybko zapada zmrok. Można się łatwo zgubić.

Ronja zeszła z kamienistej ścieżki i weszła między zarośla, które rosły nieopodal. Z ziemi zbierała suche gałęzie i patyki, które oderwały się od niskich drzew. Pogrążona w myślach, wchodziła coraz głębiej w ten leśny zagajnik. Nawet nie zauważyła, kiedy zrobiło się szaro, a ona miała już pełne naręcze gałęzi. Obróciła się, chcąc wracać, ale nagle zdała sobie sprawę, że nie poznaje tego terenu. Wszędzie rosły drzewa i krzaczaste krzewy. Zaczęła się cofać wracając po tym, co wydawało się być ścieżką. Szła już jakiś czas, ale wciąż nie mogła dostrzec polany, na której się zatrzymali, a zarośli przybywało. Kłujące krzewy chwytały ją za nogawki spodni i ocierały się o jej kurtkę, jak pazury jakichś groźnych istot. Nie pamiętała, aby przechodziła przez takie gęste chaszcze.

„Zaraz, coś tu nie gra…"

Czuła, że serce jej przyspiesza.

„Spokojnie, tylko spokojnie, przecież nie mogę być daleko…"

Przystanęła. Z trudem wypatrywała znajomej okolicy. Szarówka zamieniła się w ciemny wieczór. Uczucie lęku wzmogło się. Przypomniała sobie jak szła kiedyś przez podobny las, sama, krzycząc i wołając…

Usłyszała jakieś trzaski. Wtedy też usłyszała takie same kroki. Myślała, że to ojciec. Pobiegła z ulgą, ciesząc się, że zaraz go zobaczy, że ten koszmar wreszcie się skończył. Wybiegła z zarośli, a tam na wzgórzu, w strugach deszczu stał on… A jej ojciec leżał dogorywający, ze strzałą w piersi.

Chrust wypadł jej z ramion. Złapała się za serce. Wrażenie było tak silne, jakby znów tam była.

– Tato…! – zawołała dziecinnie. – Tato…!

Upadła na kolana i rozpłakała się. Wtem zdała sobie sprawę, że kroki były realne, że ktoś tu rzeczywiście szedł. Podniosła głowę przerażona. Pomiędzy zaroślami wyłoniła się ciemna sylwetka.

– Co ty tu robisz…? – zapytał Rah, podchodząc do niej.

– Tato...!

Patrzyła na niego oniemiała ze strachu. Dopiero po chwili dotarło do niej, że to była tylko jej wyobraźnia, że tamtego momentu już nie ma...

Rah uklęknął obok niej.

– Nie było cię tak długo, więc poszedłem cię szukać – powiedział, patrząc na nią uważnie.

Ona otarła łzy. Teraz było jej wstyd, że tak szybko spanikowała.

– Przepraszam – wymamrotała. – Zgubiłam się, było ciemno i nic już nie widziałam.

Rah przyglądał jej się chwilę.

– Dlaczego płakałaś? – zapytał.

– Chyba się trochę przestraszyłam…

Bez słowa podał jej dłoń i wstała na drżących nogach. Rah zaczął zbierać chrust, który porozrzucała, a ona pomagała mu, chwytając mniejsze patyki.

– Ale nie mów im… – bąknęła.

– Co? – spytał, przystając.

– Że się zgubiłam i… w ogóle.

Uśmiechnął się do niej oczami znad czarnej chustki.

– Myślę, że teraz nie będzie ich to specjalnie obchodzić – stwierdził wesoło.

Zastanowiła się.

– Dlaczego?

– Cóż… drugim powodem, dla którego zacząłem cię szukać było to, że z nimi już nie dało się wytrzymać…

Zaniepokoiła się o Kerrę.

– Co się stało?

Rah nie przestawał się uśmiechać.

– Zaraz zobaczysz, albo lepiej… usłyszysz…

Ruszyli w drogę powrotną i szybko trafili na polanę, z której wyszła. Nie rozumiała jak mogła nie trafić, było przecież tak blisko. Rozejrzała się, szukając wzrokiem Kerry i Brena, ale zaraz usłyszała podniesiony głos siostry:

– Nie obchodzi mnie to! Nie chcę cię więcej widzieć, ani słyszeć, ani mieć z tobą do czynienia!!!

Przystanęła zdumiona. Ujrzała jak zza płachty zakrywającej wejście do wozu wylatuje but, but Kerry, i trafia prosto w czoło stojącego nieopodal Brena. Ten złapał się za głowę.

– Dziewczyno, czyś ty zwariowała? – zawołał. – O co ci chodzi? Czy możesz mi powiedzieć wprost, zamiast się tak obrażać…?

– Jak nie potrafisz się sam domyślić, to ci nic nie powiem! – wrzasnęła Kerra z wnętrza wozu.

Ronja poczerwieniała. Było jej wstyd za siostrę.

– Och, Kerra, co ty…? – zaczęła.

Ruszyła w jej stronę, ale naraz Rah złapał ją za ramię i przytrzymał w miejscu.

– Nie.

Spojrzała na niego oburzona.

– Ale ona...

– To jest sprawa między nimi – odparł.

– Ale ona jest taka... głupia – jęknęła, słysząc jej kolejne krzyki.

– Trudno – skwitował Rah. – Muszą sobie to sami rozwiązać. Zostaw ich.

Spojrzała w stronę wozu. Ogryny zdążyły odsunąć się w najdalszy kąt polany, tak jakby nie chciały mieć z tą dwójką nic wspólnego, a Kerra wciąż wrzeszczała. Bren bezradnie próbował jakoś na nią wpłynąć, ale wyglądało to na beznadziejną sytuację.

– Ale ja muszę jej coś powiedzieć – zaoponowała Ronja.

– Musi sobie radzić sama – odparł Rah, wciąż trzymając ją za ramię.

– Ale ona ma tylko siedemnaście lat...

– To nie jest dziecko i przestań jej matkować – uciął.

Spojrzała na niego zdziwiona.

– Chodź, zjemy coś... z dala od nich – zaproponował.

– Ale kwiatuszku, czemu się na mnie gniewasz? – zagruchał Bren. – Co ci takiego zrobiłem...?

– JUŻ TY DOBRZE WIESZ, CO! – ryknęła Kerra.

Ronja odwróciła się od nich i poszła z Rahem w stronę ogniska. On podał jej miseczkę, wziął swoją i skinął w stronę zarośli. Ronja obejrzała się jeszcze raz na wóz, ale sytuacja się nie zmieniała. Poszła więc za Rahem.

Przeszli kawałek i pokazał jej miejsce ukryte wśród drzew. Gęstwiny skutecznie tłumiły krzyki z polany.

Rah usiadł na zwalonym pniu drzewa, a ona przycupnęła obok niego. Jedli w milczeniu, każde zajęte swoimi myślami. Ronja zastanawiała się, co powie siostrze, kiedy ta wreszcie oprzytomnieje, ale wszystkie rady wydawały jej się bez sensu.

„Może rzeczywiście lepiej to zostawić i niech sama wymyśli, co ma robić..." – stwierdziła w duchu. „Dobrze, że ja nie mam takich problemów..."

Odruchowo zerknęła na Raha i spostrzegła, że zsunął swoją chustkę i jadł, palcami wybierając kawałki mięsa z zieleniną.

Przypatrzyła się jego twarzy. Widziała tylko tę zdrową połowę bez skaz.

„On jest naprawdę bardzo przystojny" – pomyślała.

W tej samej chwili on spojrzał na nią, a ona szybko spuściła wzrok. Zobaczyła, że on nerwowo zasłania się chustką.

– Nie, dlaczego...? – zapytała, powstrzymując jego dłoń.

Na moment dotknęła jego palców, ale zaraz cofnęła rękę. Spojrzał na nią zmieszany.

– Przecież nie musisz się przy mnie zasłaniać – powiedziała.

– Tak się już przyzwyczaiłem – odparł. – Wiem, jak... jak ludzie reagują na... to.

– Ale...

Urwała, bo nie wiedziała, jak mu to powiedzieć. On dalej jadł, ale teraz wsuwał jedzenie pod chustkę.

– Rah, nie... – zaczęła. – Przecież już cię widziałam i... Już bardziej się ciebie nie przestraszę, nie musisz się chować.

Zerknął na nią.

– Poza tym... i tak nie wyglądasz wcale tak źle, przecież jak masz opatrunek to nic nie widać, ani... nie czuć – dodała.

Widziała, jaki on był tym skrępowany, ona także czuła się niezręcznie. Odwróciła głowę, aby go już dodatkowo nie peszyć.

– Ale jak wygodniej ci z tą chustką, to noś ją, tylko... wcale nie musisz przy mnie.

Nic nic odpowiedział, ale po jakiejś chwili zauważyła kątem oka, że powoli zsuwa chustkę z twarzy. Nie zareagowała, tak jakby nic się nie stało i starała się nie patrzeć na niego, ale oczy same jej uciekały. Chciała dobrze przyjrzeć się jego rysom, bo tak rzadko udawało jej się go zobaczyć. Odwróciła nieco głowę w jego stronę i spostrzegła, że on w tej samej chwili odwraca się do niej bokiem, tak, aby nie widziała tej chorej części jego twarzy.

„Trochę jak zabawa w chowanego..." – pomyślała z przekąsem, ale nic nie powiedziała.

Dokończyli jeść i naraz zrobiło się jakoś cicho i spokojnie. Żadne nic nie mówiło, nie było też już słychać krzyków Kerry. Zaczęły za to odzywać się nocne stworzenia. Usłyszała szelesty w gałęziach drzew, a potem jakieś pohukiwania. Zadrżała. Rah obejrzał się na nią.

– Zimno ci? – zapytał.

– Nie, tylko...

Przełknęła ślinę i obejrzała się, kiedy znów coś zaszeleściło.

– To tylko wiatr – odparł spokojnie.

Spojrzała na niego.

– Nie lubisz lasów? – zapytał.

Wzruszyła ramionami.

– Lubię, ale... Ale w dzień.

Zobaczyła, że on uśmiecha się lekko. Widziała to na tej połowie twarzy, którą jej pokazywał. Uśmiechnęły się najpierw jego oczy, a potem jego wargi lekko się podniosły, robiąc małą zmarszczkę, która ginęła gdzieś w jego ciemnym zaroście na szczęce.

– A w nocy? – zapytał.

Czuła, że i ona zaczyna się uśmiechać, choć wcale nie miała takiego zamiaru.

– Nie bardzo...

– Dlaczego? – zapytał.

Jej uśmiech powoli zaczął gasnąć, aż w końcu zniknął. Zobaczyła, że i on przestaje się uśmiechać.

– Nie kojarzą mi się zbyt dobrze – powiedziała.

Nie pytał o nic.

– To może wrócimy do ogniska? – zaproponował, wstając.

Spojrzała na niego. Zdała sobie sprawę, że wcale nie chce stąd odchodzić i wracać do Kerry i Brena. Miło było przy nim siedzieć i milczeć. Chwila zaczęła się przeciągać. Już otwierała usta, gdy on nagle odezwał się:

– Czy może wolisz jeszcze chwilę tu zostać?

Pokiwała głową, zanim w pełni zrozumiała, co robi. Rah usiadł znów obok niej. Zdała sobie sprawę, że teraz, nagle, to, co jeszcze przed chwilą było takie przyjemne i odprężające, teraz zaczyna ją krępować.

„Co ja robię...?"

Czuła, że on na nią patrzy, więc obejrzała się na niego. Widziała, jak jego ciemne oczy błyszczą.

– Ja wolę ciemności – odezwał się naraz dziwnie. – Bo wtedy... nie widać mnie.

Odwrócił zaraz twarz i wbił wzrok w leśną gęstwinę przed nimi. Myślała chwilę, co powiedzieć.

– Jak długo już to masz...? – zapytała cicho.

– Dwanaście lat.

– Dwanaście...? – jęknęła.

On spojrzał na nią i tym razem dostrzegła na jego twarzy smutek, tak wielki, jakby jakiś ciężar przygniatał mu pierś.

„Dwanaście lat!" – pomyślała przerażona. „Jak on był w stanie żyć z czymś takim przez tyle czasu?!"

Była wstrząśnięta. Nie mieściło jej się to w głowie.

– Ile miałeś lat, kiedy...? – zaczęła.

– Szesnaście.

Popatrzyła na niego zdumiona.

„To jeszcze dziecko..."

– To prawie tyle, co Kerra – powiedziała.

– Tak.

Mówił krótko, głosem pozbawionym emocji, jakby chciał szybko wypluć z siebie te informacje i nie wracać do nich więcej. Spojrzała na drzewa przed sobą. Zastanawiała się, jakie ona prowadziłaby życie, gdyby coś takiego spotkało ją w wieku szesnastu lat.

„Chyba bym się załamała..." – stwierdziła w duchu. „Albo oszalała. Dwanaście lat żyć z na wpół gnijącą twarzą?!"

Zerknęła na niego, jakby chciała sprawdzić, czy Rah już był na skraju załamania, ale on siedział spokojnie i patrzył przed siebie, a na jego twarzy nie rysowały się żadne emocje.

– Tak strasznie mi przykro... – powiedziała cicho. – To musiało być dla ciebie okropne.

– Nie użalaj się nade mną – uciął. – Przyzwyczaiłem się do tego.

Głos miał szorstki, przesadnie wyluzowany. Słychać było, że na siłę stara się udawać obojętnego. Ale widziała ból w jego oczach, jego zwężone usta, to jak zaciskał szczęki, jak patrzył przed siebie, aby tylko nie spojrzeć jej w oczy. Miała ochotę się rozpłakać, ale powstrzymała się.

– Twoi rodzice pewnie bardzo się zmartwili, kiedy...

– Nie mogłem już zostać wachterem, to jasne – przerwał jej chłodno. – Chociaż ojciec zapisał mnie do najdroższej szkoły. Moi rodzice byli majętni, więc mogli sobie na to pozwolić, a ja byłem jedynakiem. Rozpieszczonym jedynakiem, dodajmy, który miał wszystko...

Zerknął na nią. Ronja słuchała go w skupieniu.

– Kiedy... to się stało... – ciągnął dalej – szukali ratunku u najlepszych lekarzy, wydali majątek na moje leczenie, ale nic nie pomagało. W końcu odesłali mnie do najlepszych specjalistów w tej dziedzinie, do Mędrów ze Wschodu. Spędziłem tam u nich trzy lata i uczyłem się w ich świątyni o właściwościach ziół i leczniczych zdolnościach roślin, a oni próbowali wszystkich swych technik na mnie. Ale nie byli w stanie mi pomóc. To wtedy, pewna uboga kobieta, której podleczyłem syna, powiedziała mi, że to nie jest choroba, ale przekleństwo.

Odwrócił od niej wzrok.

– Gdy Mędrcy ze Wschodu się o tym dowiedzieli, kazali mi odejść z ich świątyni, bo tam nie mógł przebywać ktoś przeklęty. Oni nie znali się na przekleństwach, tylko na ziołach. Wróciłem więc do rodziców. Gdy przyszedłem pod ich próg, byli przekonani, że wyzdrowiałem, ale gdy odsłoniłem opatrunek i zobaczyli moją twarz... Załamali się... To wyglądało jeszcze gorzej, niż na początku...

Ronja słuchała tego z rosnącym przerażeniem.

– Chcieli to ukryć przed znajomymi, w końcu to wstyd mieć syna, który jest przeklęty, ale sprawa szybko się wydała. Jakiś służący doniósł, a wtedy mogłem się już pożegnać z karierą oficera, której chcieli dla mnie rodzice. Nie mogłem być żołnierzem w królewskiej armii z taką twarzą, w dodatku, przeklęty... Byłem spalony na salonach, moi znajomi szybko zaczęli się wykruszać, aż w końcu nie został mi nikt...

Jego głos stał się coraz bardziej ponury, oschły.

– Uczyłem się w domu, chcąc dostać się na wyższą królewską uczelnię. Postanowiłem zamienić karierę żołnierza na urzędnika skarbca, ale nawet gdy zdałem egzaminy, nie chcieli mnie przyjąć. Nie z taką twarzą. Nie z piętnem przekleństwa...

Ronja czuła, jak ściska ją w gardle.

– Więc porzuciłem te wszystkie kariery i w przebraniu człowieka najniższej klasy, zająłem się budowaniem. Już wtedy zacząłem zasłaniać twarz chustką. Kolejne trzy lata budowałem domy z kamienia. Z początku dobrze mi szło. Nikt nie pytał o to, czemu się zakrywam, a że dobrze wywiązywałem się ze wszystkich swoich obowiązków, pracodawcy nie mogli na mnie narzekać. Ale pewnego dnia był straszny upał, a ja pracowałem na dachu i...

Pokręcił głową.

– Zasłabłem... Koledzy zdjęli mi chustkę, zobaczyli opatrunek, myśleli, że się zraniłem, a gdy go odsłonili... Przerazili się. Potem wszystko się wydało, kim jestem i co się ze mną stało i wyrzucili mnie z tej roboty. Wtedy zrozumiałem, że... – urwał.

Widziała, jak przełyka ślinę.

– Zrozumiałem, że nigdy nigdzie nie będę pasował.

Ronja płakała cicho, patrząc na niego z bólem. Rah wciąż spoglądał przed siebie i mówił tym chłodnym, pozbawionym emocji głosem.

– Powiedziałem rodzicom, że odchodzę, a oni...

Wzruszył ramionami.

– Co mogli zrobić? Byłem już dorosły, więc wziąłem tylko torbę i odszedłem. Włóczyłem się po jakichś podejrzanych okolicach, brudnych spelunach. Tam nikt mnie nie pytał, czemu zakrywam twarz, czemu się nie odzywam... Tam nikomu nie przeszkadzał ani mój wygląd, ani zapach. Zakrywałem twarz chustką, siadałem w kącie sali i piłem. Często zostawałem tam całe noce, upijałem się aż do nieprzytomności... – wyznał. – To był najgorszy okres w moim życiu. Ja już naprawdę nie chciałem wtedy żyć...

Spojrzał w bok i poprawił nerwowo swój opatrunek. Widziała, jak jego grdyka porusza się szybko, tak jakby z trudem przełykał ślinę.

– W jednej z takich spelunek poznałem Brena. Zaproponował, żebym z nim pracował. Potrzebował kogoś do ochrony, kogoś, kto zna się na broni, kto umiałby ochronić ładunek przed złodziejami i włóczęgami. Zgodziłem się i tak się to zaczęło. Już sześć lat razem jeździmy. On... nie brzydzi się mną. Zaraz pierwszego dnia pokazałem mu jak wyglądam. Myślałem, że ucieknie i się przestraszy, ale nie... On... Bren to dobry przyjaciel – zakończył.

Umilkł i spuścił głowę, a dłonie splótł ze sobą. Milczeli długo.

– Rah... to... – Ronja odezwała się schrypniętym głosem.

– To straszne...

– Mówiłem ci, żebyś nie użalała się nade mną.

– To po co mi to wszystko mówisz? – odparła.

Zerknął na nią krótko. Widziała zmieszanie i strach w jego oczach.

– Tak tylko... żebyś wiedziała – mruknął.

Patrzyła na niego długo, w końcu podniósł na nią oczy. Miał zmęczone spojrzenie starego człowieka. Dotknęła jego ramienia.

– Rah...

– Nie przejmuj się mną – stwierdził. – Zdążyłem się już przyzwyczaić.

– Jak można się przyzwyczaić do czegoś takiego? – jęknęła.

– Do wszystkiego w życiu można się przyzwyczaić – odparł.

– Ja bym nie umiała, nigdy...

Uśmiechnął się słabo.

– Do tego nie, ale... może za to ty przyzwyczaisz się do nocy w lesie...

Spojrzała na niego, a on odwrócił do niej twarz. Patrzyli na siebie kilka chwil i nikt nic nie mówił. Siedzieli blisko, tak, że niemal dotykali się ramionami, ale mimo to wciąż była między nimi przerwa, dystans, którego żadne nie chciało pokonać.

Popatrzyła dookoła.

– Jest już tak ciemno, że prawie nic nie widać.

Pokiwał głową.

– Tak, tak jest najlepiej – stwierdził.

Spojrzała znów na niego. Widziała blask w jego oczach. Jego rysy zamazywały się, tylko biały opatrunek na twarzy wciąż był widoczny. On spoglądał na nią z napięciem, z jakimś wyczekiwaniem.

– Chcesz, żebym teraz ja ci powiedziała coś o sobie? – zapytała wprost. – Dlaczego nie lubię nocy w lesie?

– Tego nie powiedziałem – odparł.

– Ale tak się patrzysz... – mruknęła.

– Jak?

– Tak jakbyś czekał, aż teraz ja coś powiem.

Dostrzegła jego słaby uśmiech.

– Możesz powiedzieć, jeśli chcesz, ale ja cię nie namawiam.

– Mój ojciec zginął w nocy w lesie – wyrzuciła z siebie szybko.

Rah spoważniał natychmiast.

– Kerra wspominała o tym. Przygniotło go drzewo.

– Nie.

Zacisnęła dłonie w pięści i spojrzała przed siebie.

– Nie – powtórzyła.

Czekał w ciszy, aż ona powie coś więcej. Ronja wzięła głęboki oddech.

– Został zamordowany – wyznała. – Zastrzelił go wachter, który tam wtedy polował...

Rah milczał. Nie patrzyła na niego. Skupiła się na swoich dłoniach.

– Zabił go na moich oczach, a potem chciał zabić i mnie, ale... chyba się przestraszył, albo coś go rozproszyło i uciekł... Nie wiem sama, był deszcz, ciemno, trudno było cokolwiek dostrzec, ale widziałam, jak go zabijał.

– Dlaczego go zabił? – zapytał cicho Rah.

Wzruszyła ramionami. Łzy spłynęły z jej oczu.

– Nie wiem... – szepnęła. – Oni zawsze tacy są, zabijają bez powodu... Może dla pieniędzy... Ojciec miał trochę monet przy sobie... Nie wiem...

Cicho płakała. Rah nic nie mówił. Nie objął jej. Patrzył przed siebie. Minęło tak kilka minut, aż ona wreszcie się uspokoiła.

– Kerra nie wie? – spytał.

– Nie – odparła. – Powiedziałam jej, że ojca przygniotło drzewo, żeby jej dodatkowo nie straszyć. Sama go zakopałam w tym lesie. Tylko ja wiem, gdzie jest pochowany. Matka, gdy się o tym wszystkim dowiedziała...

Westchnęła ciężko.

– Byliśmy już i tak biedni, a gdy ojca zabrakło, groził nam głód. My byłyśmy jeszcze małe, ja miałam dziesięć lat, Kerra pięć. Matka pracowała u krawcowej, ale widziałam jak coraz częściej pije... Zaczynała przepijać wypłaty, więc ukradkiem zabierałam jej część pieniędzy, żeby nam starczyło na jedzenie... Robiła się coraz bardziej nieprzewidywalna, krzyczała, miała jakieś omamy...

Zamknęła oczy.

– Kiedy miałam dwanaście lat, upiła się tak, że już się nie obudziła – powiedziała ze ściśniętym gardłem.

– Kerra mówiła, że się rozchorowała... – powiedział cicho Rah.

Ronja pokręciła głową.

– Tak jej powiedziałaś? – domyślił się.

Otworzyła oczy i spojrzała na niego. On patrzył na nią z uwagą.

– Tak... żeby miała dobre wspomnienia... dobre mniemanie o niej – dodała zdławionym głosem. – Ona wtedy nie rozumiała za bardzo...

Zobaczyła jak jego twarz się zmienia. Jeszcze przed chwilą była napięta i nieprzystępna, a teraz zaczęła mięknąć.

– Ronja, jesteś... bardzo szlachetna – powiedział.

Pokręciła głową i rozpłakała się na nowo.

– Nie jestem... – jęknęła. – Nie jestem, uwierz mi...

– Uwierz mi, że jesteś – odparł.

Drżącą ręką otarła mokre policzki.

– Obiecałam sobie, że jak kiedyś spotkam tego gnoja, który zabił mojego ojca, to go zamorduję – powiedziała z gniewem. – Zamorduję go gołymi rękami!

Poczuła, że Rah obejmuje ją mocno ramieniem i przytula do swego boku.

– Ja ci w tym pomogę – powiedział niespodziewanie. – Jeśli będziesz chciała…

Spojrzała na niego załzawionymi oczami. Był bardzo blisko, jego twarz była tuż obok. Czuła intensywny zapach mięty i zgniły odór cuchnącej rany. Nie chciała się krzywić, nie chciała, żeby on widział, jaki wzbudza to w niej wstręt.

„Za bardzo już cierpiał" – pomyślała.

Zamknęła oczy i bez słowa oparła głowę o jego ramię, tuż przy jego policzku. On z początku nie zareagował. Patrzył przed siebie z głową wyprostowaną. Dopiero po jakimś czasie poczuła, że coś w nim topnieje, że opada jakieś napięcie. Powoli opuścił głowę i przysunął zdrowy policzek do jej czoła.

– Chciałbym, żebyś się przyzwyczaiła...

Siedzieli tak chwilę, żadne się nie poruszyło. W końcu ona westchnęła głęboko, a zaraz po niej on odetchnął, jakby z ulgą. Odsunęli się równocześnie i spojrzeli na siebie. Miała wrażenie, że był tym trochę onieśmielony. Ona również poczuła się zażenowana. Na szczęście było ciemno i nie widział jej zaczerwienionych policzków. Spuściła wzrok.

– Noce w lesie nie są takie złe – powiedział cicho. – Potrafią być całkiem przyjemne... Zwłaszcza, jak się ma dobre towarzystwo.

Uśmiechnęła się, ale nie podniosła jeszcze na niego wzroku.

– Może kiedyś się przyzwyczaję... – bąknęła.

Czuła, że on na nią patrzy. Nie mogła już wytrzymać i w końcu spojrzała na niego. Rah spoglądał na nią z delikatnym uśmiechem. Zadrżała od tego spojrzenia.

– Chciałbym, żebyś się przyzwyczaiła.

Wrócili na polanę, kiedy było już tak ciemno, że nie była w stanie nic zobaczyć. Rah prowadził ją pewnie wśród leśnej gęstwiny, a ona nieśmiało trzymała go za dłoń, nie chcąc się zgubić. W końcu zobaczyli pomarańczowy blask ogniska i wówczas puściła jego rękę. Wyszli na polanę i od razu spostrzegła Brena i Kerrę, siedzących razem obok siebie, przytulonych, przykrytych jednym kocem na ramionach. Kerra cicho płakała, a Bren głaskał ją po policzku.

– Zrobię wszystko, co zechcesz, tylko nie płacz już, bo łamiesz mi serce... – usłyszała jak do niej mówił.

Stanęli niepewnie. Ronja nie chciała im przeszkadzać, ale żeby dojść do wozu, musiała jakoś ich ominąć. Bren podniósł na nich głowę.

– O, jesteście wreszcie. Gdzie byliście? – zapytał.

Ronja zmieszała się, ale Rah odpowiedział po prostu:

– W lesie.

Najwyraźniej ta odpowiedź była wystarczająca dla Brena, bo wrócił z powrotem do głaskania Kerry. Dziewczyna podniosła głowę i spojrzała na siostrę.

– Kerra...? – spytała niepewnie Ronja. – Czy, eee... wszystko dobrze?

Kerra pokiwała głową i zaraz się uśmiechnęła.

– Tak – odparła raźno.

Ronja zdziwiła się. Mogła przysiąc, że jeszcze przed chwilą widziała, jak płakała.

– Może chcesz się już położyć, kwiatuszku? – zaproponował cicho Bren, przerywając tę niezręczną sytuację.

– Tak...

Ronja chrząknęła i powoli podeszła do wozu. Nie wiedziała, czy Kerra będzie się teraz „żegnać" z Brenem i na wszelki wypadek nie chciała na to patrzeć.

– Dobranoc, Ronja – odezwał się naraz Rah.

Jego głos był ciepły, niemal czuły.

Była tuż przy wozie. Obejrzała się na niego. Stał na tle ogniska i spoglądał na nią tą przystojną połową twarzy, oświetloną przez płomienie. Czuła, że w środku drży.

– Dobranoc... – powiedziała cicho.

Odwróciła się i weszła do wozu. Usiadła na swoim posłaniu, ale nie położyła się, tylko patrzyła przed siebie w ciemność, trzymając rękę na piersi. Serce biło jej jak szalone.

„Uspokój się!" – nakazała sobie w myślach. „Co ty wyprawiasz?"

Usłyszała jak Kerra gramoli się na wóz i zaraz opuściła rękę.

– Ronja...? – spytała cicho siostra.

– Jestem tutaj – odparła, starając się, aby jej głos zabrzmiał obojętnie.

– Śpisz już...?

Ronja westchnęła.

– No nie...

Kerra usiadła obok niej. Ronja spojrzała na nią z ukosa. Widziała, że siostra twarz miała całą rozpromienioną.

– No to... – zaczęła niepewnie. – Pogodziliście się już z Brenem?

– Co...? – Kerra spytała nieprzytomnie, jakby myślami była zupełnie gdzie indziej.

– Czy pogodziliście...?

– Tak, tak... – mruknęła. – A wy?

– Co „my"? – spytała.

– Ty i Rah...?

Ronja odwróciła od niej twarz.

– My się przecież nie pokłóciliśmy – stwierdziła. – Nie tak jak wy...

– Ale nie było was długo – zaczęła, przyglądając jej się. – Co tam robiliście w tym lesie?

– Trzymaliśmy się z dala od was – prychnęła. – Wiesz, jak ty wrzeszczałaś? Zachowywałaś się jak jakaś kompletna...

– Całowaliście się? – palnęła.

– KERRA!

– Co? – odparła z niewinną miną.

– Tobie tylko jedno w głowie?

Kerra wzruszyła ramionami.

– Tylko się zapytałam...

Ronja pokręciła głową z niedowierzaniem.

– Ale ty jesteś dziecinna...

– O co ci chodzi? – obruszyła się Kerra. – Przecież to normalne, jak ktoś ci się podoba...

– A ty całowałaś się z Brenem?

Kerra rozmarzyła się naraz.

– Pocałował mnie w policzek... I powiedział, że jestem dla niego najwspanialszą dziewczyną na świecie...

Ronja przewróciła oczami. Kerra dostrzegła jej spojrzenie pełne dezaprobaty.

– To prawda! – obruszyła się. – Jeździł po świecie i widział mnóstwo innych kobiet, ale żadna nie spodobała mu się tak, jak ja...

– To *strasznie* słodkie – skwitowała cierpko Ronja.

– Mówisz tak, bo mi zazdrościsz – prychnęła Kerra.

– Nie bój się, nie zazdroszczę ci twojego chłopaka.

Kerra zerknęła na nią z uśmiechem.

– No tak, bo ty masz swojego! – palnęła i zachichotała.

– Ja nie mam żadnego…! Odczep się!

– Bren wszystko mi mówił – powiedziała naraz Kerra. – O Rahu i jego przekleństwie.

Ronja spojrzała na nią.

– To dlatego nie miał nigdy żadnej dziewczyny – dodała tonem znawcy. – No bo kto by go chciał, takiego wstrętnego…

Ronja spoważniała.

– Rah nie jest wstrętny – powiedziała szybko. – On jest po prostu… chory i nieszczęśliwy.

Kerra przyglądała jej się uważnie.

– Bren mówił mi, że odkąd zna Raha, a więc od jakichś paru lat, nigdy nie widział, żeby zaprzyjaźnił się z jakąś kobietą, albo tym bardziej, żeby jakiejś pokazywał swoją twarz. Chyba musi cię bardzo lubić, skoro tak ci zaufał…

Ronja odwróciła się od niej. Jakaś jej część chciała, aby Kerra się wreszcie zamknęła, ale druga chciwie łowiła te informacje.

– To nie jest nic przyjemnego zobaczyć taką ranę, uwierz mi – powiedziała cicho.

– Wierzę ci, dlatego uważam, że musisz mu się podobać – odparła radośnie Kerra.

Ronja spojrzała na nią z politowaniem.

– No to co robiliście w tym lesie? – dopytywała znów siostra.

– Rozmawialiśmy – burknęła Ronja. – Wiesz, ludzie czasem to robią zamiast się tylko całować, wiedziałaś o tym?

– I o czym rozmawialiście?

Wzruszyła ramionami.

– O niczym takim szczególnym – odparła obojętnie. – On mi opowiadał trochę o sobie, a ja jemu o sobie. I tyle.

Kerra znów pokiwała głową z miną wszechwiedzącej.

– Ja myślę, że ty mu się podobasz – stwierdziła. – Widziałam jak na ciebie patrzył jak teraz szłaś do wozu.

Ronja chciała zmilczeć tę uwagę, ale jednak ciekawość w niej zwyciężyła.

– Jak...?

– Jakby chciał cię pocałować – szepnęła podekscytowanym głosem Kerra i zaraz zachichotała.

Ronja zmarszczyła brwi i odwróciła się do niej bokiem.

– Na pewno nie – burknęła.

– Ja myślę, że tak – odparła siostra.

– Kerra, idź już spać – ucięła Ronja.

– Jak sobie chcesz – skwitowała siostra.

Kerra odeszła na swoje posłanie. Słyszała, jak długo przewraca się i wzdycha.

– Chyba go kocham – stwierdziła po chwili.

Ronja westchnęła i ukryła twarz w dłoniach.

– Kerra, znasz go od kilkunastu dni – przypomniała jej zmęczonym głosem.

– Od dwóch tygodni.

– Dobrze, *prawie* od dwóch tygodni...

– To co?

– To nic, dobranoc – powiedziała Ronja i położyła się na swoim miejscu.

Zamknęła oczy, ale sen nie nadchodził. Kerra jeszcze długo się wierciła, robiąc wokół siebie hałas, ale nie to sprawiało, że Ronja nie mogła zasnąć. Wciąż myślała o tym, co się stało.

„Czy to możliwe...?" – zapytała samą siebie.

Dotknęła znów swojego serca, które dudniło jak młot.

„Czy to w ogóle możliwe, żebym ja...?"

ROZDZIAŁ IX

– Naprawdę już jutro tam będziemy? – spytała podekscytowana Kerra.

– Tak, jak tylko ktoś nie będzie nas opóźniał... – dodał znacząco Bren i zaraz uśmiechnął się wesoło.

– Nie wiem, kto... – odparła Kerra, udając obrażoną.

– Ktoś bardzo... bardzo... piękny – dodał cicho Bren, obejmując ją ramieniem i przyciągając do siebie.

Kerra zachichotała. Szli na przedzie, więc Ronja była zmuszona oglądać ich jak świergoczą do siebie przez kilka następnych dni. W tym czasie, o dziwo, nie było między nimi kłótni, ani nawet sprzeczek i nie odstępowali od siebie na krok. Za każdym razem, gdy spoglądała na ich roześmiane twarze, na ich rozpłomienione oczy, coś ją ściskało w sercu. Ukrywała to jednak. Szła w milczeniu na samym końcu, za wozem.

„Co ja pocznę, kiedy ona naprawdę ode mnie odejdzie...?" – pomyślała z nagłym lękiem. „Co ja zrobię sama?"

Nie przypuszczała, że dopadnie ją aż taki niepokój, bo w końcu przyzwyczaiła się do samotności. Dotarło do niej, że przecież Kerra zawsze była obok. Dla niej mogła dzielnie pokonywać wszystkie trudności. Sama czuła, że nie da rady...

„Coraz bliżej pustyni" – pomyślała. „A potem...".

„Tam się pożegnamy" – powiedział jej wtedy Rah.

Spojrzała na niego. Szedł na przedzie, po drugiej stronie wozu, prowadząc ogryny. Od tamtego wieczoru w lesie nie rozmawiali wiele. Nie było ku temu okazji. Poza tym Ronja zauważyła, że Rah jakby trochę przestraszył się tej bliskości, która się wówczas między nimi wytworzyła, gdy zaczęli się sobie zwierzać. Sama się jej obawiała. Czuła, że on stara się znów trzymać ją na dystans. Rozmawiali ze sobą, owszem, ale o najbardziej błahych rzeczach, czyli o pogodzie, o drodze, która ich jeszcze czekała oraz o tym, co zjedzą na kolację.

Spoglądała na niego od czasu do czasu. Wciąż trzymał chustkę na twarzy. Odsuwał ją tylko podczas posiłków i kiedy był pewien, że nikt się nie przygląda. Obserwowała go, jak robił zwykłe rzeczy, ustawiał ruszt, rozpalał ogień, oprawiał zwierzęta i myślała, jak straszne musiało być jego życie, jak wiele musiał nasłuchać się przykrych słów o sobie, jak wiele osób musiało odwrócić się do niego plecami.

– Jutro tam dotrzemy – odezwał się Rah.

Obejrzała się na niego. Zawsze zdumiewało ją to, jak cicho potrafił się skradać.

– Będziemy w mieście na szczycie tej wyżyny – oznajmił.

– Miasto Ostatniej Góry.

Czuła, że on patrzy na nią, więc znów podniosła wzrok. Rah zsunął chustkę. Szedł obok niej i spoglądał na nią połową swojej twarzy.

– Tam dostarczymy towar do naszego największego kupca, a resztę sprzedamy na targu – wyjaśnił. – Myślę, że… – urwał i zastanowił się. – Myślę, że w trzy dni powinniśmy się z tym uporać. A potem możemy was odprowadzić na pustynię. To jakiś dzień drogi od Ostatniej Góry, niedaleko.

Czuła, że zaczyna się denerwować, mimo iż mówił spokojnie, rzeczowym tonem. Jednak teraz drżała w środku i z napięciem oczekiwała tego, co dalej powie.

– Te dwadzieścia kilometrów możemy zrobić w jeden dzień. Nie weźmiemy wozu, zostawimy go u zaprzyjaźnionego człowieka i pojedziemy na ogrynach. Załadujemy na nie tylko najpotrzebniejsze rzeczy.

– Kupicie dwa dodatkowe…? – zapytała.

Pokręcił głową.

– Na tę podróż nie, nie opłaca się to. Pojedziemy na nich w czwórkę, po dwóch na jednego zwierzaka. Uniosą bez problemu.

Ronja bardzo chciała zapytać, kto będzie z kim w parze, ale zaraz usłyszała głośny śmiech Kerry i odpowiedź sama jej się narzuciła.

– No tak…

Spuściła wzrok. Nagle poczuła się skrępowana jego obecnością.

– A jak nie znajdziemy…? – zaczęła.

– Wtedy zdecydujecie, co chcecie dalej robić – powiedział.
– Czy chcecie z nami wracać do Ostatniej Góry, czy iść dalej...
Czy może... wracać do Królestwa...
– Nie, to na pewno nie – odparła.
Wzięła głęboki oddech i spojrzała na niego.
– Dziękuję.
Kerra znów głośno się zaśmiała. Ronja odruchowo
spojrzała w tamtą stronę. Kolejny ucisk przeszył jej serce.
– Co planujecie? – zapytał Rah, tak jakby zdołał odgadnąć
jej myśli.
Potrząsnęła głową.
– Nie wiem, ja...
Patrzyła, jak jej siostra idzie za rękę z Brenem i omawiają
bez końca jakieś swoje sprawy.
– Nie wiem, co Kerra zdecyduje – powiedziała cicho. –
Przecież nie mogę jej zabronić się z nim spotykać, ale...
Umilkła. Szli w milczeniu jakiś czas. Rah nie dopytywał
o nic.
– A ty...? – spytała, podnosząc na niego wzrok. – Nie
wiesz, jakie plany ma Bren?
Rah spojrzał na nią, potem na Brena, potem przed siebie.
– Rozmawiałeś z nim o...?
– Rozmawiałem – odparł.
Chwila ciszy.
– I co? – spytała, bo długo nie odpowiadał.
Rah nie patrzył na nią.
– Sama widzisz, co – odparł, pokazując na nich ręką.
– Ale czy coś ci mówił...? – dopytywała.
Widziała, jak Rah oblizał wargi. Miała wrażenie, że on też
się denerwuje tą rozmową. Nie rozumiała tylko, dlaczego.
– Wygląda na to, że on naprawdę się zakochał – powiedział
w końcu, z pewnym oporem.
Miała wrażenie, że słyszy smutek w jego głosie, jakby miał
żal o to do przyjaciela. Patrzyła na niego, nie rozumiejąc. On zaraz
podniósł na nią wzrok. I wtedy to do niej dotarło. Jeśli Bren
postanowi zostać z Kerrą, to nie tylko ona straci siostrę, ale on
utraci również przyjaciela. Jedynego przyjaciela.

– Rah, ale… Co ty wtedy zrobisz? – spytała.

Znów milczał dłuższą chwilę. Patrzył przed siebie, potem znów spojrzał na nią.

– Nie wiem – odparł sucho. – Może… Może sam zajmę się handlem? Choć nie ukrywam, we dwójkę jest raźniej, bezpieczniej…

Odwrócił od niej wzrok. Miała wrażenie, że ta rozmowa coraz bardziej ciąży im obojgu.

– Przykro mi, Rah…

– Niech ci nie będzie przykro – odparł szybko. – Powinnaś się cieszyć, że twoja siostra znalazła sobie takiego dobrego mężczyznę za towarzysza.

Ronja spojrzała na Kerrę.

– Cieszę się… – powiedziała cicho.

Ale wcale nie czuła radości. Wzbierał w niej smutek, który coraz bardziej ją przygniatał.

Umilkli na długo. Myślała, że może teraz on wróci do swojego miejsca przy ogrynach, ale Rah nagle zapytał:

– A ty? Co zrobisz potem?

Spojrzała na niego. On patrzył na nią, odwracając lekko twarz w jej stronę.

– Nie wiem… – bąknęła. – Nie wiem jeszcze…

– Może… – zaczął i urwał.

Odwrócił od niej twarz. Widziała, że czymś się denerwował, że coś go niepokoiło.

– Może, jak nie uda wam się odnaleźć tej Obiecanej Ziemi, będziesz chciała zostać na Ostatniej Górze? – zapytał. – To całkiem przyjazne miasto, ma dużo możliwości. Mogłabyś tam szybko znaleźć jakąś pracę – wymieniał. – Jesteś bystra, na pewno dałabyś sobie radę.

Pokiwała głową. Ten pomysł wydawał się dobry. Nie rozumiała jednak, czemu się tak denerwował, kiedy jej to mówił.

– Mógłbym ci pomóc… – dodał po chwili. – Mógłbym… jeśli będziesz chciała… pomóc ci znaleźć pracę i jakieś mieszkanie. Znam paru ludzi, mógłbym cię gdzieś polecić.

Spojrzała na niego zdziwiona.

– Och… Dziękuję…

– To tylko taka luźna propozycja – powiedział zaraz. – Bo może masz inne plany?

Otworzyła usta, ale nic nie powiedziała. Widziała, jak on na nią patrzył. Wyczuwała jakieś napięcie w jego oczach, jakąś trwogę, której nie potrafiła zidentyfikować.

– Rah, ja... nie wiem jeszcze, ale przemyślę to na pewno – odparła. – Dziękuję ci.

– Gdybyś tam zamieszkała, to... – zawahał się znów. – To miałbym kogo odwiedzać, gdybym był akurat w okolicy – dopowiedział.

Spojrzała na niego. Powoli zaczynała rozumieć. Starała się bardzo z tym nie zdradzić.

– To chyba... fajnie – wymamrotała wreszcie.

Napięcie w jego oczach jakby nieco zelżało.

– Nie wiem tylko, co Kerra... Co ona zrobi... – dodała, patrząc znów na siostrę.

Rah zbliżył się do niej o krok.

– A co ty...? – zaczął. – A co ty o tym myślisz?

Zaczęła się czerwienić. Nie potrafiła tego ukryć. Szybko spojrzała w bok.

„Co ja myślę? Nie wiem, co ja myślę!"

Czuła, że on czekał na jakiś jej znak, na jakąkolwiek odpowiedź. Serce łomotało jej jak oszalałe. Bezcenne chwile mijały, a ona wciąż patrzyła pod nogi.

– Ronja, jak nie chcesz, to... – zaczął cichym głosem.

„Nie, to nie tak!" – chciała zawołać, ale nie potrafiła wydobyć z siebie głosu.

Spojrzała na niego bezradnie. Mimowolnie jej wzrok padł na opatrunek, który miał na twarzy. On musiał zauważyć to spojrzenie, bo zobaczyła jak jego oczy natychmiast przygasły. Odwrócił się do niej bokiem i na krótki moment zacisnął usta. Była w tym geście jakaś rezygnacja, jakby rezygnacja z czegoś, na co miał nadzieję, a co się nie udało. Znowu.

– Nieważne – powiedział. – Tak tylko...

Zrobił jakiś ruch ręką, jakby chciał to zbagatelizować i zaraz zasłonił się chustką, chowając pod nią swoją twarz.

– Rah...

– Będziemy robili postój niebawem, tam niedaleko powinna być rzeka, może złowię parę ryb na kolację – powiedział znów tym zwykłym, obojętnym tonem.

Nie odpowiedziała. Przygryzała od środka policzki, żeby się nie rozpłakać.

– To... pójdę już – dodał i odszedł do ogrynów.

Dopiero kiedy zniknął po drugiej stronie wozu, na moment zamknęła oczy i pozwoliła sobie na głębszy oddech.

„Co ja robię? Co się ze mną dzieje...?" – wyrzuciła sobie. „Dlaczego mu nie powiedziałam, że to świetny pomysł, żeby mógł mnie odwiedzać, przecież nie ma w tym nic złego. Bylibyśmy przyjaciółmi i... i..."

Wiedziała, że okłamuje samą siebie. W jego spojrzeniu widziała wszystko. Wcale mu nie chodziło o jakąś zwykłą przyjaźń.

„Kerra miała rację..." – przyszło do niej z bolesną pewnością. „Kerra miała rację co do niego..."

Do końca w to nie wierzyła i odpychała od siebie wszystkie przypuszczenia, ale teraz nie miała już wątpliwości. Była przerażona tym, że mogła w kimś wzbudzać takie uczucia, zwłaszcza w kimś takim jak Rah. Bała się tego.

W końcu zatrzymali się na postój przy rzece.

– Och, jeszcze tylko ta noc i będziemy na Ostatniej Górze – westchnęła Kerra, rozkładając skórzany pled na trawie przy ognisku, które rozpalał Bren. – Jak tam jest?

– Całkiem ładnie – odparł Bren, układając drwa. – Zresztą nie chcę ci za wiele opowiadać, bo wtedy nie będziesz miała niespodzianki – dodał, uśmiechając się do niej.

Kerra zachichotała.

– Ale coś *musisz* mi powiedzieć – nalegała.

– Cóż, nie jest to tak wielkie miasto jak Królestwo, ani tym bardziej Pola Nadziei – zaczął Bren. – Nie ma tam za wielu wachterów, ale jest dużo obcych przybyszów. Będę musiał mieć cię na oku, żeby żaden z nich mi ciebie nie porwał...

– Porwał...? – jęknęła Kerra.

Bren roześmiał się i objął ją jednym ramieniem.

– Nie bój się, ze mną nic ci się nie stanie – powiedział łagodnie.

Ronja słuchała tego w milczeniu, jednocześnie zbierając małe patyki z ziemi i wrzucając je do ognia.

„To *ja* się nią opiekuję!" – pomyślała ze złością.

– Kerra, może pomogłabyś mi nazbierać chrustu? – odezwała się głośno.

Kerra spojrzała na nią krótko

– Przecież wystarczy nam opału – stwierdziła.

Ronja wyprostowała się i posłała jej twarde spojrzenie.

– Ale może mogłabyś mi *pomóc*...? – syknęła.

– Ja będę przygotowywać kolację razem z Brenem – odparła Kerra, wyciągając z ich torby miseczki, sztućce i garnek, w którym zawsze gotowali.

– Ciekawe co takiego *ty* ugotujesz? – Ronja rzuciła z przekąsem.

– To, co złowi dla nas Rah – odparł pogodnie Bren. – Jeśli chcesz, możesz iść mu pomóc. Kerra ma rację, opału już starczy, a my spokojnie zajmiemy się przygotowywaniem posiłku dla wszystkich.

Przełknęła ślinę. Obejrzała się i zobaczyła jak Rah idzie w stronę rzeki z jakimś sprzętem przewieszony przez ramię.

– On chyba nie potrzebuje mojej pomocy... – zaczęła niepewnie.

– Jeśli będzie łowił ryby, to przyda mu się ktoś, kto je złapie w podbierak – stwierdził Bren. – Samemu jest trudniej równocześnie łowić i łapać.

– To dlaczego *ty* mu nie pomożesz? – zauważyła.

– Bo ja przygotowuję kolację – odparł bez zająknięcia.

Spojrzała na niego, potem na Kerrę. Miała wrażenie, że specjalnie chcą ją tam posłać.

– Zobaczę, co mu potrzeba... – mruknęła i odwróciła się od nich szybko, byleby już tylko nie widzieć ich min.

Poszła w stronę rzeki, od ogniska było to jakieś kilkaset metrów. Rah stał na brzegu z dziwnym sprzętem wymierzonym w wodę.

– Może coś ci...

Strzał padł tak szybko, że nie zdążyła nawet zareagować.

– ...pomóc?

Rah nachylił się, zanurzył rękę w wodzie i wyciągnął stamtąd nieruchomą rybę wielkości jego przedramienia, przebitą strzałą na wylot. Spojrzał na nią pytająco znad czarnej chustki. Ona stała i gapiła się na niego z otwartymi ustami. Rah bez słowa wyciągnął strzałę i rzucił rybę na ziemię.

– Myślałam, że będziesz je, ee... łowił na wędkę – bąknęła.

– Za długo to trwa – odparł obojętnie. – Strzelanie jest szybsze.

Naciągnął strzałę na małe urządzenie, które miał w ręku i znów wymierzył je w wodę.

– Co to jest? – zapytała z ciekawości.

– Kusza – odparł, nie odrywając wzroku od wody. – Sam ją zrobiłem – dodał.

Zerknął na nią, jakby sprawdzał jej reakcję. Ona w zdziwieniu uniosła brwi. Rah ponownie spojrzał w wodę. Nie minęła minuta i znów strzelił. Coś załopotało w rzece, on sięgnął ręką i wyjął kolejną rybę.

– Nieźle strzelasz – stwierdziła z uznaniem.

Spojrzał na nią. Chyba ucieszył się z jej pochwały, bo jego spojrzenie złagodniało.

– Gdzie się tak nauczyłeś? – zapytała.

– W szkole wojskowej, kiedy jeszcze uczyłem się na wachtera, zanim... to się stało – odparł.

– Nie słyszałam nigdy o kuszach – stwierdziła. – Myślałam, że oni używają tylko łuków...

– Kusze są o wiele szybsze – odparł ze znawstwem. – Mają większą moc. Potrafią przebić grubszy pancerz i uśmiercić większą zwierzynę. Mają co prawda krótszy zasięg, ale dla kogoś, kto nie jest profesjonalistą, to może być idealny sprzęt do polowania.

– Aa... To tym głównie polujesz? – spytała po chwili.

– Tak, choć czasem zastawiam sidła – odparł.

Nie wiedziała, czemu, ale dreszcz przeszedł ją na te słowa. *Zastawiam sidła.*

„Potrafi tak cicho się skradać, że pewnie żadna zwierzyna nie ma z nim szans...”

– A ty umiesz strzelać? – zapytał ją naraz.

– Co? Nie… coś ty… Bo niby skąd? – odparła nerwowo. Odwróciła głowę w stronę ogniska, instynktownie szukając jakiegoś wyjścia z tej sytuacji. Wiedziała już, że Rahowi na nic się nie przyda przy łowieniu. Bren i Kerra tymczasem mieszali wspólnie w garze. Rozmawiali tak głośno i wesoło, że aż stąd słyszała ich radosne okrzyki. Mina jej zrzedła. Zastanawiała się, czy nie pójść do wozu i skryć się tam, symulując ból głowy, ale wtem Rah zapytał:

– A chciałabyś się nauczyć?

Spojrzała na niego ze zdumieniem.

– Strzelać? – spytała.

– Tak.

Popatrzyła na niego jak na wariata.

– Po co?

– Może ci się to kiedyś przydać w życiu.

– Nie umiem polować…

– Możesz się nauczyć – odparł. – Mógłbym…

Zawahał się i urwał. Patrzył znów w wodę. Czuła, że cała drży, choć wcale nie było jej zimno. Obejrzała się znów na wóz.

„Może już pójdę…" – chciała powiedzieć, ale nagle on powiedział:

– Mogłoby ci się to przydać, gdybyś chciała kiedyś zapolować na mordercę twojego ojca.

Zamarła. Kilka chwil oboje nic nie mówili.

– Nie wiem, kim on jest – powiedziała.

– Mówiłaś, że jest wachterem.

– Tak, ale…

– Jak wyglądał? Może go znam…

Wzruszyła ramionami.

– Jak… wachter… – odparła. – Ciemna kurtka, ciemne spodnie, biała naszywka na ramieniu.

– Biała? – zainteresował się. – Wachterzy mają żółte.

– Tamten miał białą.

– W takim razie to nie był wachter, to był kadet – stwierdził. – Jakiś gówniarz. Takiemu dałabyś radę, gdybyś się trochę podszkoliła.

Spojrzał na nią zachęcająco. Ronja czuła coraz większe zmieszanie. Widziała to pragnienie w jego oczach. Tak bardzo chciał być dla niej potrzebny. Nikt nigdy nie okazywał jej takiego zainteresowania.

– To było wiele lat temu i ten gówniarz zdążył już pewnie podrosnąć – powiedziała.

– Ty też – odparł.

Przestąpiła z nogi na nogę.

– Może już...

Znów strzelił. Strzał był tak szybki, tak pewny, że ręka mu nawet nie zadrgała, nawet oka nie zmrużył. Wyciągnął trzecią rybę.

– Jeszcze jedna i będziemy mieć komplet – powiedział. – Może teraz ty spróbujesz? – zaproponował.

– Ale...

– Masz, trzymaj, złap tutaj, a tu naciąga się strzałę – powiedział Rah, podając jej kuszę.

– Ale Rah, ja naprawdę nigdy...

– Ale tylko spróbujesz.

– Po co? Przecież nie umiem, zrobię z siebie tylko idiotkę...

– Nieprawda, co ty wygadujesz? – zdziwił się. – Jaką idiotkę?

Spojrzała na niego niepewnie. On patrzył na nią zdziwiony.

– Nigdy tak o sobie nie mów – powiedział z naciskiem. – Nigdy, rozumiesz? Nie jesteś żadną idiotką, Ronja.

Czuła, że jej twarz pokrywa się rumieńcem. Spojrzała na kuszę, którą jej podał.

– Ale ja nie umiem strzelać... – bąknęła.

– Więc cię nauczę – odparł, jakby to była najnormalniejsza rzecz pod słońcem. – Chwyć tutaj, tu naciągnij strzałę, wymierz i zwolnij blokadę tu... – instruował.

Ona starała się nadążyć za jego poleceniami, ale wciąż przyłapywała się na tym, że przypatruje się jego twarzy, a raczej jego oczom, które widziała zza chustki. Był poważny i skupiony, a jednocześnie wydawał się być całkowicie pochłonięty uczeniem jej, tak jakby nic nie było teraz ważniejsze niż to.

– Jak tylko zobaczysz rybę na muszce, strzelaj – powiedział.

– A jak nie trafię?

– To trafisz następnym razem.

– A jak zgubię strzałę?

– Mam ich sporo w zapasie – odparł.

– A jak…?

– Ryba! – zawołał. – Strzelaj!

Wzdrygnęła się na dźwięk jego głosu i zwolniła blokadę. Strzała wpadła w wodę. Rah sięgnął ręką, ale wyciągnął ją bez ryby.

– Nie trafiłam… – mruknęła.

– Co z tego? Nic się nie stało, spróbuj ponownie – zachęcił. Podał jej strzałę.

– Musisz użyć więcej siły – poinstruował, kiedy niezgrabnie starała się naciągnąć strzałę. – Patrz, pokażę ci jak.

Stanął tuż przy niej, chwycił za jej dłoń i ujął strzałę razem z nią. Naciągnęli ją, a on wciąż trzymał ją mocno za rękę. Ronja starała się patrzeć w wodę, ale nie potrafiła się skupić. Dłonie jej drżały. Czuła przy sobie jego oddech, subtelny zapach jego ciała i ten drugi zapach, odór zgnilizny. Dziwna to była mieszanka, jednocześnie przyjemna i odpychająca.

– Skup się i czekaj – powiedział. – Kiedy będziesz gotowa, zwolnij blokadę – dodał, puszczając jej dłoń.

Spojrzała na niego. Ich twarze dzieliły tylko centymetry.

– Dlaczego ty masz ciągle tę chustkę na twarzy? – zapytała nagle.

Nie odpowiedział, tylko patrzył na nią uważnie. Potem spojrzał na rzekę.

– Ryba! Strzelaj – zawołał.

Ale ona nie strzeliła. Wpatrywała się w niego, nie w wodę.

– Rah, dlaczego ty ciągle masz tę chustkę na twarzy? – ponowiła pytanie. – Mówiłam ci przecież, że przy mnie nie musisz jej mieć.

Nie odpowiedział znowu.

– Będziesz strzelać, czy nie? – zapytał zamiast tego.

– Zdejmiesz ją? – odparowała. – Czy będziesz się ciągle chował?

– Nie chowam się przed nikim – odparł twardo, nagle zmieniając zupełnie ton.

– To zdejmij ją – odparła.

– Na pewno chcesz, żebym to zrobił? – spytał kpiąco.

Teraz to ona się najeżyła.

– Tak – odparła surowo. – Mam dosyć tego twojego ukrywania się.

– Nie ukrywam się – odparł sucho. – Chcę ci po prostu oszczędzić nieprzyjemnych wrażeń.

– Już się wystarczająco zdążyłam napatrzeć na twoją twarz, mało mnie już ruszy – stwierdziła hardo.

Mierzyli się spojrzeniami. Rah w końcu powoli odsunął chustkę. Ujrzała jego zagniewaną twarz, zagniewaną, a jednocześnie przestraszoną. Złagodniała.

– Możesz mnie odwiedzać, jeśli chcesz – powiedziała spokojniej, ale nadal dość burkliwie. – Nie mam nic przeciwko.

– To świetnie – rzucił chłodno. – Bo nie chcę się nikomu narzucać, zwłaszcza kiedy wiem, że nie jestem mile widziany.

Zamrugała szybko.

– Nie jesteś… Dlaczego…? – powiedziała zdumiona.

Rah odwrócił od niej twarz i znów zaczął przyglądać się wodzie.

– Już nie musisz tak udawać – powiedział oschle. – Wiem, że jestem odrażający i tylko wzbudzam w ludziach obrzydzenie, więc… po co miałabyś chcieć spotykać się z kimś takim, jak ja…

Powiedział to szybko, niemal obojętnie, ale ból jaki ujrzała na jego twarzy, przeniknął ją na wskroś. W jednej chwili przestała się denerwować, drżeć, zastanawiać się nad tym, co czuje. Jej serce uspokoiło się.

Opuściła kuszę i spojrzała na niego łagodnie.

– Rah…

– Będziesz strzelać czy nie? – zapytał. – Bo zaraz kolejna ryba ci ucieknie…

– Chrzanić rybę! – warknęła, rzucając kuszę na ziemię.

Obejrzał się na nią zaskoczony.

– Rah, nie jesteś odrażający – powiedziała stanowczo. – Tylko połowa twojej twarzy jest wstrętna, i cuchnie, i gnije... Ale cała reszta ciebie jest jak najbardziej...

Obrzuciła go spojrzeniem z góry na dół.

– ... w porządku – dodała.

On patrzył na nią zdumiony.

– Nie sądzisz, że to niesprawiedliwe tak się źle traktować z powodu tylko jednej części ciała?

Otworzył usta, ale nic nie powiedział. Widziała, że go zatkało.

– Gorzej by było, jakby ci zgniło serce – powiedziała wzburzona. – Jakbyś był jakimś psychopatą, draniem, skończonym łotrem, który mści się za swoje tragiczne życie na innych ludziach. Ale ty taki nie jesteś. Mimo, że jesteś obarczony takim przekleństwem, jesteś dobry dla innych, pomocny, opiekuńczy i znasz się na ziołach, potrafisz uratować ludzkie życie, ocaliłeś moją siostrę i... i mnie, dwa razy, i... – wymieniała.

Głos, który do tej pory miała pewny i mocny, teraz nagle zaczął się łamać.

– Nie jesteś odrażający – powiedziała z naciskiem. – I masz nigdy tak o sobie nie mówić, rozumiesz? Nawet tak myśleć.

Rah spuścił wzrok. Mimo, że starał się to ukryć, widziała, że wzruszyła go ta jej przemowa.

– To będzie ciężko, bo cały czas jestem taki – powiedział cicho.

Ronja delikatnie dotknęła jego ramienia.

– Nie jesteś taki – powiedziała łagodnie. – Ty masz tylko ranę na twarzy.

– Jestem przeklęty – odezwał się z goryczą.

– Nie jesteś przeklęty, po prostu... nosisz przekleństwo, a to co innego.

– To jest to samo.

– To nie to samo – zaprzeczyła. – To nie to samo. Kiedyś się tego pozbędziesz i już go nie będziesz nosił, a ty, jaki jesteś, nadal pozostaniesz. Taki dobry...

Przesunęła dłoń z jego barku i dotknęła miejsca na jego piersi tam, gdzie było jego serce.

– Najważniejsze, że... że w środku masz wszystko w... w porządku.

Podniósł na nią oczy. Widziała, że patrzył na nią z wdzięcznością i jakąś ulgą, jakby spadł mu ciężar, który długo go przygniatał. Zamrugał zaraz i szybko przetarł dłonią oczy. Widziała, że się zmieszał i uciekał od niej wzrokiem.

– No to... – bąknęła.

Sama poczuła, że chwila robi się podniosła i zaczęła się tym denerwować. Chciała się odwrócić po kuszę, ale naraz on nieśmiało ujął palce jej dłoni, którą wciąż trzymała na jego sercu i uścisnął je.

– Najważniejsze, że... że w środku masz wszystko w... w porządku...

– Dziękuję, Ronja – szepnął.

Spojrzał na nią, a wtedy ona uśmiechnęła się do niego ciepło. Zobaczyła jak i na jego twarzy pojawia się uśmiech, z początku niepewny, ale potem coraz bardziej promienny. Jego oczy zabłyszczały, zamigotały. Czuła, jak ze wzruszenia ściska ją w gardle.

– To może upolujemy tę rybę, co? – zagadnął już swoim zwykłym, przyjaznym głosem, w którym nie było kpiny ani goryczy.

– No...

Puścił jej rękę i odsunęli się od siebie zmieszani. Ronja spuściła wzrok i zaczesała niesforne kosmyki włosów za ucho.

– Daj mi tę kuszę, może ja to zrobię, będzie szybciej – powiedział. – A ty potrenujesz innym razem.

Zerknęła na niego.

– Jestem już głodny – dodał.

Spojrzeli na siebie.

– Ja też – powiedziała.

Skurcz przeszedł jej po twarzy i taki sam ujrzała na jego obliczu. Nie mogła się już powstrzymać, widziała, że on też nie i zaśmiali się równocześnie.

ROZDZIAŁ X

Wjechali do miasta wczesnym rankiem, tuż po szybkim śniadaniu, które wspólnie zjedli. W dobrych humorach pognali ogryny, a sami podążali obok nich. Kerra szła razem z Brenem, rozmawiając nieustannie. Ronja tymczasem spostrzegła, jak z każdym pokonanym kilometrem Rah zbliża się do niej coraz bardziej. Nie rozmawiali, zobaczyła tylko jak uśmiecha się do niej lekko. Odpowiedziała mu takim samym uśmiechem.

– Już jest – w którymś momencie odezwał się Bren i spojrzeli równocześnie przed siebie.

– Ale pięknie…! – westchnęła Kerra.

Miasto na szczycie wzgórza było otoczone wysokim murem z białego kamienia. Widziała wystające ponad nim budynki mieszkalne, sklepy, ratusz i siedzibę Kanclerza, który sprawował rządy nad Ostatnią Górą w imieniu króla.

– Spore – oceniła, przypatrując się budynkom i ich rozmieszczeniu. – I naprawdę nie ma tam wachterów?

– Paru jest – odparł Rah. – Ale tutaj nie ma takich surowych restrykcji. O byle co cię nie oskarżą. Za dużo tu jest przyjezdnych, którzy nie należą do Królestwa, więc zanim nauczyliby się naszych zasad, zniechęciliby się i zdążyliby poszukać sobie innego miejsca do handlu. A interesy kwitną i nikt nie chce ich przyduszać. Król otrzymuje wystarczająco dużo pieniędzy z podatków, żeby, że tak powiem, przymykać oczy na pewne zasady.

Ronja słuchała tego w milczeniu. Zauważyła, że im bardziej zbliżali się do miasta, tym więcej wozów pojawiało się wokół nich, dołączając z innych traktów. Rah też to spostrzegł i zaraz zasłonił sobie twarz chustką.

– Skąd są ci wszyscy kupcy? – zapytała.

– Z różnych stron – odparł Rah. – Głównie z północy.

– A z pustyni…?

Rah spojrzał na nią krótko.

– Ronja, mówiłem ci, że z pustyni nikt nigdy jeszcze nie wrócił.

Ronja patrzyła na bogatych handlarzy ujeżdżających swoje bestie, albo idących w karawanie wozów ciągniętych przez stworzenia dwa razy większe niż ogryny.

– Na takich zwierzętach można by przemierzyć cały świat – stwierdziła. – Spójrz, jakie mają grube futro.

– Na północy jest bardzo zimno, to dlatego takie są – wyjaśnił.

Przyglądała się mijanym wozom, oni tymczasem wchodzili już do bram miasta.

– Nikt nie sprawdza naszych papierów...? – zdziwiła się, szukając wzrokiem wachterów.

– Nie są w stanie wszystkich sprawdzić, takie tu są tłumy – odparł Rah.

– To znaczy, że może tu wejść każdy?

– Tak.

– Nawet jakieś... bandziory...?

Rah zerknął na nią. Dostrzegła rozbawiony błysk w jego oczach.

– Rah – odezwał się Bren. – Tam jest, widzę jego stragan – powiedział, pokazując na główny rynek.

Pociągnęli wóz z ogrynami w sam środek hałaśliwego tłumu. Ronja spoglądała na korowód ludzi, zwierząt i pojazdów ze zdumieniem.

– Ale tu tego dużo... – usłyszała jak Kerra komentuje.

– Żebyśmy się tylko nie zgubiły – mruknęła, odruchowo chwytając siostrę za rękę.

Zawsze tak robiła, gdy znajdowały się w tłumie. Ale tym razem Kerra spojrzała na nią z dezaprobatą.

– Ronja, nie musisz mnie już trzymać za rączkę, nie jestem dzieckiem – stwierdziła, wysuwając dłoń z jej uścisku.

Ronja spojrzała na nią z mieszaniną zaskoczenia, smutku i złości. Zobaczyła, że dłoń podała Brenowi, a on ochoczo ją uścisnął i poprowadził za sobą. Ronja chwilę stała nie wiedząc, co ze sobą zrobić. Wóz powoli ją mijał, ogryny przeciskały się w tłumie, a Kerra i Bren szli na przedzie. Zdała sobie sprawę, że rzeczywiście sprawy zaszły za daleko, że to nie jest jakiś jej chwilowy kaprys.

„Ona naprawdę ode mnie odejdzie…"

Odwróciła się do nich plecami, tłumiąc łzy. Wiedziała, że to głupie, ale nie rozumiała dlaczego tak bardzo ją to zabolało. Ukryła twarz w dłoniach.

– Hej, panienko, zgubiłaś się? – zagadnął jakiś przyjemny, męski głos.

Spojrzała zdumiona. Zobaczyła przed sobą przystojnego młodzieńca. Był dobrze ubrany. Jego płaszcz uszyty był

Zdała sobie sprawę, że rzeczywiście sprawy zaszły za daleko...

z najwyższej jakości wełny, twarz miał opaloną, uśmiech śnieżnobiały.

„Ciekawe, czego chce ode mnie taki bogacz...?" – pomyślała kpiąco.

– Co...? Nie... – odparła obojętnie.

Odwróciła się w stronę wozu, ale nagle spostrzegła, że nigdzie go nie widzi. Mimo tego, ruszyła odważnie przed siebie.

– Może ci pomóc? – spytał znów ten młodzieniec.

– Nie, nie trzeba – mruknęła, mijając go.

Przeszła jakieś sto metrów, ocierając się o rozmaitych przechodniów i ich zwierzęta, a kiedy doszła do straganu, na który wcześniej wskazywał Bren, okazało się, że ich wozu nigdzie nie było.

„Zaraz, przecież powinni być tu..." – pomyślała, rozglądając się.

Krążyła wokół straganów, zaglądając we wszystkie wnęki między budynkami, gdzie stali pojedynczy sprzedawcy.

– Kwiaty, świeże kwiaty!

– A może bułeczkę dla pani...?

– Mamy nowe dzbany, ręczna robota, sprowadzone z najdalszych zakątków świata...

– Podejdź tu, a ja wywróżę ci twoją przyszłość...

Głosy mieszały się ze sobą w jeden jazgot. Ronja starała się je ignorować i iść przed siebie, nie patrząc na nikogo.

– Kerra! – zawołała, zaglądając do jednego z zaułków. – Bren? Rah!

Ale ich nigdzie nie było, zupełnie jakby rozpłynęli się w powietrzu. Zrezygnowana, wróciła się do miejsca, w którym ostatni raz ich widziała. Na środku rynku stała murowana studnia z zadaszeniem. Obok niej zwierzęta piły wodę z podłużnego koryta. Kręciło się też tam sporo dzieci, które ganiały się wokół studni. Ronja stanęła na obmurówce studni i popatrzyła wokół.

– Kerra! Kerra!

Starała się nie panikować, w końcu to nie powód do zdenerwowania. Kerra była bezpieczna z Brenem, więc o nią się nie martwiła. O siebie też za bardzo się nie bała. Nie z takich tarapatów potrafiła wybrnąć. Martwiło ją tylko, że może minąć wiele godzin, zanim się odnajdą w takim tłumie, a ona przecież nie miała przy sobie żadnych pieniędzy, wszystko zostało w wozie.

Chwilę myślała, co powinna zrobić i dokąd pójść. Postanowiła zostać przy studni. Tu przynajmniej mogła pić do woli i miała stąd dobry widok na cały ruchliwy rynek.

Usiadła w cieniu pod zadaszeniem, chroniąc się przed palącym słońcem i obserwowała otoczenie. Koło południa z głównej bramy przybyła wielka karawana kupców, którzy zajęli cały plac. Ich zwierzęta głośno domagały się wody i zajęły całą przestrzeń wokół studni. Musiała się stamtąd wynieść.

– Kerra? Bren? Rah! – wołała, chodząc znów wokół straganów, ale nigdzie ich nie widziała.

Mijając stragany, podeszła do jakiejś przekupki, sprzedającej skórzane buty.

– Nie spotkała pani troje ludzi z wozem zaprzęgniętym w dwa ogryny? – zagadnęła do niej.

Otyła kobieta obrzuciła ją chciwym wzrokiem.

– Pani, takich to tu jest pełno – odparła przekupka. – Ale takich trzewików jak te, to pani nigdzie nie spotkasz! – dodała, podsuwając jej pod nos jasnobrązowe obuwie.

– Dziękuję, ale nie jestem zainteresowana... – odparła Ronja niechętnie.

– Pani, ale to prawdziwa skóra, patrz się...!

– Dziękuję, ale...

– Zgubiłaś się, ślicznotko? – odezwał się naraz jakiś ochrypły głos. – Może cię odprowadzić? Znam parę przytulnych miejsc...

Obmierzły mężczyzna obwieszony licznymi złotymi łańcuszkami już wyciągał po nią ramię. Ronja odskoczyła od niego gwałtownie, tak, że aż uderzyła plecami o stragan z butami.

– Odczep się! – warknęła.

– Ej, ty, uważaj na moje buty! – zawołała zaraz przekupka zupełnie innym tonem. – Zadrasnęłaś mi jeden, oddawaj mi pieniądze! Za taki jeden but zapłacisz mi dwieście srebrnych monet!

Ronja poczuła jak włosy jeżą jej się na karku. Szybko domyśliła się, że to tylko tani chwyt, aby wymusić sprzedaż.

– Nic pani nie zadrasnęłam, coś się pani pomyliło – odparła, wycofując się z tamtego miejsca.

– Ej, uważaj sobie dziewucho, ja wszystko widziałem, specjalnie jej zadrapałaś buta! – odparł ten mężczyzna obwieszony łańcuszkami.

Zaczął się do niej zbliżać. Czuła jak cuchnie potem i alkoholem.

– Nikomu nic nie podrapałam! – fuknęła. – Do widzenia!

Odwróciła się i ruszyła przed siebie, ale wtem poczuła jak tamten chwyta ją za ramię.

– Nie tak prędko, najpierw oddaj tej pani, co jej ukradłaś! – zawołał.

– Nic nikomu nie ukradłam, puszczaj mnie!

– Ukradła! – zawołała przekupka. – Ukradła mi buta! Widziałam jak chowa go pod kurtkę!

– Co...?

Ronja popatrzyła na nią, a potem na tamtego mężczyznę. Zrozumiała, że oni razem pracowali, a ta cała gierka to był sposób na wyłudzanie pieniędzy. Nie mogła uwierzyć, że akurat jej musiało się coś takiego przydarzyć.

– Nic sobie nie schowałam pod kurtką, sama zobacz! – warknęła, pokazując poły swojego ubrania.

– Pozwól, że sam sprawdzę... – stwierdził mężczyzna, wysuwając do niej ramię

Ona natychmiast chlasnęła go otwartą dłonią w rękę.

– Gdzie z łapami? – warknęła. – Nie będziesz mi grzebał pod ubraniem!

Ale mężczyzna zrobił jakiś szybki ruch i nagle wysunął zza jej pleców dłoń z butem w garści.

– O, proszę, złodziejka przyłapana na gorącym uczynku! – zawołał.

Obejrzało się za nim kilka głów.

– Złodziejka! Złodziejka! – zaczęła jęczeć przekupka. – I to na moim straganie, taka złodziejka!

Ronja poczuła jak krew odpływa jej z twarzy. Coraz więcej kupców zaczęło zwracać na nią uwagę i mierzyć ją podejrzliwym spojrzeniem.

– Ja nie jestem złodziejką, to on mi wsunął tego buta pod kurtkę! – wołała, ale nikt jej nie słuchał. Równie dobrze mogłaby krzyczeć do ściany.

– Oj, zapłacisz za to, ty mała oszustko – oświadczył groźnie mężczyzna.

Ronja gwałtownie wyszarpnęła ramię z jego uścisku.

– Nie będę płacić! To wy jesteście oszustami! – zawołała i rzuciła się do ucieczki.

Nie oglądała się, czy ją gonią, ale słyszała, że mężczyzna ruszył za nią w pogoń. Był gruby i wielki, więc z trudem przeciskał się między kupcami, a ona mała, szczupła i zwinna, zaraz szybko mu uciekła.

„Co za historia..." – myślała, lawirując pomiędzy kupcami.

Serce biło jej mocno, a pot pokrył jej czoło. Szukała miejsca, w którym mogłaby się schować, w końcu przycupnęła daleko od rynku, w zakamarku, gdzie skręcało się w stronę gospody. Usiadła przy rowie na trawie i obserwowała wchodzących do karczmy.

„Wróciłam do punktu wyjścia" – pomyślała, przypominając sobie swoje pierwsze chwile na Polach Nadziei.

Skuliła się w sobie.

„Gdzie oni są?" – myślała, niepokojąc się coraz bardziej. „Mieli zostać trzy dni w mieście, na pewno ich tu spotkam, tylko dokąd poszli...?"

Wstała i zaczęła krążyć wokół karczmy. Nieświadomie wypatrywała jedzenia w koszach stojących na tyłach budynku. Często, kiedy była młodsza, właśnie w taki sposób zdobywała jedzenie dla siebie i Kerry. Kiedy siostra pytała skąd je wzięła, mówiła, że je „znalazła". Nie mówiła jak i gdzie. Wstydziła się tego. Teraz też zaczęła nieśmiało zerkać w stronę koszy. Zbliżał się wieczór, a ona była już bardzo głodna. Podniosła pokrywę jednego z nich i zajrzała do środka. Wtem otworzyły się jakieś tylne drzwi.

– Ej! Ty tam! Wynocha stąd! – zagrzmiał gruby, męski głos. – Nie dokarmiany bezdomnych!

Ronja gwałtownie zamknęła pokrywę od kosza.

– To już nawet resztek ze śmieci nie można wybrać? – spytała oburzona.

Wychyliła się zza pojemnika i zobaczyła przed sobą mężczyznę ubranego w biały fartuch z zakrwawionym nożem w ręce. Zamarła.

– Powiedziałem wynoś się stąd, łajzo! – huknął.

Ronja pobiegła szybko, nie wdając się w dalszą dyskusję. Zaczęła iść przed siebie, nie wiedząc ani gdzie jest, ani dokąd ma iść.

„Kerra pewnie się strasznie zamartwia..." – myślała, szukając w tłumie znajomych twarzy. „Bren też... I może Rah..."

Coraz bardziej zmęczona, przysiadła na murku nieopodal kolejnej karczmy. Ta wyglądała na jeszcze radośniejszą, a pyszne zapachy nęciły ją z na wpół otwartych okien, z których sączyła się żywa muzyka. Ronja przygryzła wargi i wspięła się na parapet, zerkając do środka. Ludzie siedzieli przy stolikach i jedli, albo bawili się, tańcząc. Pary wywijały na okrągłym podeście, a w tle grali muzycy na instrumentach, których nigdy wcześniej nie widziała. Jedna para wyglądała na wyjątkowo rozbawionych, chichocząc i nachylając się ku sobie. Wtem zdębiała. To była Kerra i Bren.

– Kerra... – wychrypiała.

Patrzyła oniemiała jak jej siostra świetnie się bawi, jak w tańcu obejmuje ją Bren, zaglądając jej głęboko w oczy.

– Co...?

Odsunęła się od parapetu i usiadła na ziemi, tyłem do okna, tak, aby ich nie widzieć. Kilka minut zajęło jej przyswojenie tej sytuacji.

„To ja tu grzebię w resztkach, a ona się bawi?" – pomyślała zgorzkniała. „Nawet mnie nie szukała...?"

Wstała i ruszyła w przeciwnym kierunku. Nie miała zamiaru tam wchodzić. Była wściekła. Przyspieszyła kroku, w końcu zaczęła biec, przepychając przechodniów. Już nie patrzyła im w twarze, żeby wyszukać znajomych.

Wtem rąbnęła z całej siły w idącego na wprost niej mężczyznę. Owionął ją zapach zgnilizny i odsunęła się z obrzydzeniem.

„Kolejny pijak" – pomyślała zniesmaczona.

– Ronja...?!

Spojrzała zdumiona. To był Rah. Chwycił ją za ramiona.

– Ronja! Jesteś wreszcie! Gdzie ty byłaś? Szukałem cię cały dzień! – zawołał przejęty. – Myślałem, że coś ci się stało, że cię porwali! Nic ci nie jest? Ronja, gdzie byłaś? Tak strasznie się martwiłem... martwiliśmy – poprawił się szybko.

Patrzyła na niego bez słowa. Gniew jeszcze w niej buzował, ale widok jego wystraszonych oczu spoglądających na nią zza chustki, zaczął ją uspokajać.

– Martwiliście się, tak? – rzuciła kpiąco. – Właśnie wracam od jednej karczmy, w której moja siostra świetnie się bawi z Brenem. Nie wyglądali, jakby się martwili, zwłaszcza ona, zwłaszcza...

Głos zaczął jej się łamać.

– A ja przed chwilą z głodu szukałam jedzenia w resztkach śmieci, a ona... ona...

Ostatnie słowa nie mogły jej już przejść przez gardło. Rozpłakała się. Rah bez słowa objął ją mocno i przytulił do siebie, ale tak, aby nie dotknąć jej zranioną połową twarzy.

– Ronja, już dobrze, sam im powiedziałem, żeby odpoczęli i coś zjedli – powiedział cicho, łagodnie. – Szukali cię razem ze mną, potem z Brenem w międzyczasie musieliśmy rozwieźć towar, znaleźć miejsce na nocleg, wykupić postój dla wozu, dokupić dwa ogryny...

Czuła, jak gładzi ją po głowie.

– Twoja siostra bardzo się martwiła – dodał.

– Akurat – burknęła w jego ramię. – Akurat, widziałam co innego...

– Ronja, spokojnie, ciii...

Jego dotyk zaczął na nią oddziaływać. Milczała i pozwalała się głaskać.

– Już jesteś bezpieczna – powiedział cicho.

Ona westchnęła głośno. Pokręciła głową i odsunęła się od niego.

– Nie – odparła.

Spojrzał zdziwiony.

– Nie jestem bezpieczna – stwierdziła z goryczą. – Nie tu. Tu jest tak, jak... jak wszędzie. Tak jak w Królestwie, jak na Polach Nadziei. Nie masz pieniędzy, to jesteś nikim. Jesteś samotną dziewczyną bez obstawy, to nikt cię nie szanuje i każdy cię nagabuje albo oszukuje. Nie masz odpowiednich ubrań, biżuterii, oznaczeń, to traktują cię jak śmiecia.

– Ronja...

– Całe życie byłam tak traktowana i to mnie nie dziwi, ale myślałam, że może tu, może w tym miejscu...

Uśmiechnęła się kwaśno.

– Nie będę tu mieszkać, Rah – powiedziała poważnie. – Nie... Nie szukaj dla mnie pracy, ani mieszkania, ja nie chcę tu zostać.

Widziała jak jego spojrzenie się zmienia.

– Chcesz znaleźć tę Obiecaną Ziemię? – zapytał cicho, z rezygnacją.

– Tak – odparła z mocą. – Tak, Rah, po to wyruszyłam, po to obie wyruszyłyśmy w tę drogę. Tu nie jest moje miejsce.

– Ronja, ale ta Obiecana Ziemia nie...

– Ona istnieje! – przerwała mu ostro. – Ona istnieje. Patrzyli na siebie chwilę.

– Ronja, może coś zjesz? – zapytał.

Nie chciała się już gniewać, była zbyt zmęczona. I zbyt głodna. Kiwnęła głową.

– To chodź.

★★★

– Och, całe szczęście, że Rah cię znalazł, bo inaczej nie wiem, czy byłabym w stanie usnąć wiedząc, że ty się gdzieś błąkasz w środku nocy po ulicy...

Ronja zerknęła na nią z ukosa. Kerra czesała swoje długie włosy siedząc na wąskim, jednoosobowym łóżku ubrana w koszulę nocną. Dostały mały pokój w schronisku dla wędrowców. Bren i Rah zapłacili za nie z góry za te dwie noce, które miały tu spędzić. Ronja chciała, aby podzielili się kosztami w czwórkę, ale oni nie chcieli o tym słyszeć.

– Chyba jakoś byś zasnęła – mruknęła Ronja, okrywając się cienką kołdrą po szyję. – A poza tym, to nie Rah mnie znalazł, ale ja jego. Ja na niego wpadłam, dosłownie...

– Biedny, szukał cię cały dzień, tak się przejął – powiedziała Kerra, spoglądając na nią wymownie.

– Biedny? – skwitowała. – Nie wiem, kto tu był biedny... – mruknęła, myśląc o tym, jak spędziła ten dzień.

Nie mówiła o wszystkim siostrze, oszczędziła jej nieprzyjemnych opisów tego, jak uciekała naciągaczom, a potem grzebała w śmietniku. Powiedziała tylko, że się zgubiła, czekała na nich przy studni, a potem po prostu chodziła po mieście. Nie wspomniała też ani słowem o tym, że widziała ich bawiących się w karczmie. Gdy pojawiła się tam z Rahem, Kerra rzuciła jej się na szyję z płaczem. Wtedy Ronja ujrzała autentyczny strach w jej oczach i zaraz wszystko wybaczyła jej w sercu.

– Był taki smutny i milczący przy kolacji – zwróciła uwagę Kerra, gramoląc się do swojego łóżka. – Pokłóciliście się?

Ronja podniosła na nią głowę.

– A czemu jego humory mają mieć cokolwiek wspólnego ze mną? – odparła burkliwie. – To jego sprawa.

– Ronja, to przecież jasne – Kerra powiedziała wszystkowiedzącym tonem. – Spędzacie ze sobą dużo czasu, więc on się tobą przejmuje. A ty nim.

– Ja się nim nie przejmuję – mruknęła, odwracając się na bok, plecami do Kerry. – Idź już spać.

Przez chwilę słyszała jak Kerra otula się kołdrą.

– Wiesz, że tu, na Ostatniej Górze, mieszkają rodzice Brena? – zagadnęła Kerra. – Bren chce mnie jutro do nich zabrać na kolację, kiedy skończą rozwozić towar.

Ronja usiadła na łóżku i spojrzała na nią zdziwiona.

– Naprawdę...?

– Tak! – odparła Kerra z ekscytacją, najwyraźniej ciesząc się, że siostra tak się tym zainteresowała. – Trochę się stresuję...

Ronja patrzyła na nią w milczeniu, próbując ułożyć to sobie w głowie.

– Ale... ale jak to?

– No normalnie, że powiem coś głupiego, albo że coś przewrócę – ciągnęła Kerra. – Wiesz, że jak się denerwuję, to rzeczy lecą mi z rąk.

– Kerra, nie o to mi chodzi – odparła Ronja. – Dlaczego on cię chce przedstawić swoim rodzicom?

Teraz to Kerra usiadła na łóżku.

– Jak to, dlaczego? Żebyśmy się poznali i... było miło – odparła wesoło.

– Kerra... Ty chyba nie mówisz poważnie – powiedziała powoli.

– Mówię poważnie, naprawdę mnie tam jutro zabiera.

– No i co ty chcesz potem zrobić? Zamieszkać z nim?

Kerra długo nie odpowiadała.

– Noo... wiesz, to tak potem będzie – bąknęła.

Ronja zaniepokoiła się.

– Co potem będzie? I gdzie będziecie mieszkać? Tutaj? Na Ostatniej Górze?

Czuła, jak jej głos coraz bardziej się zaostrza.

– No a gdzie indziej? – odparła Kerra. – Bren ma tutaj dom, dobudowałby tylko jedno skrzydło dla nas, jest już gotowe miejsce na strychu, trzeba je tylko wyremontować, wszystko mi opowiadał, mają tam nawet ogród i mały sad, i mogłabym...

– Kerra, czy ty zwariowałaś? – wybuchła nagle Ronja. – A nasza podróż? A Obiecana Ziemia?

Siostra milczała.

– Kerra, co z Obiecaną Ziemią?

Ona nadal milczała.

– Odpowiadaj! – warknęła na siostrę.

– Co mam ci odpowiedzieć? – zawołała teraz Kerra z gniewem. – Przecież sama widzisz, że z tą Obiecaną Ziemią to nieprawda, Bren wszystko mi wytłumaczył...

– Bren ci wytłumaczył? – zakpiła. – Zaraz po tym jak go spoliczkowałaś za samo tylko wątpienie w istnienie tej krainy?!

Kerra poruszyła się niespokojnie na łóżku.

– Już sobie to wszystko wyjaśniliśmy... – mruknęła.

– Już sobie wyjaśniliście, tak? – rzuciła ostro. – I teraz jesteś po jego stronie, a nie po mojej?!

– Ronja, ale o co ci chodzi? Przecież sama widzisz, że to nie ma sensu – oparła Kerra.

– Nie ma...?

Ronja zerwała się z łóżka.

– Słuchaj, jak tak ci się podoba nowe życie z Brenem, to proszę bardzo, rób sobie, co chcesz, ale ja idę do Obiecanej Ziemi!

Kerra skrzyżowała ramiona na piersi.

– Przecież też z tobą pójdziemy na pustynię... – burknęła.

Ronja spoglądała na nią długo.

– Co się z tobą zrobiło? – spytała naraz spokojnie. – Co ci się stało?

– Mnie? Nic – odparła zdziwiona Kerra. – Nie rozumiem, co tobie jest.

– Mnie...?

Ronja westchnęła.

– Kerra, przecież to było nasze marzenie, to było coś, co zmotywowało nas do opuszczenia Królestwa, do odnalezienia lepszego życia – powiedziała. – Nie chcesz odnaleźć lepszego życia?

Kerra milczała, ale widziała po jej twarzy, że coś w sobie rozważa.

– No...? Powiedz... – Ronja spytała niemal łagodnie, siadając na skraju jej łóżka. – Kerra, przecież chyba nie chcesz wracać do tego, co było, obie nie chcemy. Chcesz nadal bać się wachterów, tego, że nie będziemy miały co jeść, tego życia w biedzie i osamotnieniu...?

– Ronja, ale... – zaczęła powoli Kerra, podnosząc na nią wzrok. – Ja już nie jestem osamotniona. Bren, on...

Ronja spoważniała, a rysy jej stężały.

– On powiedział, że się mną zaopiekuje tak, że nie będę już musiała martwić się o pieniądze, jedzenie, o to, gdzie będę mieszkać. Powiedział, że...

Ronja powoli wstała i odsunęła się od jej łóżka.

– Powiedział, że weźmie mnie do siebie i że już nigdy nie będę samotna, że on się o to zatroszczy.

– Mhm – skwitowała kąśliwie. – A co chce w zamian?

– W zamian? – zdziwiła się Kerra. – Nic. Chce tylko mnie kochać.

Ronja wróciła do swojego łóżka.

– Kochać... – mruknęła, zakrywając się pościelą.

Oddzieliła się nią jak tarczą od siostry i reszty świata.

– Tak, Ronja, kochać. A ja... ja chcę kochać jego – wyznała cicho.

– No to kochajcie się razem, skoro chcecie – burknęła.

– Ronja, nie mów tak...

– A ja idę do Obiecanej Ziemi.

Kerra westchnęła.

– Ronja, przecież możesz nas odwiedzać, Bren powiedział, że jeśli chcesz możesz nawet z początku z nami mieszkać, zanim staniesz na nogi i znajdziesz pracę i...

– Dzięki, ale dam sobie radę sama, tak jak dawałam sobie całe swoje życie – ucięła.

– Ronja, ja myślę, że Rah też chciałby...

– Daj mi już spokój z tym Rahem, dobrze? – przerwała jej twardo.

Kerra milczała długo.

– Jak chcesz – powiedziała cicho. – Po prostu... ech, nieważne. Dobranoc.

– Dobranoc.

Chwila ciszy.

– Kerra! – zawołała naraz rozgoryczona.

– Co? – odparła siostra zdziwiona.

– Ty naprawdę chcesz z nim być? Mieszkać z nim?

Kerra usiadła na łóżku.

– Tak.

Ronja podniosła się i spojrzała na nią poprzez pokój. W ciemnościach widziała jej rozpromienione oczy.

– Dlaczego? – zapytała.

Kerra wzruszyła ramionami.

– Jak się kogoś kocha, to chce się z nim być już na zawsze...

– Kerra, ale dlaczego? Przecież ty znasz Brena od dwóch tygodni, to jest niemożliwe, żebyś tak szybko... Nie uważasz, że to wszystko trochę za szybko się dzieje?

Kerra pokręciła głową.

– Jak się spotka odpowiednią osobę, to nie jest za szybko.

– Kerra, chcę ci tylko przypomnieć, że ty masz dopiero siedemnaście lat.

– Siedemnaście i pół.

– To naprawdę niczego nie zmienia.

– Ronja, ja już jestem dorosła i...

– Nie jesteś jeszcze dorosła.

– ... i przestań mi matkować! – prychnęła Kerra. – Ja nie jestem już dzieckiem!

Zawołała tak stanowczo, że Ronja umilkła. Patrzyły na siebie poprzez ciemny pokój.

– A jeśli cię zostawi? – spytała cicho Ronja. – Jeśli mu się znudzisz po miesiącu, albo po roku czy dwóch i stwierdzi, że już cię nie kocha? Co wtedy zrobisz?

– Bren tak nie zrobi – odparła z pewnością w głosie.

– Ale skąd możesz o tym wiedzieć? – drążyła. – Znasz go dwa tygodnie, nie wiesz o nim wszystkiego.

– Wiemy o sobie wystarczająco – powiedziała. – Ja mu ufam, Ronja, a on ufa mnie.

Ronja odwróciła wzrok i spojrzała przez okno. Rozpościerał się stąd widok na dachy budynków i srebrną tarczę księżyca, przezierającą spomiędzy chmur.

– Rah też mu ufa – dodała Kerra, jakby to przesądzało sprawę.

Ronja nie odpowiedziała. Postanowiła nie wdawać się w dalszą dyskusję.

„Widocznie chce być nadal głupia i naiwna..." – pomyślała cierpko.

– Ronja, a ty ufasz Rahowi? – usłyszała poprzez ciszę nocy.

Otuliła się szczelnie kołdrą.

– Dobranoc, Kerra.

ROZDZIAŁ XI

Cały dzień zajmowała się różnymi sprawunkami. Najpierw porządkowała swoje rzeczy w wozie, a kiedy Rah i Bren wyruszyli nim na targ, aby sprzedać towar, odłączyła się od nich i kupiła na rynku kilka ubrań na zmianę, prowiant i wodę. Kerra została z nimi, pomagając w sprzedaży.

Umówili się, że spotkają się wieczorem w tej samej karczmie, w której byli poprzedniego dnia. Ronja przystała na to bez szemrania. Przynajmniej tym razem będzie mogła sama zapłacić za swoje jedzenie.

Kiedy zjawiła się przy ich stoliku o umówionej porze, tamtych jeszcze nie było. Nie tracąc czasu, zamówiła dla siebie posiłek i czekała, popijając wodę ze szklanki. Po chwili spomiędzy ludzi wyłoniła się znajoma sylwetka. Podniosła głowę.

– Rah…

Mężczyzna podszedł do niej i usiadł bez słowa. Na twarzy miał swoją chustkę.

– A gdzie Kerra i Bren? – zapytała.

– Poszli do rodziców Brena – oświadczył. – Kerra ci nie mówiła…?

– Ach…

Zmarkotniała. Zupełnie o tym zapomniała. W tej samej chwili przyszedł kelner i przyniósł jej obiad. Rah zamówił przy okazji coś dla siebie. Ronja zajęła się jedzeniem. Czuła, że on na nią patrzy, ale nie podnosiła na niego wzroku. Zaraz podano także jego posiłek i Rah, odsunąwszy nieco chustkę, przyłączył się do niej. Krępował ją ten wspólny posiłek i chciała go jak najszybciej skończyć.

Kiedy zjadła, otarła twarz w serwetę i już chciała się podnosić, gdy wtem Rah odezwał się:

– Jutro wyruszamy, z samego rana. Na pustynię.

– Dobrze – odparła, odkładając serwetę. – Jestem spakowana i gotowa. Kupiłam prowiant i dodatkowe ubrania. Niczego mi nie braknie.

– A Kerra?

Wzruszyła ramionami.

– To jej sprawa. Nie jest już dzieckiem, musi sobie radzić sama – powiedziała chłodno. – Nie będę jej niańczyć w nieskończoność.

Rah zmilczał tę uwagę. Widziała, że przyglądał jej się uważnie. Zmieszana, odwróciła od niego głowę i popatrzyła na innych gości. Ludzie świetnie się bawili, jedząc i popijając różne trunki. Niektórzy odważniejsi zaczęli już pierwsze tańce. Jej to nie interesowało. Chciała już wstać i wyjść do swojego pokoiku, gdy nagle Rah zapytał:

– Co zrobisz, jeśli tam nie będzie Obiecanej Ziemi?

Spojrzała na niego. Chwilę myślała nad odpowiedzią.

– Jeszcze nie wiem.

– Ale nie chcesz tu zamieszkać? – zapytał.

Ronja popatrzyła znów na bawiących się ludzi. Ktoś opowiedział właśnie jakiś sprośny żart i reszta jego kolegów zaśmiała się rubasznie. Skrzywiła się.

– Nie.

– To dokąd pójdziesz? – drążył.

– Jeszcze nie wiem...

– Ronja, lepiej żebyś już wiedziała – powiedział.

Spojrzała na niego.

– Chcesz wracać do Królestwa? – zapytał.

– Nie.

– Na Pola Nadziei?

– Nie.

– To co chcesz zrobić?

– Powiedziałam ci, że nie wiem.

– Ronja...

Rah nachylił się do niej poprzez stolik.

– Przecież nie zostawimy cię tam na środku pustyni.

– Może lepiej, jakbyście jednak mnie tam zostawili – odparła hardo.

Zmarszczył brwi,

– Co ty wygadujesz?

Zmieszała się. Spuściła wzrok i zaczęła bawić się rąbkiem obrusu.

– Nic…

Rah patrzył na nią bez słowa. Wtem wyciągnął ramię i dotknął jej ręki, którą ściskała materiał.

– Słuchaj – zaczął.

Ona podniosła na niego oczy.

– Jeśli chodzi ci o pieniądze, to… to nie ma problemu – powiedział. – Ja mam… Wiesz dobrze, z jakiej rodziny się wywodzę. Żyję jako wędrowiec tylko dlatego, że chciałem, ale tam, w Królestwie, czeka na mnie mój majątek. Wystarczy, że powiesz tylko jedno słowo, a…

Ronja zadrżała i szybko wysunęła dłoń z jego uścisku.

– Zwariowałeś? – prychnęła równocześnie zaskoczona i przerażona tą perspektywą. – Nie będziesz na mnie łożył.

– Chcę ci tylko pomóc…

– Nie chcę takiej pomocy – powiedziała zmieszana. – Umiem sobie radzić sama.

– Wiem, Ronja, ale…

– Poza tym, to moja sprawa, co ze mną będzie. Nie potrzebuję nikogo, aby się mną opiekował.

– Ronja, ale chcesz zostać tam sama, na pustyni? Może przynajmniej zabierzesz się z nami z powrotem na Ostatnią Górę. Kerra przecież tam z tobą nie zostanie, ona wróci z Brenem i…

– Wiem, że Kerra tam nie zostanie! – warknęła, dużo ostrzej niż zamierzała. – Mówiła mi o swoich planach. Chcą zamieszkać razem z Brenem? Proszę bardzo, nic mnie to nie obchodzi. Ja wyruszam w swoją misję.

Słabo potrafiła udawać. Jak tylko wypowiedziała te słowa, broda jej się zatrzęsła i kilka łez spadło na blat stołu. Rah nic nie mówił, tylko na nią patrzył. Ona otarła twarz wierzchem dłoni i wzięła głęboki oddech.

– Nieważne – mruknęła. – To sprawa między mną, a moją siostrą. Nie przypuszczałam tylko, że tak szybko… że ona tak szybko…

Pokręciła głową.

– Żałujesz teraz, że w ogóle z nami wyruszyłyście? – spytał ją cicho Rah, celując tym pytaniem prosto w największą ranę jej serca.

Ronja odruchowo dotknęła dłonią piersi i zagryzła wargi. Popatrzyła znów w bok na bawiących się gości. Nie była w stanie spojrzeć mu w oczy.

– Teraz to... trochę tak – wymamrotała.

Zobaczyła, jak Rah odsuwa się od niej i opiera się plecami o krzesło. Westchnął ciężko.

– Naprawdę żałujesz...? – spytał zrezygnowanym tonem.

Zerknęła na niego krótko.

– A co? Mam się cieszyć z tego, że moja siostra mnie zostawi i zostanę sama? Że historia o Obiecanej Ziemi może okazać się bajką dla dzieci? Że wszystko to, w co wierzyłam, może okazać się kłamstwem? – wymieniała sucho.

– Nie uważasz, że lepiej poznać prawdę, niż się łudzić? – stwierdził.

– Jaką prawdę? – żachnęła się.

Rah patrzył na nią długo.

– Ronja, nie musisz być sama – powiedział naraz.

– Ale ja jestem...

Rah nachylił się znów ku niej.

– Ale nie musisz – powtórzył. – Nie musisz być całe życie sama. Może... Może czasem warto komuś zaufać?

– Komu? – powiedziała gorzko.

Rah przysunął się jeszcze bardziej.

– Komuś, komu na tobie bardzo zależy.

– Nie mam kogoś takiego – stwierdziła, odwracając się od niego.

– Ronja... Ja... – nie dokończył.

Przełknęła ślinę, ale nie spojrzała na niego. Domyślała się, że tak się skończy ta rozmowa. Z jednej strony bardzo chciała usłyszeć te słowa, ale równocześnie była nimi przerażona. Chciała być poważna, niemal obojętna na to, co on mówi, ale czuła jak dygocze w środku, jak te słowa ją przenikają na wskroś. Pohamowała jednak ten euforyczny nastrój.

– Rah, znamy się od dwóch tygodni – powiedziała do pustej przestrzeni obok siebie. – Wybacz, ale ja nie jestem taka naiwna jak moja siostra i jeśli myślisz, że po czymś takim po prostu wpadnę ci w ramiona, to się grubo mylisz.

– Ronja, ja tylko chcę ci pomóc – powiedział poważnie, niemal po ojcowsku. – Nic nie chcę od ciebie w zamian.

Spojrzała na niego. Wzrok miał surowy, ale spokojny. Czuła, jak ją peszy to spojrzenie.

– Dzięki, ale… Ale już postanowiłam.

– Co postanowiłaś?

Przełknęła ślinę.

– Nie potrzebuję twojej pomocy.

Widziała, jak go to zabolało. Rah odwrócił od niej wzrok.

– W takim razie wybacz, że zajmowałem ci czas – stwierdził chłodno.

Wstał, odwrócił się i wyszedł z karczmy. Popatrzyła za nim chwilę, czując jak serce jej wali. Chciała za nim zawołać, ale gardło miała zbyt ściśnięte. Zdusiła to w sobie i poszła do swojego pokoju. Długo siedziała w ciemnościach, nie mogąc ani zasnąć, ani płakać.

✱✱✱

– Wsiadaj, moja piękna – zagadnął Bren.

Kerra uchwyciła się jego dłoni i rozsiadła się okrakiem na siedzisku, które dla niej przygotował na grzbiecie ogryna. Upewnił się, że siedzi bezpiecznie, po czym wsiadł zaraz za nią, chwytając za lejce i obejmując ją na chwilę ramionami. Szepnął jej coś do ucha, a Kerra zachichotała. Ronja patrzyła na to beznamiętnie.

– Gotowa?

Z odrętwienia wyrwał ją głos Raha. Kiwnęła głową, uchwyciła się paska przy siodle i podciągnęła się, gramoląc się na siedzisko. Rah usiadł przed nią, łapiąc za lejce. Nawet na nią nie spojrzał, ona też unikała jego wzroku. Nie objęła go, żeby się lepiej trzymać, uchwyciła się pasa przy siodle, który miała przed sobą.

– Ruszamy – oznajmił Rah.

Cmoknął na zwierzę i ogryn zaczął posuwać się do przodu, torując sobie drogę wśród tłumu na ruchliwej ulicy. Bren i Kerra jechali za nimi, bez przerwy rozmawiając i chichocząc. Słyszała jak omawiali wczorajszy wieczór.

– Mama była tobą zachwycona, tak mi mówiła, kiedy wróciłem do nich, po tym, jak cię odprowadziłem wieczorem – powiedział Bren. – A tata... Tata już myśli o tym jak powiększyć skrzydło.

Kerra zaśmiała się cicho.

– A nie wygłupiłam się, jak zapytałam wtedy o twoje rodzeństwo? – spytała.

– Oczywiście, że nie – zapewniał. – Skąd mogłaś wiedzieć, że mieliśmy taką tragedię... Zresztą to było dawno, ja byłem jeszcze dość mały, kiedy mój brat zmarł i niewiele go pamiętam...

Wyminęli ich i szli teraz na przedzie, Kerra pierwsza, Bren za nią, obejmując ją ramionami. Odwracała się do niego co jakiś czas, a wtedy on kradł jej całusy, czym ona wydawała się być zachwycona. Ronja starała się tak siedzieć, aby plecy Raha zasłaniały jej widok przed nią. Słyszała tylko jak coraz bardziej zwiększa się między nimi odległość. Miała wrażenie, że Rah specjalnie spowalnia swojego ogryna, bo również nie chce słyszeć ich gruchania.

Wydostali się z Ostatniej Góry i schodzili w dół po piaszczystej ścieżce w stronę bliżej nieokreślonego horyzontu. Z godziny na godzinę krajobraz ulegał coraz większej zmianie. Ubywało drzew i krzewów, trawa stawała się coraz bardziej żółta, aż w końcu pozostały gdzieniegdzie tylko suche kępki.

– Pustynia – oznajmił Rah.

Podniosła głowę. Rzeczywiście wokół zalegał już teraz sam piach, szaro-żółty.

– Pójdziemy dwadzieścia kilometrów w głąb, tak jak pokazuje twoja mapa – powiedział. – A potem... No potem zrobisz, co zechcesz.

– Tak – mruknęła.

Wiedziała, że nikt z nich już nie wierzył, że cokolwiek tam znajdą. Kerra i Bren głośno planowali kolejne odwiedziny u jego rodziców, a Bren już rozglądał się za jakimś kątem dla niej, zanim wyremontują dom, by tam mogli razem zamieszkać.

Ronja spojrzała na piaskowe wydmy.

„Dziwne" – pomyślała. „Całe życie marzyłam o tym miejscu, a teraz…"

W oddali usłyszała śmiechy Kerry i Brena. Czuła, jak wnętrzności skręcają jej się ze stresu.

„Oni mieli rację, tu nic nie ma…"

– Kiedy… Kiedy tam dotrzemy? – zapytała Raha, starając się brzmieć obojętnie.

– Wieczorem – odparł.

Nie pytała już o nic więcej. Nie było po co.

Pod wieczór zaczęła się trząść ze zdenerwowania. Jej dłonie stały się lodowate. Zagryzała wargi, żeby nie rozpłakać się przy nich. Czekała, aż się zatrzymają i po chwili stanęli, kiedy tylko słońce schowało się za widnokręgiem.

– To tutaj – usłyszała słowa Raha. Zabrzmiały jak wyrok.

Pociągnął za lejce i ogryn stanął. Bren i Kerra zdążyli już zsiąść i teraz przechadzali się po wydmie. Ona nawet nie drgnęła, zacisnęła tylko mocno dłoń na wisiorku. Popatrzyła przed siebie. Nie było tu żadnych kolumn, żadnych posągów cherubów, żadnej bramy do Obiecanej Ziemi. Nic, tylko piasek i wiatr hulający na wydmach. Nie było nigdzie wymarzonej krainy mlekiem i miodem płynącej. Przełknęła ślinę.

Rah pierwszy zeskoczył ze zwierzęcia. Wyciągnął do niej rękę.

– Ronja…

– Już schodzę – powiedziała drżącym głosem.

Ześlizgnęła się z grzbietu ogryna, ignorując jego wyciągniętą dłoń i zaczęła iść szybko przed siebie, z ręką przyciśniętą do medalika. Szła tak, aby nie natknąć się na siostrę i Brena. Usłyszała jak Bren odzywa się do Raha:

– Zostajemy tu na noc?

– Tak – odparł Rah. – Zrobimy biwak.

– Ja pomogę! – zawołała Kerra.

– To tutaj...

Odchodziła coraz dalej, byleby już tylko ich nie słyszeć. Dusiło ją w gardle. W końcu schowała się za wystającą górkę piachu i uklękła na ziemi. Rozpłakała się z bezsilności.

„Dlaczego...?" – pomyślała, patrząc w medalik. „Dlaczego mi to zrobiłeś? Dlaczego mnie okłamałeś?"

Zerwała łańcuszek z szyi i cisnęła go przed siebie. Skuliła się, zalewając się łzami.

Nie wiedziała, jak długo tak siedziała. Było już ciemno, a ona nadal nie podnosiła się ze swojego miejsca. W tle słyszała odgłosy biwaku, czuła zapach pieczeni, ale nie interesowało ją to.

Patrzyła przed siebie na jednolity, płaski horyzont i szlochała, nie mogąc się opanować.

Po jakimś czasie usłyszała kroki. Wiedziała, kto to jest. Nie odwróciła głowy, pozwoliła mu się podejść. Chyba specjalnie szedł tak głośno, żeby mogła go z daleka usłyszeć, bo do tej pory skradał się zawsze cicho jak kot.

Zatrzymał się tuż przy niej. Ona pospiesznie otarła twarz.

– Zjesz coś? – zapytał.

– Możecie sobie teraz pogratulować – stwierdziła cierpko, nie podnosząc na niego wzroku. – Zrobiłam z siebie wystarczającą idiotkę.

On milczał. Spuściła wzrok.

– Przepraszam, Rah – odezwała się cicho. – Przepraszam, że was tu ściągnęłam. Byłam taka głupia, taka naiwna...

Rah bez słowa usiadł obok na piasku. Spojrzała na niego. Twarz miał odsłoniętą.

– Nie masz za co przepraszać, to tylko dwadzieścia kilometrów – odparł. – To niewiele, a za tamtą podróż przecież już nam zapłaciłyście.

Ona pokręciła głową.

– Przepraszam, Rah – powiedziała z naciskiem. – Przepraszam *ciebie*.

Zrozumiał. Oparł się plecami o skarpę i spojrzał przed siebie.

– W porządku.

Długo nic nie mówili. Robiło się coraz ciemniej, coraz chłodniej. Podciągnęła kolana pod brodę i objęła je ramionami. Drżała.

– Zimno ci? – spytał, odwracając do niej twarz.

Widziała tylko tę przystojną połowę. Zawsze odwracał się do niej tylko tą częścią twarzy.

– Nie... – mruknęła. – Nie...

Pociągnęła nosem. Łzy znów napłynęły jej do oczu.

– Myślałam, że... Myślałam, że może spotka mnie coś innego, coś niezwykłego – zaczęła cicho, łamiącym się głosem. – Że wreszcie uwolnię się od tego marazmu, od tego życia bez celu, a tu... Nie ma nic... Ojciec nas okłamał, dawał nam fałszywą nadzieję... Bren od początku miał rację, to były tylko dziecinne opowieści... A ten wisiorek... Pewnie sam go zrobił, tak jak i mapę, albo znalazł gdzieś i...

Znowu łkała jak dziecko. Rah milczał.

– I to przekleństwo... Myślałam, że będę w stanie ci pomóc, ale... nie umiem, nic nie mogę, nic już nie jestem w stanie zrobić...

Rah nie odezwał się. Spoglądał znów przed siebie. Wydawał się być obojętny, ale czuła, że słucha ją uważnie.

– Śmieję się z Kerry, a jestem taka sama jak ona – jęknęła.

– Co ja sobie wyobrażałam? Że tu, na tym pustkowiu, odnajdę starożytne miasto?

Parsknęła smutno śmiechem.

– Że może nagle... stanie się w moim życiu coś wspaniałego, niezwykłego, że...

Uniosła ręce do nieba, jakby tam czekała na nią odpowiedź.

– Że nagle to wszystko nabierze sensu...

Popatrzyła w gwiazdy, ale one nie dawały jej odpowiedzi. Milczały, tak jak milczał mężczyzna, który siedział obok niej. Ronja z rezygnacją opuściła ramiona i zanurzyła dłonie w piachu. Zacisnęła je w pięści, czując między palcami szorstkie drobinki piasku, a potem powoli wypuściła je z dłoni. Kątem oka dostrzegła, że Rah przygląda jej się uważnie.

– I co sobie teraz o mnie myślisz? – zapytała go zupełnie poważnie.

Rah długo milczał.

– Myślę, że dużo przeszłaś, jak na tak młodą osobę – powiedział po chwili spokojnym tonem. – I dużo bierzesz na swoje barki. Za dużo.

Ona spuściła wzrok.

– Myślę też, że jesteś bardzo dzielna – dodał.

Podniosła głowę.

– To właśnie o mnie myślisz? – zdziwiła się.

– Tak.

Patrzył na nią łagodnie. To spojrzenie zaczynało ją przełamywać.

– Chyba nie pozostaje mi nic innego, jak wrócić z wami – bąknęła.

– Jeśli chcesz – odparł.

Milczeli znów. Zawiał delikatny wietrzyk, przynosząc ze sobą zapach pustyni.

– I jeśli... jeśli kiedyś będziesz potrzebowała pomocy, chętnie ci pomogę – dopowiedział ciszej. – Ale nie będę ci się narzucał. Jeśli chcesz być sama, to... w porządku.

Spojrzała na niego. On patrzył na nią ciepło, ale w głębi jego oczu widziała smutek.

– Chciałabym, żebyś wyzdrowiał – powiedziała naraz. – Chciałabym zdjąć z ciebie to przekleństwo, żebyś już nie musiał się ukrywać.

On uśmiechnął się słabo i poruszył się niespokojnie. Miała wrażenie, że nie chce kontynuować tego tematu.

– Nie ma o czym gadać – stwierdził. – To co, pójdziesz coś zjeść?

W tej samej chwili usłyszała głośny śmiech Kerry. Spojrzała w tamtym kierunku i westchnęła markotnie. Wcale nie chciała tam z nimi być.

– Chyba nie jestem głodna – bąknęła.

Czuła, że Rah na nią patrzy.

– A może przynieść ci kolację tutaj? – zapytał.

Spojrzała na niego zaskoczona.

– Naprawdę...?

Uśmiechnął się ze zrozumieniem.

– Naprawdę.

Podniósł się i zaraz zniknął w ciemnościach. Spojrzała za nim ze zdumieniem. Po chwili wrócił z dwiema porcjami i usiadł przy niej z powrotem.

– Ja też jeszcze nie jadłem... – powiedział cicho.

Uśmiechnęła się lekko. Nie powiedziała mu tego, ale w duchu cieszyła się, że zjedzą razem.

Zjedli w milczeniu. Tym razem było to dobre milczenie, takie, przy którym można było odpocząć. Siedzieli tak blisko siebie, że niemal dotykali się ramionami. Czuła ciepło bijące od niego. Naraz naszła ją ochota, aby przytulić się do niego, wziąć trochę tego ciepła dla siebie, ale gdy zrobiła minimalny ruch w jego stronę, on właśnie zmienił nieco pozycję i Ronja cofnęła się speszona. Żeby ukryć zmieszanie, odstawiła swoją pustą miseczkę obok siebie.

– Dziękuję – powiedziała.

Rah obrócił do niej twarz. Powoli podniosła na niego wzrok. Przyglądał jej się intensywnie. Czuła, że się czerwieni. Zaczesała kosmyk włosów za ucho.

– Ronja? – zapytał naraz miękko.

– Tak? – spytała drżącym głosem.

– Gdzie jest twój wisiorek?

– Och...

Dotknęła swojej szyi. Potem popatrzyła przed siebie.

– Rzuciłam go ze złości gdzieś tam... – powiedziała, pokazując ręką.

– Może go poszukamy? – zaproponował.

Podrapała się za uchem.

– No...

– Nie chcesz...? – zdziwił się.

– Nie, nie, chcę, oczywiście, że chcę – odparła, wstając. – W końcu to moja jedyna pamiątka po ojcu.

Przeszli się w kierunku, w którym rzuciła medalik.

– Gdzieś tu... – mruknęła, klękając.

Zaczęli odgrzebywać piasek.

– Dał mi to, jak... no wiesz, jak umierał – powiedziała cicho.

Rah zerknął na nią.

– Wtedy, kiedy tamten go zastrzelił – ciągnęła. – „Idź tam", powiedział. „Idźcie tam obie..."

Podniosła wzrok. Rah patrzył na nią w skupieniu.

– To dlatego tak ci zależało...

– Tak... To był jego testament, podróż tutaj – powiedziała.

– Wiesz, nie sądziłam, że... że jego ostatnie słowa będą wymysłem...

– Nie...

Rah położył jej dłoń na ramieniu.

– Może to wcale nie był wymysł.

Westchnęła.

– Rah, przecież sam widzisz, że nic tu nie ma – powiedziała zrezygnowana. – Po co mi to mówił? Po co mi dawał ten medalik, skoro to były tylko bajki?

– Ronja, może on po prostu chciał, żebyś w coś wierzyła po jego śmierci – odparł Rah. – Żebyś... miała nadzieję na coś.

– Na co?

Rah sięgnął dłonią na piasku i naraz wyciągnął stamtąd medalik na łańcuszku.

– Że kiedyś wszystko się ułoży.

Podał jej medalik. Ona otworzyła go i spojrzała na mapę, choć znała ją już na pamięć. Oczy zaszły jej łzami, więc szybko zwinęła mapkę i schowała ją do medalika.

– Ale jak? – westchnęła.

Spojrzała na Raha. Klęczał na wprost niej. W ciemnościach nocy widziała tylko jego błyszczące oczy i biały opatrunek na połowie twarzy.

– Nie wiem, jak – odparł. – Może... może kiedyś to zrozumiesz. Zrozumiesz, po co tu przyszłaś...

Uśmiechnęła się słabo.

– Oprócz tego, że się wygłupiłam? – spytała pół-żartem.

Rah był poważny.

– Nie, Ronja, nie wygłupiłaś się – odparł. – Z tych wszystkich określeń jakimi się dziś nazwałaś, a więc głupia, idiotka i naiwna, nie jesteś żadną z nich. Mówiłem ci już, żebyś tak siebie nigdy nie nazywała.

Spoważniała natychmiast.

– Miałaś swoją misję, chciałaś tu dotrzeć razem z siostrą, bo tak obiecałaś umierającemu ojcu, który dał ci wskazówkę jak tu trafić – mówił dalej. – Nie masz sobie czego wyrzucać. Ty wykonałaś swoją działkę.

Łzy powoli spływały jej po policzkach, ale teraz nie były to łzy smutku.

– Ronja...

Poczuła, jak Rah delikatnie dotyka dłonią jej twarzy. Podniosła na niego oczy.

– Zrobiłaś, co mogłaś – powiedział stanowczo. – Więc nie smuć się już.

– Nie smucę się – powiedziała. – Nie smucę…

– To dlaczego płaczesz?

Pociągnęła nosem.

– Bo jesteś dla mnie taki dobry…

Widziała, jak zmienia się na twarzy, jak spojrzenie mu łagodnieje, jak uśmiecha się nieśmiało.

– Ty też jesteś dobra…

Pokręciła głową.

– Ty jesteś o wiele lepszy – stwierdziła. – Nie wiem, czy ja mając taką ranę, umiałabym być taka wyrozumiała dla innych.

– Ronja…

Dotknęła jego zdrowego policzka palcami. Czuła, jak on zastyga w bezruchu, jak wstrzymuje oddech.

– Tak bardzo chciałabym ci pomóc… – szepnęła. – Tak bardzo bym chciała, żebyś już nie cierpiał.

Rah patrzył na nią z napięciem.

– Przy tobie już tak nie cierpię – odparł. – Przy tobie zapominam… Czasem nawet nie czuję, że to mam…

Zawstydziła się. Chciała cofnąć rękę, ale on ujął ją za palce.

– Ronja, nikt jeszcze nie był dla mnie taki dobry – szepnął. – Nikt mnie tak nie traktował, jak ty.

– O czym ty mówisz? Byłam dla ciebie okropna… – jęknęła, przejęta jego wyznaniem. – Ty zasługujesz, żeby być dla ciebie kimś o wiele lepszym.

Rah patrzył na nią z ciepłym uśmiechem.

– Wystarczy mi, że ty będziesz dla mnie.

Popatrzyła na niego zdumiona. Poczuła, że powoli obejmuje ją w pasie drugą ręką i lekko przysuwa się do niej. Nadal klęczeli w piasku, a ona w jednej garści ściskała swój medalik. Czuła jak serce jej przyspiesza. Był tuż przy niej i patrzył na nią, jak na najcenniejszy skarb, jaki mu się przytrafił. Nie wiedziała, co ze sobą zrobić, gdzie spojrzeć. Położyła dłoń na jego ramieniu, a wtedy on nachylił się nad nią.

– Rah, co ty…? – zaczęła niepewnie.

On powstrzymał się.

– Chcesz być ze mną? – zapytał ją wprost.

Podniosła wzrok. Widziała blask w jego oczach, czuła, jak szybko bije mu serce, jakie jego ramiona były gorące. Obejmował ją delikatnie, ale pewnie. Czuła, że coraz bardziej roztapia się w tym uścisku.

Popatrzyła na jego twarz, potem na jego usta, który były już bardzo blisko. To wszystko wydawało jej się nierealne. Pytała samą siebie, czy tego właśnie chce, czy właśnie o tym marzyła…

Potem spojrzała na swój medalik.

– To może wrócimy do nich?...

„Ojcze, czy właśnie tego dla mnie chciałeś?" – spytała w duchu. „Chciałeś, żebym przybyła na tę pustynię, żeby on... żebym ja... żebym ja z nim...?"

Spuściła wzrok.

– Rah, ja nie wiem... – bąknęła. – Ja nie wiem, co ci powiedzieć.

Czuła, że jego ramiona wiotczeją, a potem odsuwają się od niej.

– To dlatego, że tak wyglądam, prawda? – spytał z goryczą.

Podniosła na niego oczy.

– Nie – odparła szczerze. – Po prostu... Nie wiem... Nie wiem, Rah.

Rah patrzył na nią chwilę. W końcu coś w sobie przemógł. Podniósł się z kolan i wstał.

– To może wrócimy do nich? – powiedział już innym głosem, spoglądając w stronę ogniska.

Ona podniosła się bez słowa. Niezwykły nastrój prysnął i teraz znów miała wrażenie, że stoi obok obcego człowieka.

– Taak... – mruknęła.

– To chodźmy – stwierdził i pierwszy poszedł przez pustynię.

ROZDZIAŁ XII

Obudziła się w środku nocy z dziwnym przeświadczeniem, że ktoś na nią patrzy. Podniosła głowę. Nieopodal niej spała Kerra, trzymając Brena za rękę, dalej leżał Rah, głośno chrapiąc. Usiadła i popatrzyła wokół.

„Chyba coś mi się wydawało..." – stwierdziła.

Już miała kłaść się z powrotem, gdy naraz dostrzegła jakiś ruch nieopodal. Ujrzała dwie postaci idące na wprost niej. Miały na sobie długie szaty, których biel niemal oślepiała, tak jakby wydobywał się z nich wewnętrzny blask.

– Co to jest...? – wychrypiała.

Rah poruszył głową i obudził się.

– Co...? – spytał.

Ronja zerwała się na równe nogi.

– Widzisz ich? – zapytała Raha.

Mężczyzna poderwał się i podszedł do niej.

– Dwoje ludzi – stwierdził. – Ale co oni robią w środku nocy na pustyni? Nie wyglądają na kupców.

Spojrzała na niego z napięciem, a on posłał jej krótkie spojrzenie, po czym odwrócił się i szturchnął Brena za ramię.

– Wstawaj, mamy towarzystwo.

Bren natychmiast się podniósł. Kerra wymamrotała coś przez sen, a potem rozbudziła się na dobre.

– Cooo...?

Bren stanął obok Raha i przypatrzył się obcym w oddali.

– Idą do nas – stwierdził Bren. – Kto to może być?

– Nie wiem – odparł Rah.

– Nie wyglądają na kupców, nie mają żadnych bagaży, nawet jednej torby – zauważył.

– Bren, co się dzieje? – spytała sennie Kerra, stając obok niego.

– Wygląda na to, że ktoś chce nam złożyć wizytę w środku nocy – odparł Bren.

Kerra popatrzyła zdumiona na dwie osoby idące naprzeciw nich.

– Kim oni są...? – spytała strwożona.

– Zaraz sprawdzimy – mruknął Rah, dobywając swoją kuszę.

Ronja spojrzała na niego z przestrachem.

– Chcesz ich zastrzelić...? – zapytała cicho.

Rah nie odpowiedział od razu.

– Najpierw dowiemy się, co to za jedni – odparł. – A potem... pomyślimy.

Ronja przełknęła ślinę. Cała czwórka stanęła w rzędzie i obserwowała zbliżających się dwoje ludzi. Byli to młodzi mężczyźni, oboje ubrani w takie same długie szaty. Twarze mieli piękne, włosy złote, sięgające ramion, a spojrzenia łagodne.

– Oni chyba nie są źli... – stwierdziła Ronja.

– To się okaże – mruknął Rah. – Kim jesteście i czego chcieliście tutaj?

Oni zatrzymali się jak na umówiony sygnał jakieś kilka metrów przed nimi. Widziała, że ich szaty jakby promieniowały światłem, tak jak ich oblicza. To było coś niesamowitego, a jednocześnie przerażającego. Instynktownie przysunęła się bliżej Raha.

– Kim jesteście? – ponowił pytanie Rah, bo oni milczeli.

– Nie powiemy wam naszych imion, bo są dziwne – odezwał się naraz jeden z nich czystym, dźwięcznym głosem. – A nawet, gdybyśmy wam powiedzieli, nie uwierzylibyście.

Ronja uniosła brwi. Nie spodziewała się takiej odpowiedzi.

– Czego zatem chcecie od nas? – zapytał Rah.

– Przyszliśmy na rozkaz naszego Pana – powiedział drugi, takim samym dźwięcznym głosem. – Aby pokazać wam wejście do Obiecanej Ziemi.

Ronja otworzyła usta ze zdumienia. Spojrzała na siostrę. Kerra miała taką samą minę jak ona.

– Co...? – szepnęła.

– Jaka Obiecana Ziemia? – zapytał przytomnie Rah. – O niczym takim nie słyszałem.

Tamci uśmiechnęli się lekko.

– To miejsce pełne pokoju i miłości, miejsce, gdzie z nieba spada chleb, gdzie zwierzęta są łagodne, a ludzie szlachetni i prawego serca. I nie ma tam kłamstw i oszustw.

Rah drgnął i opuścił kuszę. Ronja poczuła, jak serce dudni jej w piersiach jak oszalałe.

– Naprawdę znacie drogę do tej krainy? – spytała, wychodząc naprzód.

Nie poszła jednak daleko. Poczuła ciężką dłoń Raha na swoim ramieniu, który wstrzymał ją, aby nie zbliżyła się do nich za bardzo.

– Tak – odpowiedział jeden. – Znamy drogę.

– Zaprowadzicie nas tam? – zapytała podekscytowana Kerra.

– Tak – powiedział drugi. – Zaprowadzimy was tam.

– Bren, słyszałeś? – pisnęła Kerra.

Ale Bren milczał. Twarz miał tak poważną, jak Rah. Spojrzeli na siebie krótko.

– Co wy tu robicie sami na środku pustyni? – zapytał Bren powątpiewająco. – Gdzie wasz obóz? Gdzie wasze zwierzęta? Tobołki?

Oni nie odpowiedzieli.

– Dlaczego nic nie mówicie? – nalegał Bren.

– Dlaczego zadajecie nam te pytania? – spytał jeden z nich.

– Czyż wy sami nie szukacie Obiecanej Ziemi?

– Skąd wam przyszło do głowy, że szukamy czegoś takiego? – spytał hardo Rah.

Tamci tylko uśmiechnęli się, jakby z politowaniem.

– Jeśli chcecie odnaleźć Obiecaną Ziemię, chodźcie z nami – powiedział jeden z nich.

– Jeśli nie – dodał drugi – zostańcie tu, połóżcie się spać, a rano o wszystkim zapomnicie i będziecie mogli wrócić tam, skąd przyszliście.

Ronja spojrzała na Kerrę, a ta kiwnęła jej głową. Nie było mowy o powrocie, widziała, że jej siostra jest tak samo zmotywowana jak ona.

Dwaj młodzieńcy popatrzyli na nich chwilę, po czym odwrócili się i ruszyli przed siebie. Ronja pierwsza poszła za nimi.

– Ronja…

Poczuła, jak Rah chwyta ją za rękę. Spojrzała na niego.

– Ronja – powtórzył.

– Rah, ja idę – odparła.

Widziała, że był zmieszany, a nawet wyglądał na trochę przerażonego. Zdziwiło ją to. Nie rozumiała, czego się bał. W końcu ci dwaj nie wyglądali na niebezpiecznych.

– Rah, co…?

– Ronja, nie uważasz tego za trochę podejrzane? – powiedział cicho, wciąż trzymając ją za dłoń. – No pomyśl tylko, skąd ci dwaj się tu wzięli?

Spojrzała w stronę odchodzących młodzieńców...

– Nie wiem, Rah, ale to nasza jedyna szansa – odparła.

Spojrzała w stronę odchodzących młodzieńców.

– Ja idę za nimi.

Wysunęła rękę z jego uścisku, ale on zaraz znów ją złapał, ale tym razem nie powstrzymywał jej, ani nie hamował. Szedł tylko obok, mocno trzymając jej dłoń w swojej.

– W takim razie ja idę z tobą – powiedział stanowczo.

Spojrzała na niego zdumiona.

– Kerra, ty też? – zdziwił się Bren, widząc jak Kerra odważnie podąża za nią. – A co z naszymi planami? Co z naszym domem na Ostatniej Górze?

– Bren, ale to jest Obiecana Ziemia – powiedziała z przejęciem Kerra. – Zamieszkamy tam.

– Kerra, ale moi rodzice... Co im powiem...? Dlaczego ty...?

Kerra obejrzała się na niego.

– Bren, ja idę, a jak nie chcesz ze mną iść, to nie, ale wiedz, że... Nigdy cię nie zapomnę! – załkała.

Bren natychmiast zmiękł. Podbiegł do niej i objął ją ramieniem.

– Już spokojnie, spokojnie, pójdziemy tam razem – powiedział łagodnie. – Zobaczymy, dokąd nas poprowadzą ci dwaj, a jak nic z tego nie będzie, wracamy na Ostatnią Górę, dobrze kwiatuszku? Ale nie płacz już...

– Dobrze... – bąknęła.

Poszli więc wszyscy razem, trzymając się w pewnej odległości od świetlistych mężczyzn. Ronja miała wrażenie, że dzieje się tu coś niesamowitego, coś niezwykłego. Kerra również była tym podekscytowana. Ale Bren i Rah miny mieli nietęgie. Widziała, że Rah w drugiej ręce wciąż trzymał kuszę i nie spuszczał z oczu tajemniczych nieznajomych.

Pustynia zaczęła opadać w łagodną dolinę. Ziemia była tu bardziej kamienista, brunatna, rosły tu też jakieś poskręcane krzewy.

– Nie pamiętam tej okolicy – mruknął Bren, rozglądając się uważnie. – A ty...?

Zrozumiała, że pytał Raha.

– Ja też nie… – odparł cicho.

Schodzili coraz niżej, trawy rosło tu coraz więcej. Pojawiały się pojedyncze drzewa, najpierw całkiem małe, potem większe. Ronja patrzyła na to zdziwiona. Rah wyglądał na przerażonego.

– Tego tu nie powinno być – stwierdził.

Spojrzała na niego. Twarz miał odsłoniętą, widziała więc wyraźnie wszystkie emocje malujące się na jego twarzy.

– Może po prostu nie zauważyliście tego…? – spytała.

On nachylił się do niej.

– Ronja, przemierzałem ten kawałek pustyni nie raz, szły tędy karawany z północy i często zahaczały o to miejsce i nigdy, uwierz mi, nigdy tu nie było żadnych drzew – powiedział z naciskiem.

– Może… urosły niedawno…? – spytała bezradnie.

Rah puścił jej rękę i podszedł do najbliższego drzewa. Dotknął je dłonią.

– Takie drzewo jak to, rośnie dwadzieścia lat – stwierdził.

Ronja spojrzała w stronę młodzieńców, którzy szli na przedzie. Nie odwracali się, ani nie wyglądali na czymkolwiek zaskoczonych.

– Rah, może to jakaś sztuczka – powiedział Bren. – Może to jacyś czarnoksiężnicy, którzy potrafią wpływać na umysł…

Rah spojrzał na niego z napięciem.

– Czytałem o takich ludziach, mogą cię wprowadzić w trans i tworzyć przed twoimi oczami obrazy nieistniejących rzeczy – dodał.

– Ale ja to czuję – odparł Rah, przejeżdżając dłonią po szorstkiej korze drzewa. – To nie jest nieistniejąca rzecz.

Ronja podeszła do niego i dotknęła drzewa.

– Ja też to czuję – stwierdziła.

To samo zrobiła po niej Kerra i Bren. Popatrzyli po sobie.

– Z tego by wynikało, że wszystkich nas wprowadzono w trans – skwitował Bren.

– Ja nie czuję się w transie – stwierdziła Kerra.

Ronja uśmiechnęła się do niej lekko, a siostra odpowiedziała takim samym, trochę przekornym uśmiechem.

Potem odwróciła się do tych nieznajomych. Szli spokojnie wciąż w dół tej doliny.

– Chodźmy – ponagliła Ronja.

Poszli znów przed siebie, a z każdym kolejnym krokiem, każdym mijanym metrem, dostrzegali wokół coraz więcej zieleni.

– To niesamowite… – szepnęła Kerra, wyciągając dłoń do ogromnych kwiatów, teraz zamkniętych na czas nocy w ciasne dzióbki.

– To wszystko jest bardzo dziwne – stwierdził Bren. – Kerra, nie dotykaj tego, mogą być trujące! – upomniał ją.

Kerra przezornie cofnęła rękę. Na jej prawej dłoni wciąż widniał ślad po ukłuciu przez toksyczną bestię.

– Spójrzcie, świta… – powiedziała Ronja.

Przystaneli, bo widok był tak piękny. Różowy świt zabłysnął nad niewielkim wzgórzem pokrytym trawą i pojedynczymi, wysokimi drzewami, okrywając delikatnym światłem bujną roślinność. Na tle wyłaniającego się słońca widziała te dwie postaci ubrane na biało. Postaci zatrzymały się, a wtedy oni podeszli do nich i stanęli na wprost siebie. Młodzieńcy chwilę spoglądali na nich z przyjaznym uśmiechem. Naraz wyciągnęli swoje ramiona i obrócili się, pokazując na coś, co mieli za sobą.

– Obiecana Ziemia – powiedzieli równocześnie.

Ronja przybliżyła się do wzniesienia, na którym stali. Czuła, że Rah jest tuż za jej plecami. Zatrzymała się nad skarpą i wciągnęła głośno powietrze.

Ujrzała przepiękną krainę, skąpaną w pierwszych, złocistych promieniach słońca. Widziała zielone łąki, pola pokryte zbożami, ogrody pełne warzyw, sady owocowe, ciemne lasy i wijące się siedem odnóg jednej rzeki, które łączyły się ze sobą w jeden nurt hen, daleko na horyzoncie.

– Obiecana Ziemia – szepnęła.

– Ronja! To Obiecana Ziemia! – wykrzyknęła Kerra, chwytając ją mocno za ramię. – Jest taka, jak opowiadał nam tata! Spójrz! Siedem strumieni!

Ronja czuła, jak łzy spływają jej po twarzy.

– Ronja, widzisz? Widzisz to? – wykrzykiwała Kerra.

– Tak, widzę... – powiedziała słabym głosem.

Zakręciło jej się w głowie i usiadła.

– Ronja, nic ci nie jest? – spytał Rah, klękając obok niej.

– Nie...

Patrzyła zachwycona, nie mogąc nasycić się tym widokiem.

– Niesamowite miejsce – stwierdził Bren. – Nie mam pojęcia, skąd ono się tu wzięło – dodał ciszej.

– Kim wy w ogóle jesteście? – zapytał Rah, pochodząc do młodzieńców. – I skąd wiedzieliście, że tego szukaliśmy?

Oni tylko się uśmiechnęli.

– Droga do Obiecanej Ziemi wiedzie przez małą, ciasną bramę – powiedział jeden z nich. – Aby przez nią przejść, trzeba pozbyć się balastu. Czy chcecie tam wejść?

– Tak! – zawołały Ronja i Kerra równocześnie.

Bren i Rah milczeli. Tamci jakby to zignorowali.

– Zatem chodźcie – powiedzieli.

– Jakiego balastu? – zapytał Rah, ale nikt mu nie udzielił odpowiedzi. – Jakiego balastu? – dopytywał.

Przyspieszył kroku i zrównał się z tamtymi dwoma.

– O czym wy mówicie?

Ale oni nie odpowiedzieli.

– Ej, ty, mówię do ciebie!

Rah wyciągnął ramię i zrobił taki ruch, jakby chciał pochwycić jednego z nich za bark, ale tamten tylko odsunął się nieznacznie, także ręka Raha musnęła powietrze.

– Co...?

– Rah...

Ronja złapała go za rękaw płaszcza.

– Rah, zostaw ich.

Zobaczyła jego twarz. Był przestraszony.

– Rah, co...?

Widziała, jak oblizuje wargi. Po chwili ujął mocno jej dłoń w swoją i odsunął ich od tych dwóch nieznajomych na bezpieczną odległość.

– Trzymaj się blisko mnie i nie zbliżaj się do nich – szepnął.

– Rah, co się stało...? – spytała stłumionym głosem.

– Oni są jacyś inni, jacyś dziwni...

Widziała, jak zaciska dłoń w pięść, tę, którą chciał ich dotknąć.

– Co się...?

– Chciałem tamtego złapać, a poczułem tylko powietrze, gorące powietrze, jak ogień... – wyszeptał.

– Rah, co ty opowiadasz? Przecież on ci się odsunął.

– Nie, Ronja, ja go złapałem, ale tam nie było ciała, tam było tylko powietrze – powtórzył zduszonym szeptem. – To... to chyba nie są ludzie.

Poczuła, jak włosy jeżą jej się na karku.

– To kto...? – spytała struchlała.

– Nie wiem kto, ale lepiej chodźmy stąd.

– A Obiecana Ziemia?

– Ronja, to jest coś dziwnego, lepiej to zostawmy, może i to rzeczywiście są jakieś czary...

– Rah, ty chyba się nie boisz? – spytała przekornie.

Spojrzał na nią krótko. Widziała, że stał się blady. Rah nigdy nie okazywał strachu, a teraz dosłownie trząsł się z przerażenia. Zdziwiło ją to.

– To tutaj – odezwali się ci nieznajomi.

Zatrzymali się na środku polany. Za nią była urocza wioska, wyglądająca jak wyjęta wprost z bajki. Domki zbudowane z małych, białych kamieni, wszystkie takie same, różniły się tylko kolorami dachów. Wszędzie było czysto, podwórka były uporządkowane, a zwierzęta snuły się leniwie w zagrodach, rycząc i skrzecząc na przywitanie rodzącego się dnia. Wszędzie roznosił się świergot ptaków, szum drzew z pobliskiego lasu, plusk rzeki, która wiła się nieopodal między szuwarami.

– Och, jak ślicznie! – westchnęła Kerra.

Ronja spoglądała na to urzeczona. Miejsce rzeczywiście wyglądało na spokojne i ustronne.

– Kto tutaj mieszka? – zapytała tych dwóch młodzieńców.

– Dobrzy ludzie – odparł jeden z nich z łagodnym uśmiechem. – Ci, którzy nie bali się stanąć w prawdzie.

Nie zrozumiała.

– Gdzie jest ta brama, o której mówiliście? – zapytał Bren.

– Tutaj – powiedział drugi młodzieniec.

Zobaczyli lichy, drewniany płotek i małą bramę z łukowanym sklepieniem nad nią. Wszystko wyglądało na stare, a płot był tak niewielki, że wystarczyło zrobić większy krok, aby go przejść.

– To jest całe ogrodzenie? – zdziwił się Bren. – Przecież to płotek jak dla dzieci.

– Żeby tu wejść, trzeba stać się jak dziecko – powiedział młodzieniec.

– Podejdźcie i stańcie w prawdzie – powiedział drugi, pokazując na bramę.

– Bren, idziemy? – zapytała Kerra, chwytając go za rękę, ale on nie drgnął.

– Ja pójdę pierwsza – odezwała się Ronja.

– Nie, ja pójdę pierwszy – powiedział Rah.

– Wiecie co, to ja idę pierwszy – powiedział Bren i wysunął się do przodu.

Popatrzył krytycznie na płotek, potem na łukowatą bramę i śmiało ruszył na nią, ale nie zdążył zrobić nawet pół kroku, gdy zatrzymał się nagle, oczy postawił w słup i pobladł tak, że wyglądał jakby miał zaraz zemdleć.

– Bren, co ci jest?! – zawołała Kerra, podbiegając do niego.

– To jakieś czary… – wyjąkał. – To jacyś czarnoksiężnicy!

– Co…?

Ronja zbliżyła się do niego. Stał najbliżej bramy, ale nie przeszedł jej. Z rozszerzonymi oczami spoglądał w to, co było za nią. Ronja spojrzała tam i zamarła. W łuku, jak w przedziwnym zwierciadle, ujrzała jego samego, jako małego chłopca, który płakał nad leżącymi zwłokami starszego chłopaka. Bren, ten prawdziwy, zaczął się trząść.

– Co wyście zrobili?! – warknął na tych dwóch młodzieńców. – Co to za obrazy?

Tamci nie wyglądali ani na zdziwionych, ani na zagniewanych jego wybuchem.

– Jeśli chcesz wejść do Obiecanej Ziemi, musisz pozbyć się tego balastu – powiedział łagodnie jeden z nich.

– Podejdźcie i stańcie w prawdzie...

– Musisz wejść w sam środek tego cierpienia, przyjąć je i odnaleźć uzdrowienie.

– To jakaś niedorzeczność...

Bren odwrócił się tyłem do bramy, a wówczas ten obraz z jego dzieciństwa zniknął i znów widać było przez nią tylko spokojną wioskę.

– Nie lepiej przeskoczyć ten płotek...? – stwierdził.

Uniósł nogę, ale wtem jakaś nieznana siła rzuciła go na ziemię tak, że upadł na plecy, nie wiedząc nawet jak i kiedy. Kerra krzyknęła i uklękła przy Brenie, który patrzył wokół oszołomiony.

– Co wyście mu zrobili?! – zawołała na tamtych dwóch.

– Wejść można tylko przez ciasną bramę – odpowiedział spokojnie jeden z młodzieńców.

Ronja poczuła, jak Rah zaciska mocno palce na jej ręce.

– Ronja, chodźmy stąd, szybko – powiedział nerwowo.

– Rah, przecież jesteśmy już tak blisko – odparła. – Wystarczy tylko przejść przez to i... I tyle.

– Ja tam nie wejdę, mowy nie ma – powiedział stanowczo Rah. – To są jakieś sztuczki i nie chcę mieć z tym nic wspólnego.

– Bren? Bren, odezwij się! – jęczała Kerra, potrząsając nim za barki.

Mężczyzna usiadł i spojrzał na nią dziwnie.

– Kerra, przypomniałem sobie jak umarł mój brat – powiedział schrypniętym głosem. – Bawiliśmy się razem w strzelanie na niby. Ja udawałem, że strzelam z patyka, a on, że z procy i... strzeliłem, a on nagle upadł...

Bren podniósł się i podszedł do bramy. Znów ukazał się obraz chłopca szlochającego nad nieruchomym ciałem.

– Rodzice mówili, że to był wypadek, że on nagle zasłabł i uderzył się głową o kant szafki, ale ja... ja zawsze się o to obwiniałem, choć tego dobrze nie pamiętałem...

Podniósł rękę i wsunął ją w obraz. Ten zafalował, tak jakby był utworzony z wody.

– A teraz widzę to wyraźnie, widzę wyraźnie, że... że niepotrzebnie się obwiniałem...

– Bren...

Kerra położyła mu dłoń na ramieniu.

– Byłeś wtedy tylko małym chłopcem.

Bren pokiwał głową. Zbliżył się jeszcze bardziej do bramy, już niemal dotykał nosem tego ruchomego obrazu.

– A teraz już nie muszę się obwiniać... – powiedział z ulgą i wszedł w ten obraz, zanurzając się w nim, jak w wodospadzie.

Na moment zniknął zupełnie, zalany światłem. Kerra krzyknęła, Ronja uchwyciła się mocno ramienia Raha, jakby miała zaraz upaść i nagle wszystko się skończyło. Bren popatrzył na nich z drugiej strony bramy z promiennym uśmiechem. Widziała łzy w jego oczach, ale nie były to łzy smutku. Ronja spojrzała pytająco na Raha, ale ten milczał. Był biały jak ściana.

– Rah, wszystko w...?

– Bren, poczekaj na mnie! – zawołała Kerra, zbliżając się do bramy,

Gdy tylko stanęła na wprost niej, zamarła, tak jak to wtedy zrobił Bren. Ronja ujrzała jak obraz zmienił się i zobaczyła tam teraz ich matkę, siedzącą przy stole z butelką w dłoni.

– Mama...? – szepnęła Kerra drżącymi wargami.

Na obrazie zobaczyła samą siebie jako małą dziewczynkę, ciągnącą matkę za rękę.

– *Mamo, mamo! Jestem głodna...!* – piszczała, ale matka tylko odganiała się od niej ramieniem w pijackim geście.

Kerra, ta dorosła, rozpłakała się na ten widok. Ronja przybiegła do niej i objęła ją mocno.

– Kerra...

– Ronja, czemu mi nie powiedziałaś...? – jęknęła. – Myślałam, że mama była chora...

Ronja spojrzała z bólem na ten obraz. Matka położyła się twarzą na stole i przestała reagować, mimo że mała Kerra wciąż piszczała i szarpała ją za rękę.

– Bo była chora – powiedziała cicho Ronja. – Była chora, a to była jej choroba...

– Och, Ronja, ale dlaczego...?! – Kerra wybuchła z płaczem. – Dlaczego ona taka była?!

Ronja trzymała ją mocno w ramionach.

– Może nie umiała inaczej...?

Usłyszała, jak podchodzi do nich jeden z tych młodzieńców.

– Żeby przejść dalej, musisz pozbyć się tego balastu i wybaczyć jej – powiedział łagodnie.

Kerra odsunęła się od Ronji i spojrzała na niego zdumiona.

– Wybaczyć... mojej mamie? – spytała cicho.

Ten skinął głową. Kerra spojrzała na obraz w łuku bramy.

– Jak mam to zrobić?

– Nasz Pan ci pomoże, jeśli Go o to poprosisz.

– A gdzie On jest?

Młodzieniec uśmiechnął się. Kerra patrzyła na niego wyczekująco, ale on nie powiedział nic więcej.

– Czy możesz Mu powiedzieć, żeby mi pomógł? – spytała.

Skinął głową i zaraz zobaczyła jak składa dłonie ze sobą, a jego twarz rozświetliła się jeszcze bardziej. Ronja patrzyła na to zszokowana, ale Kerra nagle jakby przestała się tym interesować. Śmiało podeszła do bramy.

– Kerra, nic ci nie jest? – spytała Ronja.

– Nie... Wiesz, Ronja, czuję w sobie takie ciepło i siłę – powiedziała powoli, dłonią dotykając swojego serca. – Myślę, że...

Spojrzała w obraz.

– Myślę, że już mogę jej przebaczyć.

Po czym weszła w łuk. Rozbłysło światło i Kerra na moment zniknęła.

– Kerra! – zawołała za nią Ronja.

Ujrzała ją po drugiej stronie jak wpada prosto w objęcia Brena. Roześmiali się zgodnie.

– Ronja, chodź! To wspaniałe uczucie! Czujesz się taka lekka, taka... jak nowo narodzona! – zawołała radośnie.

„Chyba nie może to być aż takie złe..." – stwierdziła w duchu.

Stanęła na wprost bramy i wtem ujrzała ciemny las. Zadygotała.

– Nie... – szepnęła, cofając się.

Aż zbyt wyraźnie dostrzegła swoją własną sylwetkę, to, jak przedziera się przez gąszcz. Usłyszała swój własny przyspieszony oddech.

– *Tata...?* – zawołała Ronja z obrazu.

– Nie! Nie! – krzyknęła prawdziwa Ronja.

Ronja z obrazu odnalazła wreszcie polanę, a na szczycie wzniesienia tego mężczyznę, wachtera. Deszcz padał wprost na jego twarz. Dostrzegła jego przerażone oczy. Broń miał wciąż wyciągniętą, a strzała tkwiła w sercu jej ojca.

– *Ty morderco!* – zawyła. – *Ty morderco!*

Ronja nie mogła na to dłużej patrzeć. Odbiegła od bramy, trzymając się za serce. Poczuła, jak mocno obejmuje ją Rah.

– Nie mogę, nie dam rady, nie wejdę tam... – powtarzała, z trudem łapiąc oddech.

– Ronja, spokojnie – powiedział Rah. – Nigdzie nie musimy iść, to są jakieś sztuczki, chodźmy stąd.

Ronja obejrzała się na bramę. Zobaczyła po drugiej stronie jak z małych domków wychodzą mieszkańcy i witają się serdecznie z Kerrą i Brenem. Ich jakby zupełnie nie widzieli, jakby byli za szybą, przez którą ani ich nie widać, ani nie słychać.

– Kerra! – zawołała Ronja, ale siostra nie obejrzała się.

– Teraz was nie słyszą – wyjaśnił tajemniczy młodzieniec.

– Musicie do nich przejść, aby być z nimi.

– Kerra! – zawołała znów, na przekór jego słowom, ale Kerra śmiała się teraz głośno z jakiegoś żartu.

– Ronja, posłuchaj mnie...

Rah ujął ją mocno za ramiona i popatrzył jej prosto w oczy.

– Zabierajmy się stąd, to nie jest dobre miejsce, nie podoba mi się to wszystko – powiedział przyciszonym głosem.

– Ale Kerra...! – zaprotestowała. – Nie mogę jej tak zostawić!

– Przecież jest z Brenem, nic jej nie będzie – odparł.

– Ale Rah, to jest Obiecana Ziemia, ja chcę tam wejść...!

Rah spojrzał na nią poważnie.

– To wejdź.

– A ty?

On nie odpowiedział.

– Rah, pójdziesz tam ze mną?

On spuścił wzrok. Wciąż trzymał ją za ramiona, ale jego uścisk jakby zelżał. Zerknął na pilnujących bramy.

– A chcesz, żebym tam z tobą poszedł? – zapytał ją cicho.

– Oczywiście, chcesz tu zostać tak sam? – zdumiała się.

– Nie byłoby to dla mnie nic nowego... – mruknął.

– Rah, nie – powiedziała stanowczo. – Chodź tam ze mną, bo... Bo ja sama się boję.

Rah podniósł na nią wzrok.

– Dobrze – zgodził się.

Ujął jej dłoń w swoją i poprowadził ją do bramy.

– To przejdź przez to, co tam masz...

Ronja spojrzała w łuk bramy i znów zobaczyła ten ciemny las. Dreszcze przebiegły jej po plecach. Odwróciła się plecami do wejścia i zacisnęła mocno powieki.

– Nie mogę... Nie mogę...

– To ja pójdę pierwszy – zadecydował.

– Ja z tobą! – powiedziała, kurczowo chwytając go za dłoń.

– Możecie wchodzić tylko pojedynczo – powiedział delikatnie młodzieniec.

– Musicie sami się zmierzyć z tym, co was tam czeka – dodał drugi.

Ronja spojrzała na Raha, a on kiwnął jej głową. Przeszedł kilka kroków i stanął na wprost bramy. Z ciekawości zbliżyła się, aby ujrzeć to, co on zobaczy. Zdziwiła się, bo patrzyła na ten sam ciemny las, deszcz i kogoś, kto przedzierał się przez gęstwinę.

– *Tato, nie dam rady, nic nie widzę...* – jęknął jakiś chłopak.

Starszy mężczyzna, który szedł obok niego, fuknął, aby był cicho.

– *Jest tutaj gdzieś ten niedźwiedź, ustrzel go, a gdy pokażesz swoim nauczycielom takie trofeum, od razu przyjmą cię do każdej szkoły!* – powiedział mężczyzna.

Zobaczyła, jak Rah zaczyna się trząść, jakby dostał drgawek.

– Rah...?

Zbliżyła się do niego. Patrzył osłupiały na obraz, nie wydał z siebie ani jednego dźwięku. Po chwili obraz zmienił się, chłopak szedł teraz sam. Zobaczyła wyraźnie białą naszywkę na jego ramieniu.

– W-wachter... – wyjąkała.

Zobaczyła twarz chłopaka, bladą, przestraszoną, zroszoną deszczem. Twarz o ciemnych włosach i czarnych oczach. Twarz Raha, na której nie było jeszcze tego wstrętnego śladu.

Naraz rozległy się jakieś trzaski, coś wielkiego i ciężkiego przedzierało się przez gęstwinę. Młody Rah, spanikowany, napiął swoją kuszę. Zobaczyła cień zbliżający się do niego. Strzelił, a cień padł z jękiem. Chłopak wyskoczył z gęstwiny i wtedy...

Ronja krzyknęła z całych sił.

Zobaczyła samą siebie, jak patrzy na niego z przerażeniem, które szybko zamienia się w furię.

– *Ty morderco! Ty morderco!*

Młody Rah stał jak wryty. Jej ojciec leżał ze strzałą wbitą prosto w serce i dogorywał, a on zaczął uciekać. Widziała, jak płakał, a jego łzy z przezroczystych, zamieniły się w czarne. Pokryły połowę jego twarzy tym ohydnym zranieniem, wypalając dziurę w jego skórze. Twarz zaczęła dymić, a on krzyczał, tak strasznie krzyczał...

Rah odwrócił się do niej. Zobaczyła na jego twarzy teraz prawdziwe łzy. Był tak samo przerażony jak ten chłopak, którego przed chwilą zobaczyła w obrazie. Ronja głośno wciągnęła powietrze w płuca.

– ZABIŁEŚ MOJEGO OJCA?! – wrzasnęła z całych sił. – TO BYŁEŚ TY?!

Rah upadł na kolana. Wyglądał jak trup. Usta miał otwarte, ale nie wydobył z siebie żadnego głosu. Był zupełnie biały, tylko spływające z oczu łzy świadczyły o tym, że jeszcze żył.

– Co to za sztuczki?! – Ronja zawołała w stronę nieznajomych. – Co wy nam tu pokazujecie? Bawicie się nami?!

Tamci nawet nie drgnęli, tylko patrzyli na nich łagodnie.

– Zobaczyliście prawdę – odpowiedział jeden z nich. – Teraz musicie się z nią zmierzyć.

– To ma być prawda?! – jęknęła. – Nie wierzę w to! To jakieś kłamstwo!

– To jest prawda, Ronja... – odezwał się chrapliwy, łamiący się głos.

Rah pochylał się do ziemi, tak jakby ciężar wyrzutów sumienia przygniatał go tak, że nie mógł się wyprostować.

– Tak to wyglądało... Nie... Nie wiedziałem, że to ty... Że to twój ojciec... Nie przyglądałem się, wyrzuciłem to z pamięci, a teraz pamiętam wyraźnie... To byłaś ty, taka mała dziewczynka... To dlatego, gdy pierwszy raz cię ujrzałem na Polach Nadziei, wydawałaś mi się taka znajoma...

Umilkł i skulił się w sobie. Drgał na całym ciele. Ronja patrzyła na niego z otwartymi ustami. Wciąż nie przyjmowała tego do wiadomości.

– To się nie dzieje naprawdę, nie... idę do Kerry... – wymamrotała półprzytomnie.

Zbliżyła się do łuku. Zobaczyła znów ten sam las i samą siebie jak krzyczy i płacze nad zwłokami ojca.

„Po prostu przejdę i tyle!" – postanowiła.

Zamknęła oczy i weszła w łuk, ale nagle poczuła, że odbija się od twardej ściany. Wylądowała na plecach. Spojrzała ze zdumieniem na tych dwóch młodzieńców.

– Dlaczego...?

Oni popatrzyli na nią ze współczuciem.

– Żeby wejść, musisz pozbyć się tego ciężaru – powiedział jeden z nich.

– Przecież pozbyłam się, weszłam w ten obraz....! – zawołała z bólem.

– Najpierw musisz wybaczyć mordercy twojego ojca – odparł drugi, równie spokojnie. – Bez przebaczenia, brama Obiecanej Ziemi pozostanie dla ciebie zamknięta.

– I bez twojego przebaczenia, on również tam nie wejdzie – powiedział pierwszy młodzieniec.

Ronja mrugnęła i wtem spostrzegła, że oni zniknęli. Zostali sami, tylko ona i Rah.

– Gdzie oni...?

Zerwała się na nogi i zaczęła krążyć wokół polany. Drżała, ale starała się zachować spokój. Znów skierowała swoje kroki do bramy. Zobaczyła ten sam las. Zamknęła oczy i wbiegła w łuk. I znów jakaś siła odrzuciła ją na plecy. Podniosła się ociężale.

– Kerra! Bren! – zawołała, zbliżając się do płotu.

Widziała, jak jej siostra spaceruje za rękę z Brenem i innymi mieszkańcami tej uroczej wioski. Jakaś kobieta zaprosiła ich do swojego domu. Zaraz weszli do środka i zniknęli jej z oczu.

– Kerra! Kerra!

Ronja spróbowała wspiąć się na płotek, ale znów padła, rażona tą niewidzialną siłą.

„Nie zostanę tu przecież..." – pomyślała. „Nie z nim..."

Spojrzała na Raha. Nie podnosił się. Ona czuła, jak emocje w niej buzują.

„Morderca mojego ojca" – pomyślała.

– Rah – odezwała się twardo.

On podniósł na nią zbolały wzrok. Wyglądał jak wrak człowieka. Cierpienie przemieniło go w kulącego się, chorego z żalu mężczyznę, dziesięć lat starszego niż był w rzeczywistości. Ronja dobyła nóż, który miała przy pasie. Ręka potwornie jej drżała.

– Rah, obiecałam sobie, że pomszczę mojego ojca! – zawołała rozdygotana. – Że tego, kto go zabił, zamorduję własnymi rękami!

Rah wstał i spojrzał na nią poważnie.

– A ja obiecałem, że ci w tym pomogę – odezwał się głucho. – Więc dobrze, jestem gotowy.

Przełknęła ślinę. Zaczęła iść w jego stronę na drżących nogach z nożem w garści. Rah rozłożył szeroko ramiona, czekając na cios.

ROZDZIAŁ XIII

Ale cios nie padł. Upuściła nóż i rzuciła się na niego z pięściami. Rah wcale się nie bronił. Ronja powaliła go na ziemię, usiadła mu na piersi i chwyciła go za poły koszuli.

– ZABIJĘ CIĘ! – wrzasnęła mu prosto w twarz. – ZABIJĘ CIĘ, TY DRANIU! ZNISZCZYŁEŚ MI ŻYCIE!

Rah tylko przymknął oczy. Oddychał bardzo słabo, jak starzec, który z trudem łapie powietrze.

– Popatrz mi w oczy, ty gnoju! – warknęła, szarpiąc go za koszulę.

Rah otworzył oczy. Ból, jaki w nich widziała, był wręcz namacalny. Przeszył ją na wskroś.

– Za to, co mi zrobiłeś, mnie i mojej siostrze, powinnam cię zabić! – krzyczała. – To przez ciebie nasza matka zwariowała i upiła się na śmierć, to twoja wina, że zostałyśmy same!

Łzy trysnęły jej z oczu i spadały na jego twarz. On znów zamknął powieki.

– Nie chowaj się! – warknęła. – Pokaż wszystkim, jaki jesteś naprawdę…!

Złapała za jego opatrunek i jednym szarpnięciem zerwała mu go z twarzy. Wzdrygnęła się na widok czarnej, mięsistej rany.

– Jesteś ohydny! – wyrzuciła z siebie ze wstrętem. – Jesteś potworny! Brzydzę się ciebie! Cuchniesz, jak rozkładające się zwłoki!

Rah nie reagował. Leżał z oczami zamkniętymi i tylko oddychał chrapliwie przez usta. Była wściekła.

– Dobrze ci tak! – zawołała gorzko. – Za to, co się stało, powinieneś tak cierpieć do końca życia, tak mocno jak ja cierpiałam! Tak jak ja…!

Krzyczała i płakała. Czuła, że zdziera sobie gardło. Nie miała już siły, ten ból ją wykańczał. Złapała go za koszulę, ale nie potrafiła go uderzyć. Trzymała go tylko i szlochała.

– Nikt mi nie pomógł! Nie miałam bogatych krewnych, którzy by się mną zaopiekowali, musiałam sobie radzić sama!

Sama! I jeszcze musiałam opiekować się Kerrą! Wiesz, co to znaczyło dla nastoletniej dziewczyny zostać samą?! Wiesz, co to znaczyło?!

On nie odpowiadał. Oczy miał wciąż zamknięte.

– Otwórz oczy, jak do ciebie mówię! – warknęła, potrząsając go za koszulę.

Podniósł ociężałe powieki. Widziała w jego oczach łzy. Czuła jak te łzy przepalają coś w niej w środku, w samym sercu. Teraz, kiedy już otworzył oczy chciała, aby je natychmiast zamknął.

– Przestań tak na mnie patrzeć! – zawołała.

Zakryła mu oczy dłonią.

– Nienawidzę cię! Nienawidzę cię! Powinieneś zdechnąć sam, w biedzie i głodzie, wtedy byś zrozumiał, jak to było, kiedy zostałyśmy same!

Umilkła, bo już zaschło jej w gardle. Szloch rozrywał jej piersi. Skuliła się, wciąż siedząc mu na klatce piersiowej. On nawet nie drgnął.

– Nie mam już siły... – powiedziała przez łzy. – Nie mam już siły cię nienawidzić...

Zsunęła się z niego i usiadła obok. Podkurczyła kolana pod brodę i płakała tak, jak jeszcze nigdy w całym swoim życiu. Kiwała się w przód i w tył, jakby znów była małym dzieckiem i znów musiała to wszystko od nowa przeżywać.

„Chyba umrę z tego smutku" – przeszło jej przez myśl. „To niemożliwe, aby móc wytrzymać taki ból..."

Spojrzała na Raha. On wciąż leżał na wznak, bez ruchu, jak powalony przez piorun. Oczy miał zamknięte, twarz poszarzałą, tylko rana na jego twarzy czerniła się okropnie. Czuła smród wydobywający się z rany. Spojrzała na łuk nad bramą. Obrazy zmieniały się. Raz widziała tam młodego Raha biegnącego przez las, a drugi raz widziała siebie płaczącą. Te obrazy nakładały się na siebie. Patrzyła na nie tak, jakby widziała tę scenę pierwszy raz w życiu.

„Dwoje płaczących dzieci..." – pojawiła się myśl w jej głowie. „To tylko dwoje płaczących, przerażonych dzieci, które zostały skrzywdzone..."

Spoglądała, jak młody Rah przedziera się przez chaszcze, jak staje nasłuchując, jak strzela, jak patrzy na to, co zrobił, jak ucieka przerażony, a czarne łzy spływają mu po policzku jak smoła. Przeniosła wzrok na mężczyznę leżącego przy jej boku. Patrzyła jak ciężko oddycha, jak jego pierś drga, jak pojedyncze łzy spływają mu z oczu. Przypomniała sobie, jaki był wystraszony, gdy pierwszy raz pokazał jej swoją twarz, jak uratował ją w tej alejce, kiedy napadli ją tamci mężczyźni, jak wyciągnął ją z wozu w ostatniej chwili, zanim ten spadł w przepaść, jaki miał wyraz oczu, gdy wreszcie odnalazł ją w tłumie ludzi na Ostatniej Górze. I w końcu stanął jej przed oczami moment, kiedy klęcząc w piasku szukali jej medalika, a on objął ją niespodziewanie i nachylił się nad nią, a jego usta były tak blisko, a spojrzenie tak głębokie, że czuła jak zapada się w nim.

Spojrzała na swój medalik, ale wtem spostrzegła coś innego. Zobaczyła czarną, kleistą maź, która ubrudziła jej bluzkę. Chciała ją wytrzeć, ale jej wciąż przybywało. Odsłoniła dekolt i z przerażeniem spostrzegła, że ta maź wypływa z jej ciała, wprost z jej serca.

– Ach! – wrzasnęła.

Zerwała się na nogi i zrobiła taki ruch, jakby chciała biec, ale nie wiedziała dokąd.

– Ach, co to…?! – jęknęła.

Wielkie, czarne krople spływały jej po bluzce. Czuła jak ześlizgują się po jej brzuchu.

– Och, jakie ohydne! – jęknęła, nerwowo wycierając się rękawem kurtki. – Co to jest? Skąd to się wzięło?!

Zobaczyła, że Rah otwiera oczy. Spojrzała na niego, na jego twarz z otwartą, ciemną raną.

– Chyba… zamieniam się w ciebie – powiedziała przerażona.

Uklękła przy nim i nachyliła się nad nim.

– Chyba… umieram – stwierdziła.

On podniósł na nią wzrok.

– Z-zobacz… ja chyba umieram… – wymamrotała.

Pokazała mu miejsce poniżej dekoltu, z którego wypływała ta czarna maź. Zobaczyła, jak Rah unosi się na łokciach. Patrzył przerażony to na nią, to na tę czarną maź.

– Ronja, nie umieraj – powiedział bezradnie. – Przecież to ja miałem umrzeć, nie ty.

Ona rozpłakała się na te słowa. Łzy spływały jej po szyi i w dół, w stronę serca tam, skąd wypływały te czarne krople.

– Ach... pali mnie to! – jęknęła. – Pali mnie!

Rah usiadł prosto. Widziała, że chciał coś zrobić, ale nie wiedział co.

– Ronja, spokojnie...

Poczuła zapach wydobywający się z tej mazi, ohydny smród zgnilizny.

– Rah, ja... Mam to samo...

On spojrzał na nią. Widziała w jego oczach, że zrozumiał.

– Moje serce zgniło! – jęknęła. – Och, moje serce zgniło! Teraz już na pewno umrę!

Rah chwycił ją za ramiona.

– Nie, nie umrzesz – powiedział szybko. – Nie umrzesz Ronja, od tego się nie umiera, zobacz, że ja żyję przecież.

Spojrzała na niego. Widziała w jego oczach strach i troskę o nią. Nie było w nim ani śladu złości, czy niechęci.

„A ja mu powiedziałam takie straszne rzeczy!" – wyrzuciła sobie.

– Och, Rah! Zasłużyłam sobie na to! – jęknęła. – Zasłużyłam na to! Jestem okropna! Tak cię wyzywałam! Chciałam cię zabić! Ale... tak naprawdę to nie chciałam cię zabić, nie mogłam... Nie mogę cię zabić, nie umiem tego zrobić... Rah, ja tak naprawdę... nie myślałam o tym, co mówię...

Czuła jak ściska ją w gardle. Widziała, jak Rah zmienia się na twarzy, jak wracają mu kolory, tak jakby z każdym wypowiedzianym słowem wpompowywała w niego życie.

– Przepraszam cię, ja nie chciałam... – wyjąkała. – Ja wcale nie jestem lepsza od ciebie. Jestem taka sama, a nawet gorsza. I wcale nie chcę, abyś zginął w biedzie i głodzie! I nie chcę, żebyś już więcej cierpiał! Nie chcę, żebyś do końca życia to nosił... Wcale nie chcę!

Patrzyła mu w oczy i płakała. Czuła jak ta maź pali ją tak, jakby ktoś ją przypiekał rozpalonym żelazem. Z wielkim wysiłkiem powiedziała te najtrudniejsze słowa:

– Wybaczam ci.

Zobaczyła jak jego oczy powiększają się, jak nabiera powietrze w usta. Minęło kilka sekund absolutnej ciszy i naraz on objął ją i przycisnął do siebie, nie zważając zupełnie na tę maź, która wciąż wypływała z jej serca. Przytulił ją tak mocno, że na moment zabrakło jej tchu. Objął ją całą, przyłożył policzek do jej twarzy i rozpłakał się. Czuła jak drżą mu ramiona. Jego szloch był cichy, urywany, stłumiony. Czuła jego mokre, gorące łzy spływające po jej twarzy.

– Przepraszam cię, Ronja – wydusił z siebie. – Nie chciałem tego zrobić. Nie chciałem nigdy w życiu zrobić czegoś takiego...

Ona objęła go równie mocno, płacząc w jego ramię.

– Już dobrze, Rah, już dobrze... – powiedziała cicho.

Serce paliło ją, miała wrażenie, że przepala ją na wylot.

– Och, tak boli... – jęknęła.

– Mnie też... – syknął.

Poczuła zapach spalenizny. Chciała sprawdzić, co się pali, ale on wciąż trzymał ją mocno.

– Rah, co się...?

– Ronja – szepnął. – Ronja, nie opuszczaj mnie.

Czuła, jak on dygocze, jakby dostał gorączki.

– Rah, co ci jest?

– Boli... Tak bardzo mnie boli...

Czuła, jak osuwa się w jej ramionach.

– Rah, nie umieraj! – zawołała, przytrzymując go przy sobie. – Nie umieraj!

Ale on słabł coraz bardziej.

– Rah!

Zaczął oddychać spazmatycznie, jak człowiek, który ma atak.

– Rah, nie rób tak! – rozkazała mu. – Nie wolno ci teraz umierać! Nie możesz! Nie możesz teraz umrzeć, bo...

Spojrzała na jego twarz. Jego rana dymiła i krwawiła równocześnie. Wyglądało to przerażająco.

– Rah, nie możesz teraz umrzeć, bo ja cię kocham!

Spojrzał na nią, a wtedy coś dziwnego zaczęło dziać się z jego twarzą. Zobaczyła jak czarne łzy spływają z jego oczu, a potem w miejsce tych czarnych łez pojawiają się nowe, przezroczyste, które zaczęły obmywać jego twarz. Spostrzegła jak rana na jego policzku zaczyna spływać wraz z tymi łzami, jakby była tylko obrazkiem, który ktoś namalował farbami. Ronja nerwowo poszukała jakiejś chustki i w końcu w jednej kieszeni znalazła kawałek czystego materiału. Przetarła jego twarz, potem zrobiła to jeszcze raz i jeszcze raz i... rana zniknęła. Została czysta skóra, nietknięta jakimkolwiek śladem. Tylko na kości policzkowej została maleńka blizna w kształcie krzyża. Popatrzyła na chustkę. Była czarna. Rzuciła ją na ziemię, a wówczas ona zapłonęła.

– Ach!

Chustka poczerniała i zwęgliła się w kilka sekund, pozostawiając tylko odrobinę popiołu.

– Ronja, ty... Nie umierasz już – powiedział.

Pokazał na jej dekolt. Zobaczyła, że nie ma tam już czarnej mazi, ale jest gładka, czysta skóra. Tylko na jej sercu był maleńki ślad, taki sam, jaki on miał na twarzy.

– Zniknęło – powiedziała cicho. – Tak jak z twojej twarzy.

Rah dotknął swojego policzka zdumiony.

– Nic nie czuję... – szepnął.

– Bo nic tam nie masz – odparła. – Nic nie ma, jesteś zdrowy. Nie masz już przekleństwa! Rah, ty nie masz przekleństwa!

Uśmiechnęła się, ale do niego to jakby jeszcze nie docierało. Wciąż dotykał twarzy, jakby nie mógł uwierzyć, że to wydarzyło się naprawdę.

– Ale to niemożliwe... – powtarzał, roztrzęsionym głosem. – To jest niemożliwe...

– Rah, widocznie jest możliwe...

Dotknęła jego twarzy, tam, gdzie przedtem była ta rana. Przejechała dłonią po jego policzku. On zatrzymał na niej wzrok.

Siedzieli na wprost siebie jak dzieci, ze zdumieniem przyglądając się sobie nawzajem. Rah dotknął jej twarzy.

– Ronja...

– Nie opuszczę cię – powiedziała. – A ty mnie nie opuścisz?

Poczuła, jak on obejmuje ją w pasie.

– Nie, Ronja, nie potrafiłbym tego zrobić – powiedział. – Nie umiem już żyć bez ciebie. I nie chcę.

Zbliżył twarz do jej twarzy, a wtedy ona przysunęła się i pocałowała jego policzek, ten, który kiedyś był tak zraniony. Przymknął oczy i odetchnął głęboko.

– Dziękuję ci, Ronja...

– Dziękuję ci, Ronja.

Uśmiechnął się do niej i był to naprawdę piękny uśmiech, który rozświetlił całą jego twarz.

– To... pójdziemy już tam? – zapytała, pokazując na bramę.

Rah wstał i podał jej rękę.

– Tak. Ja pójdę pierwszy.

– Ja za tobą.

Spojrzeli sobie w oczy i uśmiechnęli się do siebie, jak na dany sobie znak. Rah zbliżył się do bramy. Ujrzał ciemny las i siebie samego jak płacze. Śmiało wszedł do środka, zniknął w świetle, a potem wyszedł z drugiej strony. Zatrzymał się i odwrócił, czekając na nią.

Ronja stanęła na wprost bramy. Ujrzała samą siebie jak szlocha i krzyczy. Przymknęła oczy, nabrała powietrza i weszła w ten koszmar. Zalało ją światło i ciepło. Zdziwiona, otworzyła oczy i zaraz na wprost siebie dostrzegła otwarte ramiona.

Uradowana, wpadła prosto w jego objęcia.

KONIEC

Printed in Poland
by Amazon Fulfillment
Poland Sp. z o.o., Wrocław